당분간 인간

초판 1쇄 발행 • 2012년 10월 5일
초판 11쇄 발행 • 2025년 10월 14일

지은이 / 서유미
펴낸이 / 염종선
책임편집 / 이상술
펴낸곳 / (주)창비
등록 / 1986년 8월 5일 제85호
주소 / 10881 경기도 파주시 회동길 184
전화 / 031-955-3333
팩시밀리 / 영업 031-955-3399 · 편집 031-955-3400
홈페이지 / www.changbi.com
전자우편 / lit@changbi.com

ⓒ 서유미 2012
ISBN 978-89-364-3723-7 03810

* 이 책은 서울문화재단의 2012년도 창작지원금을 받았습니다.
* 이 책 내용의 전부 또는 일부를 재사용하려면
  반드시 저작권자와 창비 양측의 동의를 받아야 합니다.
* 책값은 뒤표지에 표시되어 있습니다.

당분간 인간

서유미 소설집

창비

차 례

스노우맨

새해 첫날이 토요일이라는 건 좋은 징조 같았다. 직장에 매인 사람들은 몇달 전부터 연휴에 대한 기대감으로 들떠 있었다. 여행사들은 발 빠르게 기획 상품을 출시했고 그것들은 불티나게 팔려나갔다. 많은 사람들이 자동차나 고속버스, 기차, 비행기를 타고 짧거나 긴 여행을 떠났다. 도시에 남은 사람들은 각종 모임에 참석해서 송년과 신년의 분위기를 즐겼다. 과음과 과식 이후에도 숙취와 소화불량을 해소해줄 휴일이 하루 더 남아 있다는 건 근사한 일이었다.

새해의 첫날, 도시는 일찍부터 깨어 움직였다. 새해에는 늦잠을 자지 않겠다고 다짐한 사람들도 많았지만 간밤의 여흥에 젖어 아침까지 번화가와 유흥가 근처를 배회하는 사람들도 많았다. 날이

밝자 브런치 약속이 있는 사람, 가족 단위로 식사를 하고 영화를 보려는 사람, 새해 첫날을 색다르게 시작하고 싶어하는 사람 들이 거리로 쏟아져나왔다.

기상이변 때문에 추운 날씨가 계속되었지만 해가 기울고 가로 등이 불을 밝히자 도시는 한결 따뜻해 보였다. 눈송이는 먼지나 보 푸라기처럼 사뿐하게 내려앉았으나 그걸 발견한 사람들은 소란스 러웠다. 누군가는 요란하게 침을, 누군가는 입버릇이 되어버린 욕 을 내뱉었다. 그리고 대부분의 사람들이 눈 오는 장면을 찍기 위해 휴대폰을 꺼내들었다. 흐지부지 내리다 만 첫눈 이후 도시에 처음 내리는 눈이었다. 거리를 걷던 사람들은 물론이고 까페나 술집에 앉아서 창밖을 내다보던 사람들도 와, 하며 입을 벌렸다. 새해 첫날 저녁, 고요하게 나부끼는 눈송이는 꽤 괜찮은 이벤트처럼 보였다.

남자는 다른 날보다 서둘러 출근 준비를 마쳤다. 새해 첫 출근인 데다 긴 연휴 끝의 출근이라 얼굴도장을 제대로 찍어둘 필요가 있 었다. 12월 초부터 흘러나온 인사발령에 대한 소문은 몸집을 계속 부풀려가는데다 실체도 또렷해졌다. 남자는 이번 발령에 내심 기 대를 걸고 있었다. 더이상 승진에서 밀려나면 곤란했다.

이발한 머리와 말끔하게 면도한 턱, 새하얀 셔츠와 잘 다린 양복 을 입고 거울 앞에 선 남자의 모습은 패기 넘치고 믿음직스러웠다. 그러나 빌라 출입문 앞에서 남자의 어깨는 단번에 처졌다. 밤새 눈 이 얼마나 많이 내렸는지 유리로 된 공동현관문의 삼분의 이 높이 까지 쌓여 있었다. 한눈에 봐도 남자의 허리를 넘어서는 높이였다.

눈 더미가 바리케이드처럼 버티고 있어서 문이 열리지 않았다. 온 힘을 다해 밀어붙여봐도 유리문과 그 너머의 눈은 꼼짝도 하지 않았다. 몇번 더 시도하다가 포기하고 남자는 숨을 몰아쉬었다. 혼자 힘으로는 도저히 안될 것 같았다.

남자는 101호와 102호의 문을 번갈아 쳐다보았다. 왼쪽에는 칠십대의 노파가, 오른쪽에는 유도선수 같은 인상을 한 삼십대의 남자가 살고 있었다. 안면은 없지만 밖에서 담배를 피우고 들어가는 모습을 몇번 본 적이 있었다. 시간을 확인한 다음 남자는 102호의 벨을 눌렀다. 세번 네번 눌렀는데도 대답이 없었다. 초조하게 기다리다가 남자는 다시 현관의 유리문을 밀어보았다. 반응이 없기는 유리문 쪽도 마찬가지였다. 급한 마음과 상관없이 시간은 정확하고 고요하게 흘러가고 있었다. 이제 그다지 여유있다고 할 만한 상황이 아니었다.

아내라도 부르려고 휴대폰을 꺼내는데 102호의 문이 열렸다. 102호 남자가 문밖으로 고개를 빼꼼히 내밀었다. 잠이 깨지 않아 눈이 반쯤 감긴 얼굴이었다. 문틈에서 따뜻하게 데워진 술 냄새가 새어나왔다.

"⋯⋯벨 누르셨어요?"

"주무시는데 깨워서 죄송합니다."

"⋯⋯누구세요? ⋯⋯무슨 일로?"

"4층 사는 사람인데 지금 밖에 눈이 너무 많이 와서 현관문이 열리질 않아요. 힘을 합치면, 저도 그렇고, 이따가 출근하실 때 수월할 것 같아서요."

102호 남자가 슬리퍼를 챙겨신고 밖으로 나왔다.

"와…… 눈이 정말 많이 왔네요. 근데…… 죄송하지만 다른 분께 도움을 청하시는 게 빠를 것 같습니다. 전 이제 출근할 일이 없거든요. 31일부로 그렇게 됐습니다."

102호 남자가 하품을 하며 말하는 동안 남자는 어떻게 반응해야 할지 몰라 잠자코 있었다. 상대의 이기적인 태도에 화가 나기도 하고 잠을 깨워서 미안하기도 하고 젊은 나이에 안됐다는 생각도 들었다.

"문을 연다고 해도…… 출근하기는 힘들 것 같은데요."

102호 남자가 거리를 쓱 훑어보더니 한마디 덧붙이고 집으로 들어갔다. 그 말을 무시하고 남자는 유리문을 몇번 더 밀어보았다. 문이 아니라 벽을 상대하는 것 같았다.

현관문 너머는 지나치게 고요했다. 평일 이 시간 빌라 앞은 출근하는 사람들로 북적거렸다. 이 길이 버스 정류장으로 가는 지름길인데다 이 지역의 인구밀도가 꽤 높기 때문이다. 그런데 지금 거리에는 아무도 없다. 비현실적인 두께의 눈 위에는 어떤 발자국이나 흔적도 남아 있지 않았다. 소리와 움직임이 사라져서 문밖은 정지된 화면처럼 보였다. 빌라 밖의 생명체가 모두 사라졌거나 생명 활동을 멈춰버린 것 같았다. 바람이 불자 쌓여 있던 눈만 황량하게 흩날렸다.

그래도 남자는 시무식에 늦어 부장에게 한 소리 들을까봐 조마조마했다. 입김이 나오고 손가락이 곱을 정도로 추운데도 겨드랑이의 땀샘은 활발하게 활동했다. 남자는 회사 동료의 번호를 찾아서 눌렀다. 신호가 가는 동안 그가 다른 도시에 산다는 사실이 기억났고 그쪽 사정은 어떨지 궁금했다. 동료의 전화에서는 '지금은 통화 중이오니……'라는 기계음이 흘러나왔다. 다시 걸어도 마찬가지였다. 어디에 전화를 걸어야 하나. 남자는 119와 112 사이에서 고민하다가 민원신고센터 번호를 생각해내곤 재빨리 전화를 걸었다. 하지만 기억해낸 보람도 없이 '현재 모든 상담원이 통화 중이오니……'라는 기계음만 들을 수 있었다. 남자는 휴대폰을 든 채 몸으로 계속 유리문을 들이받았다. 지각이 거의 확실시되자 남자는 이 사태가 이 지역의 특수한 상황이 아니라 상사가 납득할 수 있는 보편적이고 범지역적인 재앙이기를 진심으로 바랐다. 그가 움직임을 멈추자 주위가 다시 고요해졌다. 주머니 속에 든 휴대폰의 진동이 여진(餘震)처럼 느껴질 정도였다. 과장의 전화가 반가운 건 입사 이래 처음이었다.

"김대리, 어, 나도 현관문 앞에서 발이 묶였어. 아파트라 야간근무한 경비들이 몇 있긴 한데 그 사람들로는 어림도 없지. 연휴가 길었잖아. 암튼 상황을 좀 지켜보자고. 일단 출근은 무리인 것 같으니까…… 무슨 조치가 있겠지. 변동사항이 있으면 연락이 갈 거니까……"

남자는 네네, 하며 경직돼 있던 얼굴을 풀었다. 땀에 푹 젖은 러닝셔츠와 와이셔츠가 비로소 불쾌하게 느껴졌다.

집에 들어가자 네살배기 딸에게 밥을 먹이고 있던 아내가 놀라며 쳐다봤다.

"뭐 놓고 갔어?"

"아니, 눈이 너무 많이 와서 출근 못할 것 같아."

아내는 숟가락을 내려놓고 창문부터 열었다. 옮긴 지 일년밖에 안된 회사였다. 눈이 많이 왔다는 사실보다 출근을 못하겠다는 말이 그녀를 더 불안하게 만드는 게 분명했다.

"회사 전체가 쉬는 거니까 걱정하지 마."

"세상에······"

창밖으로 고개를 내민 아내가 탄성인지 탄식인지 모를 소리를 내뱉었다. 남자도 옆에 서서 밖을 내다봤다. 하룻밤 사이에 거리의 색감이 완전히 달라져 있었다. 폭설은 땅 위의 것을 공평하고 동등하게 덮어버렸다. 하얗게 빛나는 눈 더미 속에 건물들의 하체가 고스란히 묻혀 있었다. 누군가 눈에다 전봇대와 가로수를 듬성듬성 꽂아놓은 것 같았다. 일 미터가 넘게 쌓인 눈은 밟으면 뽀드득뽀드득 소리가 나는 보드라운 존재가 아니라 단단한 콘크리트 덩어리처럼 보였다. 그쳤던 눈이 다시 흩날리기 시작했다.

텔레비전 속은 평화로웠다. 예정돼 있던 광고가 이어졌고 녹화된 드라마의 타이틀이 차질 없이 올라갔다. 뉴스는 연휴 동안 있었던 사건사고 소식을 간추려 전했다. 고속도로에서 일어난 삼중추돌사고와 A시의 한 공장에서 일어난 화재, 그리고 이 도시에 사상 최대의 폭설이 쏟아졌다는 소식이 이어졌다. 눈이 쌓여서 도로가 마비된 화면은 확보하지 못했는지 함박눈이 쏟아지는 모습만 몇 장면 등장했다. 눈이다! 화면 속의 눈을 보고 딸애는 환호성을 지르며 팔짝팔짝 뛰었다.

"저것 봐. 뉴스에도 나오잖아. 저래서 지금 출근을 못한다니까.

눈 때문에 빌라 현관문이 안 열리면 말 다 한 거지."

수긍이 간다는 듯 아내도 고개를 끄덕거렸다.

남자는 원래 연휴가 하루 더 남아 있었던 것처럼 소파에 길게 드러누웠다. 한 일이 아무것도 없는데 배가 몹시 고팠고 피곤이 밀려왔다. 아이의 밥을 다 먹인 아내가 남자를 위해 밥을 새로 안쳤다.

다음 날 남자는 일어나자마자 공동현관문으로 내려가보았다. 다행인지 불행인지 눈의 높이는 어제와 비슷해 보였고 유리문은 밖으로 좀더 밀렸다. 하지만 네다섯살 된 애가 겨우 드나들 수 있을 정도의 틈이라 출근은 무리일 것 같았다. 남자는 유리문에 바짝 붙어서 밖을 내다봤다. 어둑한 거리, 불 꺼진 상점, 발자국 하나 없이 깨끗하지만 녹을 기미가 보이지 않는 완강한 눈 더미, 집 밖은 공동묘지처럼 음산했다. 남자는 손을 겨드랑이에 끼고 어깨를 웅크렸다. 변동사항이 있으면 연락이 갈 거라고 했던 과장의 말이 떠올랐다. 출근을 하는 것과 하지 않는 것 중에서 어느 쪽이 변동사항에 해당하는지 잠시 혼동이 됐다.

추운 겨울날 가족들이 한집에 옹기종기 모여 있는 장면은 따뜻해 보이지만 실상이나 속내까지 따뜻한 건 아니다. 연휴 동안에도 세 사람은 집 안에서만 뱅뱅 맴돌았다. 딸아이의 감기가 심해서 나들이나 여행을 떠날 수가 없었다. 저녁 외식을 하러 집 근처의 갈빗집에 간 게 유일한 외출이었다. 연휴 내내 남자는 텔레비전을 보거나 온라인 게임을 하면서 시간을 보냈다. 그러면 아내는 청소기를 돌린다 빨래를 넌다 하면서 종종거리며 움직였다. 게임 하는 아빠 옆에 있어봐야 재미없다는 걸 아는지 딸애는 엄마 뒤만 졸졸 따라다녔다. 그게 귀엽기도 하고 간만에 아빠 노릇 좀 하고 싶어서 장난을 걸면 딸애는 입을 삐죽거리다가 "아빠 싫어" 하고는 고개를 홱 돌려버렸다. 아내가 집안일을 마치고 앉아서 쉬려고 하면 남자는 이상하게 배가 고팠다. 밥때여서 그런 건데도 남자는 자신의 시장기가 불법처럼 느껴졌다.

딸애의 감기 때문에 보일러는 하루 종일 작동 중이었다. 집 안의 온도는 필요 이상으로 높았다. 덥지 않다고 하면서도 아내의 얼굴은 붉었다. 딸아이가 다니는 어린이집은 크리스마스 전부터 방학이었다. 그때부터 아이와 지내면서 씨름해야 했던 아내는 남자의 휴일까지 길어지자 더운 한숨을 토해냈다. 밥때가 가까워지면 아내는 손으로 부채질을 했다. 한 끼는 라면으로 때우는데도 아내의 얼굴은 점점 더 붉어지고 부채질 횟수는 늘어났다. 아내가 한숨을 쉬면 남자는 슬그머니 일어나서 베란다로 나갔다.

남자는 어쩐지 집이 자꾸 좁아지는 것 같았다. 소파에 앉아 있으면 천장이 내려오고 벽이 다가와서 나중에는 옴짝달싹도 할 수 없게 되었다. 컴퓨터가 있는 방으로 옮겨가도 마찬가지였다. 사방이 밀폐용기처럼 꽉 막혀 있었다. 남자와 아내, 딸애 세 사람은 밀폐용기에 담긴 김치처럼 각자의 상태와 부피에 맞게 발효되고 부글부글 끓어올랐다. 밀폐용기는 터지기 직전까지 팽창하다가 남자가 담배를 피우러 나가거나 아내가 전화로 누군가와 수다를 떨 때 한숨처럼 공기를 뱉어내며 아슬아슬하게 모양을 유지했다. 집에 있는 시간이 길어질수록 남자는 사무실에 있는 자신의 자리가 그리워졌다. 자신의 진짜 자리는 거실 소파나 컴퓨터 앞 의자가 아니라 그 딱딱한 철제 책상과 흡연자들끼리 모여서 시시껄렁한 농담을 주고받던 비상구 계단인 것 같았다. 찬바람이 들어온다고 아내가 잔소리를 했지만 남자는 자꾸 베란다에 나갔다.

담배를 입에 물고 불을 붙이는데 건너편 빌라의 현관문 앞에 사람의 모습이 보였다. 이틀 만에 처음 보는 외부인이었다. 검은 외투를 입은 여자는 빌라 안으로 들어가기 위해서 필사적으로 눈을 파헤치고 있었다. 여행에서 돌아왔는지 발치에 트렁크와 짐가방이 놓여 있었다. 손이 얼고 힘이 빠지기 전에 문을 열기 위해서 여자는 안간힘을 썼다. 뚫어놓은 구멍으로 팔을 집어넣어 손잡이를 당기려다 뜻대로 되지 않자 몸으로 밀고, 그마저도 여의치 않자 허둥대다가 눈 더미에 발이 걸려 넘어지기도 했다. 여자는 이따금 주위를 둘러보며 도움을 청할 만한 사람을 찾는 것 같았지만 거리에는 아무도 없었다. 혼자라는 걸 깨달은 여자는 체념하고 다시 눈 더미와 씨름했다. 담배를 다 피운 후에도 남자는 눈을 퍼내는 여자에게서 눈을 떼지 못했다. 그 모습은 생크림 케이크 위에서 허우적거리는 한마리의 개미처럼 보였다.

"내 친구네 남편은 오늘 출근했다는데…… 당신도 나가봐야 되는 거 아냐?"

저녁을 먹는 동안 아내가 한 말은 그것뿐이었다. 무심한 듯 눈을 내리깔고 있지만 얼굴에는 의혹과 불안, 원망 같은 게 서려 있었다. 출근하는 게 나았겠다고 생각했으면서도 아내의 말이 야속하게 들렸다. 하지만 남아 있는 저녁 시간의 평화를 위해 남자는 잠자코 있었다.

사상 최대의 폭설로 완전히 마비되었던 도로와 거리가 경찰과 군부대, 시민들의 도움으로 조금씩 숨통을 터가고 있습니다.

헬기에 올라탄 기자가 도시 곳곳을 비추었다. 무릎까지 오는 장화와 안전모를 착용한 사람들이 삽을 들고 부지런히 눈을 퍼내고 있었다. 화면 속의 그들은 레고 병정 같았다.

빌라의 공동현관문이 열려 있는 걸 보고 남자도 출근 준비를 마쳤다. 현관 앞에는 어른 한 사람이 눈을 퍼내면서 걸어간 흔적이 있었다. 몇호의 누가 어떤 방법으로 문을 열고 나갔는지 궁금했지만 알아낼 길은 없었다.

남자는 심호흡을 한 다음 그 길을 따라 걸어갔다. 길은 얼마 가지 않아 끊어졌다. 대로변으로 나가려면 왼쪽으로 꺾어야 하는데 눈이 파인 길은 오른쪽으로 이어져 있었다. 남자는 막힌 길 앞에 서서 주위를 두리번거렸다. 쌓인 눈 때문에 도로와 인도도 구분할 수 없었다. 경찰과 군부대는 어디에서 제설작업을 하고 있다는 건지 이곳은 여전히 눈이 점령하고 있었다. 방송에서는 도로 곳곳에 삽과 안전모를 비치해두었다고 했지만 그마저도 찾을 수 없었다. 어쩔 수 없이 남자는 가죽장갑을 낀 손으로 눈을 퍼내며 조금씩 앞으로 나갔다. 아무리 둘러봐도 사람 그림자조차 보이지 않았다. 도시가 멈춰버리고 남자와 거대한 눈 더미만 남은 것 같았다. 사람들이 모두 사라져버린 건 아니겠지. 남자는 엊그제 새벽에 본 재난영화를 떠올리며 침을 꿀꺽 삼켰다. 며칠 동안 스스로의 무게에 눌려 있던 눈은 흙처럼 육중하고 단단했다. 가죽이 젖어서 장갑 안이 금세 축축해졌다.

눈 더미 속에서 제설함과 삽 한 자루가 나왔다. 근처를 다 팠는데도 안전모는 찾지 못했다. 시민들을 위해 준비한 거라고 하기에 삽은 너무 낡고 녹슬었다. 하지만 남자는 젖은 장갑 대신 삽을 쥐었다. 벌겋게 언 손이 욱신거렸다.

새해 첫 출근을 위해 차려입은 양복과 넥타이 때문에 남자의 동작은 굼떴다. 일할 때 그는 언제나 양복 차림이었다. 불편하다고 말하면서도 그는 양복을 즐겨 입었다. 어느새 양복은 가장 자주 입는 옷, 그에게 가장 잘 맞는 옷이 되었다. 재킷과 바지가 흉하게 구겨졌지만 남자는 양복바지를 양말 안에 쑤셔넣거나 재킷 소매를 마구 걷어붙이지는 않았다. 작업이 힘들지만 이 눈을 헤치고 회사에 출근하면 얘깃거리도 생기고 남자에 대한 상사들의 인식도 바뀔 거라고 생각하며 참았다. 한 삽을 퍼내면 한발짝 앞으로 나갈 수 있다는 점에서 지루하지만 정직한 작업이기도 했다. 세상에 혼자 남아 전설이 된 영화 속 주인공을 떠올리면서 남자는 눈을 퍼냈다.

평소 걸음으로 십분이면 왔을 곳을 한시간이 지나서야 도착했다. 익숙하지 않은 노동에 남자는 금세 지쳤다. 집에서 회사까지는 대중교통으로 한시간 남짓 걸리는 거리였다. 이런 속도로 언제쯤 회사에 도착할 수 있을지 가늠하기도 어려웠다. 몸을 움직이면서 흘린 땀 때문에 셔츠가, 허리까지 쌓인 눈 때문에 구두와 바지, 속옷이 다 젖었다. 남자의 삽은 점점 느려졌고 눈이 쌓인 길은 끝이 없어 보였다. 삽을 쥐었던 손바닥엔 어느새 물집이 잡혔다. 고개를 돌리자 그가 파고 온 길이 삐뚤빼뚤 이어져 있었다. 앞이 아니라 지그재그로 가고 있는 것처럼 보였다. 바람이 불 때마다 삽으로 퍼낸 눈 뭉치들이 원래의 자리로 굴러떨어졌다.

아득히 먼 곳에서 포클레인 같은 기계음이 들려왔다. 남자는 삽질을 멈추고 주위를 둘러보았다. 하지만 여전히 아무도, 아무것도 보이지 않았다. 귀를 기울이면 그 소리는 기계음이 아니라 먼 데서 불어오는 바람 소리 같기도 했다. 그래도 남자는 그게 도로 위의 눈을 치우는 기계 소리라고 믿고 싶어졌다. 도시의 제설작업은 멈추지 않았고 이곳의 눈을 치우기 위해 돌진 중이다, 하루 이틀쯤 집에서 버티다보면 분명히 길이 뚫릴 것이다, 언제 눈이 내린 적이 있었느냐는 듯 도로 위로 차들이 달리고 교통체증에 시달리게 될 것이다, 그렇게 믿는 편이 이 눈을 헤치면서 출근하는 것보다 쉬울 것 같았다. 어차피 지금은 공장이나 거래처도 다 쉬고 있어서 출근해봐야 할 일도 없을 텐데, 이렇게까지 하면서 갈 필요가 있을까. 남자는 슬그머니 삽을 내려놓았다. 출근하고야 말겠다던 야심 찬 계획은 어느새 흐물흐물 녹아내리고 말았다.

전화벨은 기막힌 타이밍에 울렸다. 발신번호를 확인한 남자가 인상을 확 구겼다.

"네, 부장님, 새해 복 많이 받으십시오. 제가 먼저 안부전화 드렸어야 하는데 죄송합니다."

"김대리, 내가 지금 그런 인사 받자고 전화했지 알아? 너 지금 어디야? 우리 사업부에서 너만 출근 안했어."

"네? ……아, 지금 가는 중입니다. 는 때문에 현관문이 안 열려서······"

"야, 너 사는 데만 눈 왔냐? 지금 세상천지가 눈이야. 이 새끼가 빠져가지고. 며칠 시간을 줬으면 미리미리 눈도 치워놓고 출근 준비를 해야 될 거 아니야. 넌 그러니까 안되는 거야. 새끼가 눈치도 없지, 근성도 없지, 네 나이에 대리 달고 있는 거 쪽팔리지도 않냐? 새해부터는 잘해보겠다며. 이 새끼는 맨날 술 마실 때만 열심히 한다 그러지. 회사가 우습냐? 먹고사는 게 우스워?"

부장은 속사포처럼 퍼부어댔다. 아닙니다, 무섭습니다······라는 말 대신 남자의 입에서 흘러나온 건 거의 다 왔으며 무조건 빨리 가겠다는 거짓말이었다. 삽으로 눈이 아니라 머릿속을 퍼낸 것처럼 정신이 없었다. 전화를 끊고 나서 남자는 시간을 확인했다. 부장이 제시한 데드라인까지는 두시간 정도 남아 있었다. 허리까지 쌓인 눈을 마주했을 때보다 더 막막해졌다. 남자는 양복바지를 양말 안에 쑤셔넣고 재킷의 소매를 아무렇게나 걷어붙였다. 사람들이 보이지 않은 건 그들이 사라졌기 때문이 아니라 지난밤에 출근을 시작했기 때문이었다. 빌라의 현관문이 열려 있었던 것도 밤새 누군가가 근성을 갖고 밀어붙인 결과였다. 남자는 자신의 안일함과 무능력함을 자책하며 삽을 들었다.

눈을 부드러운 솜사탕이나 포근한 솜이불에 비유하는 건 눈에 대해 잘 모르기 때문이다. 언 눈 속에서 삽질을 몇번만 해보면 그동안 눈의 낭만적인 표면에 대해서만 알고 있었다는 걸 깨닫게 된다. 얼어붙은 눈은 유리 조각처럼 날카롭고 위험하다. 부딪히거나 긁히기만 해도 바로 피가 맺힌다. 손등에 난 피를 혀로 핥고 나서 남자는 발로 삽을 꾹 눌렀다. 군 복무 시절 무릎까지 쌓인 눈을 치울 때도 지금보다는 수월했다. 그 눈은 물에 젖은 모래처럼 무겁긴 했어도 남자의 앞길을 막거나 목을 조르지는 않았다. 폭설이 이 도시가 아니라 남자의 인생에 쏟아져내린 것 같았다. 팔다리에 힘이 빠질수록 남자는 한마리의 두더지가 되고 싶었다.

"김대리, 지금 어디야? ……아직 거기밖에 못 왔어? 나도 혹시나 해서 와봤더니 상황이 이렇더라고. 안 왔으면 좆될 뻔했지. 지금 누구랑 오고 있어?"

혼자라고 하자 과장이 한숨을 크게 내쉬었다.

"이런 비상사태에 혼자서 움직이면 어떡해. 비상연락망은 폼으로 줬는지 알아? 이럴 때 쓰라고 준 거 아냐. 왜 그렇게 융통성이 없어. 사람들이 어떻게 제시간에 출근했을까 생각을 좀 해봐. 이틀 동안 개인적으로 판 다음에 가까이 사는 동료들끼리 만나서 같이 뚫고 온 거 아냐. 그게 사회생활이고 회사생활이잖아. 혼자 할 일이 있고 협력해서 해야 할 일이 있고, 그 정도는 말 안해도 알아서 해야지. ……암튼 서둘러 오라고. 다들 기다리고 있으니까."

사업부 전체에서 출근하지 않은 사람은 남자와 제2사업부의 유대리 두 사람뿐이라고 했다.

"유대리야 평소에 점수 따놓은 것도 있고 그쪽 부장이 무르니까 내일까지는 괜찮을 거 같은데, 알잖아. 이쪽은 지랄 같은 거. 거기다 넌 찍힌 몸 아니냐. 오기만 하면 갈아마실 거라고 벼르고 있어. 부장 그 새끼 지기 싫어하는 거 모르냐? 아직도 그런 게 파악이 안 돼?"

출근은 했지만 할 일이 없는 과장은 잔소리를 길게 늘어놓았다.

"내가 누누이 말하잖아, 사회생활의 99퍼센트가 인간관계라고. 눈치도 좀 보고 고개도 좀 숙이고 비위도 맞춰가면서, 응? 더럽고 치사해도 말이야. 솔직히 우리가 회사생활 아름다워서 하는 건 아니잖냐."

땀이 마르면서 남자의 몸은 차갑게 식어갔다. 어쩔 수 없이 남자는 한 손으로는 휴대폰을 쥐고 한 손으로 어설프게 삽질을 했다. 불행 중 다행이라면 유대리의 집이 남자의 집과 회사의 중간쯤에 있다는 점뿐이었다.

유대리가 출근하지 않은 건 좀 의외였다. 그는 제2사업부의 유력한 과장 후보였다. 초고속이라고 할 순 없지만 만년 대리, 만년 과장이 많은 회사의 분위기를 볼 때 확실히 빠른 승진이었다. 일밖에 모르는 타입이라 인간관계가 좋은 건 아니지만 평판이 나쁜 편도 아니었다. 남자는 유대리가 사무실에 남아 야근하는 걸 여러 번 보았다. 컴퓨터 앞에서 모니터를 들여다보고 있는 유대리의 옆모습은 움직임이 없어서 컴퓨터 책상과 한 세트 같았다. 저녁 먹고 대충 시간 때우다가 퇴근하는 인간들하고는 질적으로 달랐다.

점심시간이 지나서 남자의 눈앞에 나타난 것은 회사 건물이 아니라 눈을 열심히 파내고 있는 다른 삽이었다. 그건 남자의 삽보다 크고 견고해 보였다. 초록색 삽은 쉬지 않고 눈을 퍼냈다. 남자가 파놓은 길에 다다라서야 상대는 고개를 들고 숨을 몰아쉬었다. 이십대 후반이나 삼십대 초반으로 보이는 젊은 남자였다. 아웃도어 브랜드의 이름과 로고가 새겨진 기능성 재킷으로 무장하고 있어서 에베레스트 산에 던져놓아도 끄떡없을 것 같았다. 그가 쓴 고글 위로 햇빛이 반짝거렸다. 남자는 젖었다가 마르기를 반복한 주름진 양복이 부끄러웠지만, 눈으로 뒤덮인 허허벌판에서 누군가를 만났다는 사실이 반가워서 어색하게 눈인사를 건넸다.

"출근하는 길이신가봐요."

젊은 남자가 땀을 닦으면서 먼저 입을 열었다.

"네, 회사에서는 빨리 안 온다고 난리가 났는데 몸이 안 따라주네요."

"저랑 비슷하시네요. 천재지변인데 출근해야 되냐고 물었다가 팀장한테 엄청 깨졌거든요. 삽자루 들고 이게 뭐 하는 짓인지 모르겠습니다."

젊은 남자는 생수를 한모금 마시고 남자는 담배를 한대 피워물었다. 두 사람은 상대적인 빈곤감을 느끼게 했던 황금연휴와 기상청도 감지하지 못한 폭설에 대해 몇마디 나눴다. 세상이 점점 더 팍팍해지고 사는 게 녹록지 않다는 이야기도 했다.

"월급은 그대론데 물가는 자꾸 오르지, 일할 수 있는 건 몇년 안 되는데 평균수명은 길어지지, 병원비는 계속 오르지, 범죄는 늘어나지, 툭하면 이상기후에……"

랩처럼 이어지는 상대의 불평을 들으며 남자는 고개를 끄덕거렸다. 모르는 사람과 사심없이 대화를 나누는 게 얼마 만인가 생각했고 뜻밖에도 말이 잘 통한다는 것에 위안을 받았다. 이야기는 단박에 열기를 띠었다.

"맞아요. 사는 게 전쟁입니다. 위에서 누르지 밑에서 치고 올라오지 옆에서 밀지, 버티고 서 있는 것도 힘들어 죽겠는데 폭설까지 내려서 출근이 이렇게 힘들어질지 누가 알았겠습니까. 이래가지고 오늘 안에 출근할 수 있을지 모르겠어요."

"제가요, 이런 개고생 안하려고 학교 다닐 때 기를 쓰고 공부하고 발버둥쳐서 대기업에 들어온 거거든요. 근데 달라진 게 별로 없는 것 같아요. 한마디로 인생에 여유라는 게 없습니다. ……그때 A그룹으로 갈 걸 그랬어요. 그쪽은 오늘 출근 안하거든요. 그런 게 진짜 대기업이죠."

대기업이라는 말에 따뜻하게 배어 있던 땀이 급격하게 식어갔다. 남자가 부끄러워해야 할 것은 녹슨 삽이나 구겨진 양복 따위가 아니었다.

"이것도 인연인데, 근처 오면 전화 주세요. 술 한잔 하죠. 말도 잘 통하고 처지도 비슷한 것 같은데."

남자는 상대가 건네는 명함을 받아들었다. 익숙한 대기업의 로고가 선명하게 찍혀 있었다. 남자는 명함이 다 떨어졌다고 얼버무린 다음 서둘러 삽을 잡았다. 말은 잘 통하는지 모르겠지만 처지가 비슷하지 않아서 마음이 냉랭해졌다. 고글을 쓴 젊은 남자는 왼편으로 멀어져갔다. 뒷모습이 스키장에서 보드를 타는 사람 같았다. 그새 눈이 두 배쯤 단단하고 무거워진 기분이었다.

옆으로 누운 음식물쓰레기 수거함과 주차금지 입간판 같은 것들이 눈 속에서 나왔다. 삽 끝에 뭔가 걸릴 때마다 남자의 입에서는 욕이 튀어나왔다. 출근길의 방해물은 눈 더미만으로도 충분했다. 몇번 더 통화를 시도했지만 유대리는 전화를 받지 않았다. 신호음이 지루하게 이어졌다.

여름에도 폭우 때문에 도시 전체가 마비될 정도로 큰 물난리가 났다. 도로가 물에 잠기고 지하철 일부 노선의 운행이 중단돼서 출근길이 몹시 혼잡했다. 한시간 늦은 사람부터 점심때 출근한 사람까지, 제시간에 출근 카드를 찍은 사람이 거의 없었다. 속옷까지 다 젖을 정도로 뛰었는데도 남자는 열한시에 도착했다. 회사 전체에서 출근 시간을 정확하게 지킨 사람은 유대리뿐이라는 소문이 돌았다.

"시간 맞춰 온 게 아니라 전날 밤 회사에서 잤대. 비 오는 거 보니까 출근 못할 것 같아서 아예 퇴근을 안했다는 거야."

박대리가 담배를 꺼내물었다.

"역시 유대리네."

구대리는 말끝에 감탄인지 야유인지 애매한 추임새를 넣었다.

"근데 말이다, 제시간에 출근하는 게 그렇게 중요한 거냐?"

남자가 투덜거리자 박대리가 손에 든 종이컵을 우악스럽게 구겨버렸다.

"그래서 너보고 김새는 김대리라고 하는 거야. 저쪽은 유능한 유대리고."

그 말에 구대리가 한숨을 내뱉듯 웃었다. 박 터지는 박대리와 구박받는 구대리의 말이라 남자도 그냥 웃어넘겼다.

그렇게 열성적이던 유대리가, 출근에 목숨 거는 사람이 아직 출근을 하지 않았다는 게 믿어지지 않았다. 하지만 속사정이야 어떻든 남자의 입장에서는 같이 출근할 동료가 남아 있다는 게 다행스러운 일이었다. 유대리를 만나야 출근이 수월해질 텐데. 전화를 계속 안 받는 걸 보면 유대리도 출근하기 위해서 눈을 퍼내고 있을 가능성이 컸다. 유대리가 먼저 회사에 도착할까봐 남자는 마음이 급해졌다.

시내 쪽으로 나오자 눈을 퍼내면서 움직이는 사람들이 하나둘 눈에 띄었다. 유대리가 사는 오피스텔은 남자가 있는 곳에서 그리 멀지 않았다. 지난봄에 대리들 몇이 거기 몰려가서 새벽까지 술을 마셨다. 지은 지 얼마 안된 오피스텔은 깨끗하고 인테리어가 고급스러웠다. 이런 건 얼마냐? 실평수는 어떻게 돼? 집을 둘러보며 다들 질문을 던졌다. 이런 데서 혼자 살았으면 좋겠다. 남자는 술에 취해서 중얼거렸다. 그때도 유대리는 빈 병이 늘어날 때마다 출근 걱정을 해서 사람들의 빈축을 샀다.

중심가라 그런지 주상복합 오피스텔의 입구는 말끔하게 치워져 있었다. 남자는 출입문 앞에서 호수를 누르고 유대리가 대답하기를 기다렸다. 하지만 뚜우, 뚜우 신호만 갈 뿐 응답이 없었다. 집에 있을 리가 없지. 남자는 유대리가 멀리 가지 않았기를 간절히 바랐다. 담배도 한대 피울 겸 통화 버튼을 여러번 눌렀지만 유대리는 전화를 받지 않았다.

빨리 안 오고 뭐 해. 과장의 문자가 도착했다. 어느새 두시였다. 남자는 삽을 쥐고 기계적으로 움직였다. 눈을 치우는 속도가 점점 빨라졌다. 하지만 그만큼 빨리 지쳤다. 눈 속에 앉아서 쉬고 있으면 드러누워서 눈을 붙이고 싶은 마음이 간절해졌다. 그 순간에는 눈

이 딱딱하고 차갑게 느껴지지 않고 그저 공원에 있는 나무 벤치 같았다. 심지어 솜이불처럼 포근하게 느껴져서 안으로 한없이 파고들어가고 싶어지기까지 했다. 남자는 쭈그리고 앉아서 꾸벅꾸벅 졸다가 한기 때문에 경기하듯 깨어났다.

남자의 삽 끝에 폐지 묶음이 걸렸다. 얼어붙은 종이 뭉치는 돌덩이처럼 무거웠다. 삽으로 떠내는데 그 사이에 들어 있던 중국집 스티커가 남자의 구두 위에 툭 떨어졌다. 손바닥만한 광고지에는 짜장면과 짬뽕, 볶음밥 사진이 인쇄되어 있었다. 하얀 눈 위에서 그 까맣고 빨간 색상은 너무나 선명했다. 남자는 자신이 아침 점심도 거른 채 삽질을 했다는 걸 깨달았다. 머릿속에서 짜장면과 짬뽕의 냄새가 천천히 피어올랐다. 그건 아주 먼 옛날에 먹었던 것처럼 아득하고 그리운 맛이었다. 입안에 따뜻한 침이 고였다. 짜장면 곱빼기 한 그릇만 먹고 나면 회사까지 갈 힘이 생길 것 같았다. 다 먹고 살자고 하는 일 아닌가. 남자는 홀린 듯 휴대폰을 꺼냈다.

배달이 될까 의심하면서도 밑져야 본전이라는 심정으로 번호를 눌렀다. 신호가 가는 소리가 길어지자 절대로 전화를 받을 리가 없다는 확신이 들었다. 그가 전화를 하는 건 짜장면을 먹을 수 없다는 걸 확인하기 위해서인 것 같았다. 그래서 "여보세요"라는 굵직한 목소리가 튀어나왔을 때 남자는 당황해서 아무 말도 하지 못했다. "여보세요." 상대가 한번 더 말한 뒤에야 "거기가 중국집 맞습니까?" 하고 물었다.

"네, 진성각입니다."

"혹시, 지금 배달이 됩니까?"

"주소가 어떻게 되세요?"

중국집 주인은 도시가 눈으로 덮여버렸다는 걸 모르는 것처럼 태연하게 물었다. 여기 주소가…… 남자는 주변을 둘러봤다.

"가정집이 아니라 대로변인데 가능하겠습니까? ……근처에 ○○병원하고 부동산이 있습니다."

"아, 거기요. 예, 배달됩니다. 짜장 곱빼기 하나요? 네, 알겠습니다."

전화를 끊은 뒤에도 남자는 한동안 멍하게 서 있었다. 배 속에서 나는 꼬르륵 소리가 요란했다. 통화하면서 나눈 말들은 모두 장난이고 배고픔만 진짜인 것 같았다. 배달을 기다리는 동안 시간은 흐르지 않고 어깨 위에 차곡차곡 쌓였다. 이대로라면 무게를 견디지 못하고 어깨가 뚝 부러져버릴 것 같았다.

남자는 주위를 두리번거렸다. 차가 사라지고 상가들이 문을 닫은 도시는 고요했다. 어디에서도 짜장면을 싣고 오는 오토바이 소리는 들리지 않았다. 짜장면이 정말 올까. 휴대폰을 꺼내서 시간이 얼마나 흘렀는지 확인했다. 눈 때문에 출근도 못하는데 배달이 될 리가 없지. 남자는 눈을 한 주먹 떠서 입에 쑤셔넣었다가 도로 뱉었다. 가만히 서서 기다리고 있는 자신이 미친놈 같았다.

그때 오른쪽 골목 끝에서 안전모를 쓴 사람이 나타났다. 그 사람은 빠른 속도로 눈을 퍼내면서 걸어왔다. 그 사람이 삽으로 퍼내는 것은 언 눈이 아니라 가볍고 보드라운 밀가루인 것 같았다. 노를 젓는 것처럼 몸의 움직임이 유연하고 리듬감이 넘쳤다. 덕분에 남자와의 거리는 금세 가까워졌다. 안전모에는 '신속배달'이라고 쓰여 있었다. 안전모를 쓴 배달원이 남자를 보곤 오른팔을 번쩍 들었다. 거짓말 같은 상황에 남자는 눈만 끔벅거렸다. 안전모에 쓰인 문구 그대로 신속하고 정확한 배달이었다.

철가방을 내려놓고 안전모를 벗은 배달원은 뜻밖에도 머리가 희끗희끗한 중년이었다. 눈 속을 뚫고 오느라 어깨와 신발이 눈투성이였다.

"먹고 그릇은 그냥 버리시면 됩니다."

"대단하시네요. 이런 날까지 배달을 하시고……"

"눈이 와도 먹고는 살아야죠."

배달원은 그릇을 건네자마자 다시 안전모를 쓰고는 바쁘게 걸어갔다. 짜장면 위에 쿠폰 한장이 단정하게 놓여 있었다.

손이 얼어서 젓가락은 짝짝이로 쪼개졌다. 짜장의 고소한 냄새와 일회용 용기의 따뜻함은 너무 생생해서 오히려 비현실적이었다. 젓가락을 쥐고 짜장면을 비비면서 남자는 코를 훌쩍거렸다. 엉거주춤하게 서서 짜장면을 먹는 동안 남자는 세상이 자신을 상대로 몰래카메라를 찍고 있는 게 아닌가 의심했다. 자신처럼 보잘것없는 사람에게 관심이 있어서가 아니라 별 볼 일 없는 사람이 다급한 상황에 처했을 때 보여줄 법한 우스꽝스러운 행동을 즐기기 위해서. 정말 그런 거라면 남자는 지금 자신이 그들의 기대에 충분히 부합하고 있다고 생각했다. 줄줄 흐르는 콧물을 손등으로 닦으면서 젓가락질을 했고 그릇까지 먹어치울 기세로 허겁지겁하다 젓가락을 한 짝 떨어뜨리기까지 했으니까. 그걸 찾으려고 눈 속을 파헤쳤지만 결국 찾지 못하고 남은 짜장면은 젓가락 한 짝으로 긁어 먹었다. 그래도 양념까지 깨끗하게 비웠다. 부끄러움이나 자괴감 같은 걸 느낄 겨를도 없었다.

회사까지의 거리는 이제 삼분의 일쯤 남아 있었다. 남자는 과장의 문자와 부장의 전화를 한번씩 씹었다. 그것과는 전혀 다른 이유로 아내의 전화도 받지 않았다. 남자는 그저 파고 걸었다. 쉴 때는 허리를 펴고 목을 좌우로 돌리면서 거리를 천천히 둘러보았다. 전화는 씹었지만 누군가와 이야기를 나누고 싶은 마음은 어느 때보다 간절했다.

맞은편에 불 꺼진 편의점이 있었다. 편의점 간판을 보자 온장고에 든 따뜻한 캔커피가 마시고 싶어졌다. 얼마 전까지 일상이었던 것들이 지금은 손이 닿지 않는 저 눈 밑에 파묻혀버렸다. 누가 만들어놓았는지 편의점 앞에는 남자의 키만한 눈사람이 서 있었다. 동그란 눈과 웃는 입 모양을 한 눈사람이었다. 그 웃는 얼굴을 보고 남자는 잠시 멈춰 섰다. 눈이 재앙이 되고 눈 때문에 일상이 무너진 곳에 서 있는, 웃는 얼굴의 눈사람은 김새는 농담 같았다. 남자는 자신도 모르게 그 입모양을 흉내냈다. 말라붙어 있던 입술이 툭 터져서 피가 찔끔 새어나왔다.

한참 속도를 내고 있는데 삽 끝에 딱딱한 게 또 걸렸다. 시간은 촉박하고 마음은 급한데 발로 눌러도 삽날이 더이상 들어가지 않았다. 남자는 일 미터쯤 떨어진 곳에 다시 삽을 꽂았다. 한 삽 떠내고 나자 또 삽이 들어가지 않았다. 생활정보지함이나 자전거가 쓰러진 게 아니라 공룡이라도 묻혀 있는 것 같았다. 하는 수 없이 방향을 옆으로 틀어서 팠다. 그때 어디선가 메아리처럼 음악 소리가 들려왔다. 가느다란 목소리의 여자가 부르는 곡인데 멜로디가 익숙했다. 남자는 잠시 손을 멈추고 그 소리에 귀를 기울였다. 비록 벨소리이긴 하지만 그날 처음으로 듣는 음악이었다. 주머니 속에서 휴대폰의 진동이 울렸지만 남자는 무시해버렸다. 음악 소리는 멈추었다가 눈을 퍼내자 다시 시작되었다. 아까와 같은 멜로디였고 눈을 퍼낼수록 소리가 점점 커졌다. 남자는 길이 아니라 소리를 찾아서 삽을 움직였다. 손으로 눈을 쓸어낸 뒤에야 소리의 진원지를 찾아낼 수 있었다. 그것은 눈 속에 파묻힌 누군가의 휴대폰이었고 공교롭게도 빳빳하게 언 양복바지 안에 들어 있었다.

남자는 무릎을 꿇고 앉아서 삽과 손으로 눈을 파냈다. 판박이 스티커를 천천히 벗겨낼 때처럼 눈 속에서 검은색 구두와 발, 모직으로 된 양복바지가 차례대로 모습을 드러냈다. 남자는 코를 훌쩍거리면서 언 손으로 조심스럽게 눈을 파헤쳤다. 입에서는 입김이 쉴 새 없이 쏟아져나왔다. 양복 차림의 사람은 눈의 중간쯤에 화석처럼 묻혀 있었다. 양복 재킷과 와이셔츠는 주름을 그대로 간직한 채 얼어붙었고 검붉은 색의 실크 넥타이는 오래전에 흘린 피처럼 굳어 있었다. 양손 다 눈을 그러쥐고 있어서 손가락은 보이지 않았다. 전체적으로 몸을 둥글게 말고 있는 모습이지만 상반신의 일부는 아직도 눈 속에 묻혀 있었다. 쌓인 눈의 두께로 봐서는 그가 쓰러진 뒤에도 눈이 계속 내렸다는 걸 알 수 있었다.

해가 빠르게 기울고 있었다. 몸은 추운데 남자의 얼굴은 땀범벅이 되었다. 흘러내리는 땀을 닦으며 남자는 조심스럽게 눈을 치웠다. 고대유물을 발굴하는 고고학자처럼 손이 떨렸다. 눈을 쓸어내자 어깨와 목, 안경을 쓴 얼굴이 차례로 나타났다. 혹시라도 맥박이 뛰는지 확인하려던 남자가 바닥에 그대로 주저앉았다. 눈 속에서 화석이 된 사람은 집에도 없고 전화도 받지 않던 유대리였다. 이봐. 남자는 유대리의 몸을 흔들었다. 턱에서 땀이 툭 떨어졌다. 일어나. 휴대폰에서 다시 익숙한 멜로디의 노래가 흘러나왔다. 이봐! 유대리를 부르는 남자의 목소리가 떨렸다. 유대리의 전화기를 주워 귀에 댔지만 남자는 아무 말도 하지 못했다. 여기, 눈 속에, 유대리가 있어요. 하지만 그 말은 입 밖으로 나오지 않고 남자의 입안에서 딱딱하게 굳었다.

해가 기울고 주위는 어느새 어둑어둑해졌다. 이대로 한시간 정도만 파고 가면 회사에 도착할 수 있을 것 같은데. 남자는 회사 쪽을 쳐다보았다. 그리고 자신이 파고 온 길을 돌아보았다. 앞으로 나아가기에도 다시 돌아가기에도 만만치 않은 거리였다. 게다가 남자는 너무 지쳐 있었다. 그는 유대리의 옆에 쪼그리고 앉아서 숨을 골랐다. 졸음이 밀려왔지만 졸지 않으려고 눈을 부릅떴다. 눈 더미는 딱딱하거나 차갑게 느껴지지 않고 그저 공원에 있는 나무 벤치 같았다. 시야가 구겨진 종이처럼 뭉개지고 있었다.

그곳의 단잠

앞사람이 일어나는 걸 보고 K는 엉덩이부터 들이밀었다. 그 자리를 노리고 있던 여자가 눈을 흘기는 게 느껴졌지만 모른 척했다. 출근 시간의 토막잠은 일용할 양식과도 같아서 양보할 수가 없다. 자리에 앉은 K의 고개가 옆으로 떨어지자 왼쪽에 있던 남자가 인상을 쓰며 몸을 피했다. 그 바람에 살집 좋은 K의 상체가 옆으로 휘어졌다가 제자리로 돌아왔다.

지하철 의자에서 K의 육중한 몸과 잠버릇은 기피 대상이지만, 희망 에스테틱에서 살이 오른 K의 손은 인기가 많다. K에게 마사지를 받은 사람들은 부드러우면서도 힘이 있는 K의 손을 잊지 못해 단골이 되었다.

처음 에스테틱에 온 사람들은 긴장해서 얼굴이 굳거나 자꾸 주위를 두리번거린다. 침대에 누운 뒤에도 다른 사람이 자신의 얼굴이나 몸을 만지는 게 어색해서 몸이 경직되어 있다. 하지만 K가 크고 통통한 손으로 크림을 바르고 마사지를 시작하면 목과 어깨가 서서히 부드러워진다. 마사지에 익숙해지면 사람들은 K와 눈이 마주치기만 해도 안정 모드에 접어들고 K의 손이 닿자마자 시원함을 경험하기 시작한다. 숨소리는 나른해지고 몸과 의식은 느슨하게 풀린다. 그래서 많은 사람들이 반수면 상태가 돼서 가벼운 콧소리를 내거나 실제 수면에 빠졌다.

누운 채로 K에게 농담을 건네거나 자신의 고민을 털어놓는 사람도 있었다. 눈을 감거나 얼굴을 가리고 혹은 엎드린 채로 입만 움직일 때 그들의 목소리는 K를 향하고 있지만 그 말은 애인이나 남편, 상사, 시부모를 겨냥하고 있다. 그때 K가 할 일은 선을 넘지 않는 것이다. 손의 움직임이 흐트러지거나 느려져서도 안되고 추임새 이상의 말을 건네서도 안된다. 귀 기울여 듣고 성심성의껏 대답하되 마사지가 끝나는 순간 깨끗이 지워버려야 했다. 대부분의 사람들은 마사지가 끝나면 쓸데없는 이야기를 늘어놓은 자신을 부끄러워하기 때문이다. 그래서 옷을 갈아입은 뒤에는 K와 마주치는 걸 껄끄러워하거나 쌀쌀맞게 굴기도 했다. 좀더 세련된 사람들은 안면을 싹 바꿨다. 어떤 말도 건넨 적이 없는 것처럼. 그런 반응 앞에서 K는 담담했다. 또래의 동료들이 그런 일 때문에 스트레스를 받거나 자존심이 상해서 일을 그만둬버리는 감정적이고 극단적인 선택을 하는 것에 비하면 어른스러운 대처였다. 하지만 K가 의연한 건 이해심이 많거나 써비스 정신이 투철해서가 아니라 그런 일에 단련되어 있어서였다. 뚱뚱하고 미련하고 팔 힘만 센 여자에게 세상은 냉담했다. 필요할 때만 K를 이용하고 따돌리는 사람들이 주변에 수두룩했다. K의 호의는 대체로 환영받지 못하고 집착으로 오해받기 일쑤였다. 그들이 잘해줄 때 K는 마음속으로 그들의 변심과 배척을 예상했다. 흔들리지 않기 위해서는 기대를 품지 않는 게 중요했다. 그러다보니 웬만한 냉대에는 꿈쩍도 하지 않게 되었다.

영업시간 내내 에스테틱에는 뉴에이지풍의 음악이 잔잔하게 흘렀다. 고객이 새근거리는 숨소리를 내면 K에게도 나른함이 찾아왔다. 그때마다 K는 아랫입술을 지그시 깨물고 손아귀에 힘을 줬다. 이 졸음을 훼손하지 않고 그대로 저장해두었다가 침대에 누웠을 때 꺼내 쓰고 싶었다.

새로 지은 고층 아파트에 이사 온 뒤로 K는 불면증에 시달렸다. 자기 전에 따뜻한 우유를 마시고 숙면에 도움을 준다는 아로마 향을 맡고 침대에 누운 후에는 엄지발가락을 구부린 채 양을 한마리씩 셌지만 잠 속으로 들어가지 못하고 주변만 맴돌았다. 입구를 찾지 못하는 것 같기도 하고 입장을 거부당하는 것 같기도 했다. 밤새 뒤척이다가 겨우 잠이 든 뒤에도 높은 곳에서 떨어지는 꿈을 꾸고 깨는 일이 잦았다.

눈을 감으면 바람 부는 육교 위에 서 있는 것처럼 침대와 방바닥, 고층 아파트 전체가 출렁거렸다. 그 진동은 소화기관과 머리만 흔드는 게 아니라 심신의 휴식이 되어야 할 잠과 다음 날의 일상까지 송두리째 흔들었다. K에게 아파트 24층은 너무 높고 위태로웠다. 가족들의 말대로라면 K의 방은 밑에 깔린 23개의 집 위에 얌전하게 얹혀 있는 셈이지만 K는 베란다와 창 밖이 허공이라는 걸 잊지 못했다. 훤하게 뚫린 창문을 볼 때마다 멀미가 밀려오고 머릿속에서 경고등이 깜박거렸다. 기다란 고층 아파트가 휘청거리다가 허리가 꺾이거나 폭삭 주저앉을 것 같은 불안함 때문에 K는 잠들지 못했다.

K는 자신의 방이 너무 높은 곳에 있기 때문에 불면증에 시달리는 거라고 확신했다. 하지만 넓은 아파트로 이사 온 뒤로 부모님은 인생의 숙제 하나를 해결한 것처럼 뿌듯해했다. 주소를 쓸 일이 있을 때마다 '○○○아파트'라고 쓰고 싶어서 안달하던 언니도 이제야 사람답게 살게 됐다며 좋아했다. 가족들에게 24층 아파트란 여러모로 매력적이었다. 지상에서 멀리 떨어져 있어서 벌레나 소음이 접근하지 못한다는 점도 그렇고 꼭대기 층이라 층간소음이 적다는 것도 장점이었다. 가족들이 특히 좋아하는 건 뛰어난 채광과 한눈에 들어오는 도시의 야경이었다. 환기를 목적으로 뚫려 있던 창문이 전망을 위한 공간으로 탈바꿈했다는 것에 모두 열광했다. 새 아파트로 이사 와서 아찔한 행복감에 젖어 있는 가족들에게 K의 불면은 사소한 문제에 불과했다.

아파트로 이사 오기 전에는 단독주택의 1층에서 살았다. 그전에는 지하 셋방에서 오랫동안 지냈다. 가족의 목표는 위로 높이높이 올라가는 것이었다. 언니는 지하에서 살았던 때를 기억에서 깨끗이 지워버리고 싶은 시절이라고 했고 엄마는 그때는 어떻게 살았는지 모르겠다고 했다. 겨울이면 방에 커다란 꽃무늬가 그려진 빨간 담요가 하루 종일 깔려 있었고 K와 언니는 거기 엎드려서 숙제를 했다. 저녁때 가족들은 그 담요를 옆으로 밀어놓고 밥을 먹었고 그 담요를 깔거나 덮은 채 텔레비전을 봤다. 눅눅해진 담요를 덮고 있으면 끈끈한 잠이 몰려왔다. 그때 K는 불면증이 뭔지 몰랐다. 방은 좁았지만 온기가 가득했고 잠은 달았다. 다닥다닥 붙어서 지냈기 때문에 가족들 사이에는 비밀 같은 게 자라날 틈이 없었다. 그때가 좋았다고 말하면 가족들은 벌레 씹은 표정으로 K를 쳐다봤다.

잠이 안 오면 K는 침대에서 내려와 바닥에 납작 엎드렸다. 방바닥이 물 위에 떠 있는 뗏목처럼 불규칙하게 흔들렸다. 24층의 바닥에 엎드려서 K는 자신을 잠들게 했던 지하방의 온기와 가족들의 숨소리, 낡은 담요의 감촉과 냄새를 떠올렸다. 그래도 잠이 오지 않으면 맥주와 감자칩, 땅콩과 초콜릿을 늘어놓고 천천히 먹어치웠다. 취기와 포만감이 얕은 잠을 선사했다.

출근하기 위해 지하철에 타면 이상하게 잠이 쏟아졌다. 열차가 땅 밑에서 운행하고 있다는 사실이 안도감을 주었다. 운이 좋게 자리가 날 때도 있지만 대개 K는 뻔뻔하게 자리를 가로채거나 비어 있는 노약자석을 차지하고 앉아 잠을 청했다. 상황이 여의치 않으면 손잡이에 의지한 채 서서 눈을 붙이기도 했다. K에게 지하철은 이동식 침대와도 같았다. 잠깐 눈을 붙이는 거라고 하기에 K의 잠은 꽤 깊었다.

*

L은 노트북 화면에 자기소개서를 띄워놓고 읽어본다. 어제 P는 L의 자기소개서를 보더니 답답해 죽겠다는 표정을 짓고는 그 자리에서 빨간 펜을 꺼내 자기소개서를 피바다로 만들어놓았다. L은 P의 조언을 떠올리며 한 문장씩 고치기 시작했다. 자신은 이런 재능을 가지고 있으며, 패기와 열정으로 가득 찬, 회사에 꼭 필요한 인재라고, 열심히 회사를 위해, 최선을 다해 일하겠다고 자판을 치다보니 능숙한 사기꾼이 된 것 같아 기분이 이상해졌다. 하지만 눅눅한 반지하방에서 벗어나려면 좀 뻔뻔해질 필요도 있었다.

깜박이는 커서를 바라보다가 L은 썼던 문장을 한 글자씩 지웠다. 시간이 지날수록 자기소개서는 현실의 L과 멀어졌고 돌이킬 수 없는 지경이 되었다. 빈 화면과 붉은색이 난무하는 자기소개서를 번갈아 바라보던 L은 한숨을 쉬며 인터넷에 접속했다. '올 여름 집중폭우 예상'이라는 헤드라인 뉴스를 보고 메모지에 '물먹는 하마'라고 적었다. 반지하방의 세입자에게 장마는 호환, 마마보다 무서웠다.

서울에 올라온 후로 L은 줄곧 지하를 전전하는 신세였다. 이 반지하방으로 이사 오기 전에는 완전 지하에서 살았다. 지하방은 모두 비슷한 것 같지만 조금씩 달랐다. 첫번째 방은 습했고 두번째 방에는 벌레가 많았고 세번째 방은 곰팡내가 심했다. 그래도 지하방은 싼데다 겨울에는 따뜻하고 여름이면 시원해서 가난한 사람이 웅크리고 살기에는 딱이었다. 하지만 지하에서 살기 시작한 후로 잠이 서서히 달아났다. 눅눅한 방에 누워 있다보면 한알의 커다란 습기제거제가 된 기분이었다. 지하의 습기를 빨아들여서 L은 점점 부풀어올랐고 축축해졌다. 반지하로 올라온 후에도 사정은 별로 나아지지 않았다. 명칭은 반지하지만 방의 절반이 아니라 80퍼센트쯤이 땅속에 박혀 있다는 걸 알게 됐을 때, 햇빛의 투과율이 10퍼센트 미만이며 바람이 창문 근처에서만 운행한다는 걸 확인했을 때, L의 불면은 더 깊어졌다. 자려고 누웠다가 습기를 빨아들인 몸이 물로 변하려는 순간에 L은 벌떡 일어났다. 몽유병에 걸린 사람처럼 동네를 몇바퀴 돌며 몸을 말린 뒤에야 겨우 눈을 붙일 수 있었다. 서울에 올라온 뒤로 L의 몸무게는 칠 킬로그램이나 줄었다. 제대로 못 자서 입맛도 없고 밤마다 뒤척이다가 일어나서 걸어다니느라 살찔 틈이 없었다.

이 반지하방을 구할 때 L은 삼일 동안 뙤약볕 속을 헤매고 다녔다. 여름휴가 기간이었다. L이 문을 열고 들어서면 부동산 중개업소 사람들은 얼마짜리를 찾는지부터 물었다. L이 말한 금액을 듣고 그들은 토씨 하나 틀리지 않고 똑같이 말했다. 그 돈 갖고 서울에서 전세 구하기 힘들 텐데. 벌겋게 익은 목덜미에 에어컨 바람이 닿기도 전에 그 말이 먼저 도착했다.

소개해봐야 복비도 얼마 못 받을 일이라 중개업자들은 불친절했다. '억' 정도는 가져야 햇빛과 바람의 대여에 대해 고려해볼 수 있었다. 더위와 절망, 냉대 속에서 L의 몸은 불 위에 얹힌 오징어처럼 오그라들었다. 얼굴은 까맣게 타고 어깨와 허리는 겸손하고 비굴하게 구부러졌다.

의자에 엉덩이라도 붙여본 건 선풍기가 덜덜거리면서 돌아가는 허름한 부동산에서였다. 반지하라면 방이 좀 있는데. 깡마른 여자는 선풍기의 날개보다 더 빠르게 부채질을 했다. 그때 L은 '반'이라는 말을 엄청난 가능성으로 받아들였다. 자기도 없어봐서 없는 사람 마음을 잘 안다는 여자는 L을 데리고 이 골목 저 골목의 반지하 방을 돌아다녔다. 겉에서 보기에는 비슷비슷한 것 같은데 문을 열고 들어가면 집들은 모두 다른 모양, 평수, 구조로 지어져 있었다. 반지하의 '반'도 제각각이었다. 사다리꼴 모양의 방을 보고 나서 L은 사람들이 왜 그렇게 똑같은 구조로 만들어진 아파트에서 살고 싶어하는지 진심으로 이해했다.

이건 지하에서도 안 죽는데. 집들이 선물이라고 P가 가져온 싼세비에리아는 흙 위로 기다란 잎을 내밀고 있었다. 공기를 정화시켜줘서 지하에 꼭 필요하대. 물은 한달에 한번만 주고…… P의 말이 끝나기를 기다렸다가 L은 힘주어 말했다. 지하가 아니라 반지하라니까. 그게 그거 아냐? P가 심드렁한 얼굴로 방을 둘러봤다. 누군가에게 반지하라고 말할 때마다 끙끙거리면서 땅 위로 턱걸이를 하는 기분이 들었다. 어디에 힘을 주고 어떻게 말하느냐에 따라서 햇빛과 바람이 반쯤 들어온다는 말도 되고 땅속에 반쯤 묻혀 있다는 말도 되기 때문에 전자 쪽에 힘을 주기 위해 애썼다. 근데 여기 휴대폰은 잘 터지냐? P가 휴대폰을 들고 서성거리다가 창문 앞에다 조심스럽게 세워놓았다.

인생은 밑바닥부터 시작해서 위로 올라가는 거라는 말을 신조로 삼고 있습니다. L은 P가 일러준 말을 자기소개서에 추가했다. 사실 그건 L이 지향하는 삶 자체이기도 했다. 몇달 전까지만 해도 L은 일이 산더미처럼 쌓여 있는 사무실에 다녔다. 1층이었지만 창 앞에 커다란 나무가 버티고 있어서 햇빛이 제대로 들어오지 않았다. 오후가 되면 창가 쪽에 앉은 사람들의 얼굴 위로 나뭇가지가 만든 그늘이 사납게 드리워지곤 했다. L의 출퇴근 시간과 월급에 대해 아는 친구들은 노동착취라며 사장을 욕했다. 그래도 그 회사에 다닌 덕분에 L은 지하에서 반지하로 올라올 수 있었다. 반년 후에는 사무실이 7층으로 이사 갈 거라는 소문도 돌았다. 일이 고될 때마다 L은 7층 사무실의 풍경을 상상했다. 뭔가 착착 풀려나가는 것 같았다.

사무실이 이사를 한 다음 L은 용기를 내어 사장에게 월급을 올려달라고 말했다. 사장은 눈썹을 한번 추켜올리더니 세계의 경제상황과 회사의 사정에 대해 두서없이 늘어놓았다. 나도 힘들어서 못 해먹겠다. 그럼 월차라도 하루 쓰게 해주세요. 생각 좀 해보자. 네가 고생하는 거 모르는 건 아니야. 대화를 마무리하는 사장의 표정은 긍정적이었다. 하지만 일주일 후 사장은 L보다 어린 여직원을 구해서 L을 완전히 쉬게 만들었다. 삼년 동안 일했는데 퇴직금으로 나온 건 한달치 월급뿐이었다. 더 좋은 곳에 취직하려는 징조야. P가 퇴사 기념 파티를 열어줬지만 반년이 되어가는데도 L은 직장을 구하지 못하고 있다.

더듬더듬, 희망사항에 가까운 소개서를 만들고 있는데 휴대폰이 울렸다. 모르는 번호다! 통화 버튼을 누르기 전에 L은 목소리를 가다듬었다. 저장되지 않은 번호가 뜰 때는 긴장해야 한다. 면접을 보러 오라는 전화일 수도 있기 때문이다.

"L씨인가요? 여기 희망 에스테틱입니다."

희망 에스테틱? 그런 곳에도 이력서를 넣었었나, 잠시 생각해보았다. 여기저기 이력서를 넣다보면 가끔은 어느 곳에 넣었는지 헷갈렸다.

"무료 마사지에 당첨되셨거든요. 15일까지 신분증 가지고 방문하셔서 마사지 받으세요. 방문하시기 전에 날짜와 시간 예약하시고 담당자 K를 찾아주세요."

면접 통보가 아니라는 걸 알고 L은 네, 네, 성의없이 대꾸했다. 전화를 끊고 나자 기운이 쭉 빠졌다. 근데 이름이랑 전화번호를 어떻게 알아냈지? 아무리 기억을 더듬어봐도 그런 곳에 응모한 일이 떠오르지 않았다. 대체 이놈의 신상정보는 어디에서 이렇게 줄줄 새는 거야. 그렇지 않아도 더위 때문에 달아오른 얼굴이 더 벌게졌다. 자기소개서를 들여다보는데 '무료' '당첨'이라는 말이 귓가에 계속 윙윙거렸다. 공갈 협박보다 무료, 공짜, 당첨이라는 말이 더 무서운 세상이다. 곧이곧대로 믿었다간 이런 반지하방 날리는 건 시간문제다. 정신 똑바로 차려야지. 눈을 가늘게 뜨고 있는데 P에게서 전화가 왔다.

"어디 지나가다가 전화번호 적어줬구나. 그러지 말라니까. 그래도 공짜니까 가서 받아봐. 얼굴은 확실히 좋아져. 그래야 면접도 잘 볼 거 아냐. 참, 마사지 끝나고 나면 분명히 회원권 끊어라, 화장품 사라 꼬실 거야. 절대 넘어가면 안돼. 다 수법이라구. 알았지? 자신없으면 같이 가줄까?"

아니야. 단호하게 대답하고 전화를 끊었다. 그런 것까지 모를 정도로 바보는 아니다. 사실 몇달 전에 영어학원이 밀집해 있는 강남

역 한복판에서 영업사원에게 붙잡혀 오십만원에 달하는 영어책과 씨디, 동영상 강의 이용권을 떠안는 실수를 몸소 저질렀기 때문에 이제 이런 일에는 어느정도 단련돼 있다는 생각도 들었다. 더이상 허술하게 살 수는 없지. L은 자기소개서를 노려보았다. 에스테틱에 전화를 걸어서 담당자 K를 찾고 날짜와 시간을 예약했다.

  K는 전화로 예약했다는 L을 자리로 안내했다. 주춤거리며 따라오는 L의 얼굴은 누렇게 떠 있었다. 무료 마사지 고객에게는 간단한 마사지를 해준 뒤 피부 상태에 따라서 여드름이나 모공 관리, 경락 마사지 같은 프로그램을 예약하게 해야 하는데 L을 보니 갑갑했다. 신용카드도 없을 것 같고 회원권을 끊은 뒤에는 매일 전화해서 환불해달라고 귀찮게 할 것 같았다.

  L은 에스테틱의 분위기에 압도당해서 눈이 휘둥그레졌다. 옆면이 통유리로 되어 있는데 때마침 해가 뉘엿뉘엿 지고 있었다. 그걸 바라보고 있으니 온몸이 노을에 물드는 것 같았다. 저런 창에 비하면 L의 방에 있는 창문은 구멍이라고 하는 편이 옳았다. 공기 중에 떠도는 화장품 냄새는 은은했고 클래식 음악은 잔잔했다. 마사지를 받고 있는 여자들은 꿈이라도 꾸는 것처럼 편안한 얼굴이었고 그런 분위기를 유지하기 위해서 분홍색 유니폼을 입은 직원들은 조용하고 신속하게 움직였다. 만약 여기서 L이 무언가를 거절하고 실랑이가 오간다면 이 평화로움에 금이 갈 것 같았다. 그냥 지금 나가버릴까. L은 휴대폰을 만지작거렸다.

  K는 L을 침대에 눕게 한 다음 얼굴을 깨끗이 닦아냈다. 마사지를

하려고 L의 뺨에 크림을 바르는데 이상하게 잠이 쏟아졌다. 손가락 하나 움직이기 힘들 정도로 위압적인 잠이었다. 이런 잠이라면 24층의 침대에서도 뒤척이지 않고 열시간쯤 잘 수 있을 것 같았다. 다행히 저녁 예약이 없어서 L만 돌려보내면 퇴근이었다. 기적처럼 찾아온 숙면의 기회를 놓치지 않기 위해 K는 마사지를 서둘렀다.

K가 얼굴을 꾹꾹 누르는 동안 L은 따뜻한 햇볕과 시원한 바람이 자신을 감싸는 것 같은 쾌적함을 느꼈다. 발가락을 쭉 펴자 안락함이 온몸으로 퍼져나갔다. 누군가 자신의 얼굴을 위해서 애쓰고 있다는 사실도 좋지만 확 트인 곳에 누워 있다는 것 자체가 감격스러웠다. 감은 눈 속으로 졸음이 몰려왔다. 이런 데서라면 중간에 깨지 않고 실컷 잘 수 있을 것 같았다.

수고하셨습니다,라는 말을 들은 뒤에도 L은 바로 눈을 뜨지 못했다. 침대에서 일어나면서 얼굴을 만져본 뒤에야 정신을 차렸다. 공짜라고는 하지만 손끝에 닿는 감촉이 확실히 달랐다. L은 보들보들해진 뺨을 자꾸 만져봤다. 이제 물건을 사라거나 회원권을 끊으라는 직원의 설득만 제대로 거절하면 되는 것이다. 여지를 주지 않고 단호하게 해야 한다고 생각하자 긴장감 때문에 어깨가 굳어졌다.

L과 마주 앉은 K는 연신 하품을 했다.

"사실, 이런 거 다 아시겠지만…… 체험 마사지 받으신 분들은 다 회원권을 끊으세요."

올 것이 왔구나 싶어서 L은 헛기침을 한번 한 뒤 전 절대로,라고 말머리를 꺼냈다. 그러자 K가 손을 저으며 말을 잘랐다.

"근데 오늘은 그냥 가셔도 돼요."

"네? ……왜요?"

새로운 영업전략인가 싶어서 L은 당황했다. 하지만 K가 하품을 하면서 먼저 일어났기 때문에 주춤거리며 따라 일어서는 수밖에 없었다. 뭔가에 속지 않아서 다행이었지만 기분이 찜찜했다. 건물 밖으로 나가면서도 L은 뒤를 돌아보았다. 어디 다른 데서 돈이 빠져나가려고 이러나? 불안한 마음에 걸음을 빨리했다.

지하철은 앞차와의 간격 때문에 잠시 정차 중이었다. 자리에 앉은 L은 손거울을 꺼내서 마사지 받은 얼굴을 비춰보았다. 계단을 뛰어내려온 K가 숨을 헐떡거리며 출입문 안으로 들어왔다. 눈이 마주치자 어색하게 알은척을 해서 L도 어정쩡하게 목례를 했다. K는 선 채로 하품을 연거푸 했다. 한 손으로는 손잡이를 잡고 가방을 든 손으로는 입을 가리고 눈물을 닦아내느라 분주했다. 아까의 호의가 고마워서 L은 K에게 자리를 양보했다. K는 사양하지 않고 앉더니 바로 잠들어버렸다.

L은 지하철에서 내리면서 K가 허겁지겁 따라 내리는 것을 보았다. 잠이 덜 깨서 눈이 반쯤 감긴 모습이었다. 먼저 가기도 뭐해서 L은 자연스럽게 보폭을 늦췄다. K는 3번 출구 쪽에 있는 아파트에 살고 있다고 했다.

"자리, 고마워요. 되게 졸렸거든요."

"많이 피곤하셨나봐요. ……마사지 고마웠어요."

L의 인사에 K는 웃음으로 답했다. 오랜만에 찾아온 졸음이 L에게도 도움이 된 것 같아서 기분이 좋았다.

L은 주택가 쪽으로 접어들다가 K가 산다는 아파트를 돌아보았

다. 아파트 단지는 거인처럼 큰 키와 우람한 덩치를 뽐내고 있었다. 저기라면 1층의 창문에서도 사람의 머리가 내려다보이겠지. 하나 밖에 없는 창문으로 보이는 게 사람들의 발뿐이라는 건 너무 가혹했다. L은 다시 한번 취직에 대한 열의를 다졌다.

"정말 아무것도 안 사고 회원권도 안 끊었단 말이지? 그 정도면 이제 어디 내놔도 바보같이 노동착취 당하거나 하지 않겠네. 거봐, 다 맘먹기 나름이라니까. 너라고 안될 게 뭐 있어."

P는 자신의 일처럼 흥분했다. L은 자판을 탁탁 두드려가며 자기소개서를 고쳤다.

K와 L은 장바구니를 든 채로 동네 마트에서 마주쳤다. K는 맥주와 안주, 초콜릿 같은 것을 고르고 있었고 L은 습기제거제와 방향제, 라면을 바구니에 담는 중이었다. 누구지? 분명히 어디서 봤는데. 눈이 마주친 K와 L은 상대방을 힐끔거리면서 머릿속을 뒤졌다. 정면으로 맞닥뜨렸을 때는 최초의 인사가 중요하다. 알은척할 타이밍을 놓쳐버리면 그다음부터는 서로의 존재가 익지 않은 종기처럼 불편하고 거치적거리게 된다. 그때는 본 적이 있다는 사실까지 깨끗하게 지워버리는 편이 낫다.

구면이라는 걸 깨닫고 K가 먼저 웃었다. 반가워서라기보다 써비스직에 종사하는 사람 특유의 직업병이었다. 한두번 마사지를 받은 사람들의 얼굴까지 다 기억할 수는 없다. 그래서 K는 누군가 자신을 오래 쳐다보면 먼저 웃거나 알은척을 했다. 그쪽에서 반응을 보이면 다행이고 이상한 사람 취급해도 상관없었다. 손님에게 실례를 범하는 것보다는 나았다. K가 웃는 걸 보고 L도 머뭇머뭇 고개를 숙였다. 어색하게 인사하면서 L은 방에 습기가 많아서,라고 했고 K는 잠이 잘 안 와서,라고 했다. 말하는 동안 두 사람은 에스테틱에서 만났던 일을 기억해냈다. K는 살이 더 찐 것 같았고 L의 얼굴은 더 누리끼리해진 것 같았다. 애인은 없는 것 같네. 아무래도 백수 같은데. L과 K는 서로에 대해 짐작했다.

K는 L이 에스테틱에 남기고 간 인적사항을 떠올렸다. 성씨는 헷갈리는데 주소만큼은 또렷하게 기억났다. 그 집은 K가 잘 아는 곳이 분명했다. 실적은 올리지 못했지만 마사지할 때 까다롭지 않고 얌전했다는 것과 그날 몰려왔던 졸음도 생각났다. 몸을 만지다보면 확실히,라고 할 수는 없지만 그 사람에 대해 알 것 같은 기분이 든다.

며칠 후 마트에 갔을 때 K는 마트 안을 어슬렁거리며 L이 나타날 때까지 기다렸다. L이 라면 코너로 접어드는 걸 보고 맥주캔을 들어 보이며 웃었다.

"시간 괜찮으면 같이 맥주 한잔 할래요?"

실례가 안되면 집에 놀러 가도 되느냐는 말에 L은 당황해서 다음에,라고 둘러댔다. 사회에서 만난 사람은 절대로 지하방에 데려가지 말라고 한 P의 조언이 떠올랐기 때문이다. 특히 남자친구는 절대 안돼! P는 엄마처럼 눈을 부라렸다. 다음에,라고 하자 K는 실망하는 듯했지만 굴하지 않고 자기 집으로 가는 건 어떠냐고 물었다. L은 친근하게 다가오는 K가 의아했지만 묘하게 거부감이 생기진 않았다. 다만 처음부터 집으로 가는 건 좀 그렇지 않나 생각했다.

그러면서도 새로 지은 아파트의 내부구조와 창밖 풍경이 궁금해서 뒷머리를 긁적거리며 따라나섰다.

K의 24층 방에 들어선 L은 좀 전의 의아함과 망설임 같은 건 다 잊고 야경이 한눈에 내려다보이는 창문에 매달려서 감탄사를 쏟아냈다.

"와, 전망 좋은데요. 서울 시내가 다 보이는 것 같아요."

L은 상반신을 창밖으로 쑥 내민 채 서 있었다. K는 창문에서 멀리 떨어진 벽에 등을 딱 붙이고 앉았다. 창가에 서 있는 L의 모습만 봐도 아찔했다. 벽이 한순간에 허공 쪽으로 넘어갈 것 같았다.

"난 고소공포증이 심해서 창문 쪽으로는 가본 적도 없어요."

"정말요?"

"사실은 고소공포증 때문에 집에 있는 게 무서워요. 근데 이런 얘기 하니까 다들 웃더라고요."

"난 지하에 오래 살아서 꽉 막힌 데가 싫은데. 엘리베이터 같은 거 오래 타면 답답하고 그래요."

지하라고 말해놓고 나서 L은 손으로 입을 가렸지만 K는 신경 쓰지 않는 것 같았다.

"난 지하가 좋던데. 아늑하잖아요."

K는 이 방에 있으면 놀이기구에 앉아서 수직하강 순서를 기다리고 있는 것 같아서 불안하다고 했다. 댁주를 마시는 동안 L과 K는 서로가 서로의 방을 동경하고 있다는 사실을 알게 되었다.

"방을 바꿨으면 좋겠다!"

둘은 동시에 박수를 쳤다.

큰길에서 왼쪽으로 접어들고 거기서 다시 작은 골목으로 들어선 뒤 K는 주위를 두리번거렸다. 그리고 검은색 대문을 찾아내고는 걸음을 빨리했다.

"여기 맞지? 와, 하나도 안 변했네. 골목도 대문 색깔도 그대로야."

대문을 지나서 지하 계단으로 내려가는 동안에도 K는 계속 종알거렸다.

오래전에 K의 가족들이 살았다는 반지하 셋집은 지금 두개로 쪼개져서 L과 다른 사람에게 임대 중이었다. 현관문을 열고 안으로 들어가자 "이 방이 바로 잠자던 방이었어" 하며 K가 폴짝 뛰었다.

"우린 정말 대단한 인연이다."

K가 L에게 하이파이브를 청했다. 그냥 돈에 맞는 방을 얻은 것뿐인데 L은 자신이 큰일이라도 한 것 같은 기분이 들었다.

다음 날부터 K는 퇴근길에 종종 L의 방에 들렀다. 딸기가 싱싱해 보여서, 월급날이라 맛있는 거 먹자고, 하면서 봉지를 내밀었지만 목적은 다른 데 있었다. 방에 들어서자마자 K는 바닥에 드러누웠다. L이 딸기를 씻어오고 닭다리를 건네도 일어나지 않았다.

"나 자러 왔어. 이 방에선 푹 잘 수 있거든. 그러니까……"

K의 목소리는 오래된 테이프처럼 늘어지다가 슬그머니 사라졌다. 몇분 지나자 코 고는 소리가 방 안에 우렁우렁 울렸다. K의 잠은 고단한 육식동물의 휴식처럼 깊고 집요했다.

K가 자는 동안 L은 슬리퍼를 끌고 어둑해진 주택가를 걸어다녔

다. 오래된 주택들은 많은 방과 세간과 사람들을 품은 채 늘어서 있었다. 아파트 단지에 비하면 주택가의 건물들은 납작하고 군더더기가 많고 행색이 남루했다. 그것들은 키가 크고 덩치가 산만한 아파트 앞에서 주눅이 든 채 어깨를 움츠리고 있었다. 아파트로 재구성되어가는 도시를 보고 있으면 이렇게 낡고 오래된 주택가가 도시의 고향처럼 느껴졌다. 의자가 두개뿐인 미용실과 허름한 간판을 단 피아노학원, 이름만 슈퍼인 구멍가게와 잔뜩 들인 물건 때문에 들어서는 순간 숨이 턱 막히는 문방구, 그곳을 밝히고 있는 불빛들이 정겹고 고단하고 안쓰러워 보였다.

L은 자신의 슬리퍼 옆으로 창문이 닫힌 반지하의 집들도 눈여겨보았다. 창문이 열릴 때면 쪼그리고 앉아서 거긴 어떤가요? 잠이 잘 오나요?라고 묻고 싶어졌다. 이 길을 걸을 때면 보풀이 일고 무릎이 튀어나온 추리닝도 창피할 게 없고 간장에 밥 비벼먹는 백수의 삶도 그럭저럭 견딜 만해졌다. 반지하에 사는 것도 나쁘지 않았다. 지상으로 올라가면 폐소공포증과 불면증이 사라질 거라고 기대하고 있으니까. 하지만 L이 올라갈 때까지 지상의 집과 방이 기다려줄지 의문이었다. 그때쯤이면 여기도 아파트 단지로 바뀌는 거 아닌가. 결국 세상의 모든 집이 아파트가 되는 게 아닐까. 그렇다고 L처럼 지하에 살던 사람이 그 아파트에서 살게 될 것 같지는 않았다. 어쩌면 거기에는 K처럼 고소공포증에 시달리는 사람들이 입주하게 될지도 모른다. 그때 L은 어디에 있을까. 그땐 반지하가 아니라 두더지처럼 지하 1층, 지하 2층으로 파고들어야 하는 거 아닐까. 그런 생각이 들자 별안간 코끝이 시큰해졌다.

지하에서도 안 죽는다더니 P가 사온 싼세비에리아는 잎끝이 누렇게 변했다. 빳빳하게 서 있던 잎이 흐물흐물해지더니 하나씩 고개를 숙였다. 손으로 잡아당기자 기다란 잎이 맥없이 쑥 뽑혀나왔다. 이대로 두면 죽겠다 싶어서 L은 싼세비에리아를 K의 방으로 옮겼다. 햇빛이 잘 드는 곳에 세워두자 마음이 놓였다.

　"자고 가."

　K가 벽에 기대앉은 채 말했다.

　"아니야, 가야지."

　L은 창밖을 내다보며 대꾸했다. 봄밤의 공기는 달콤하고 눈앞에 펼쳐진 도시는 넓고 끝이 보이지 않았다. 24층에서 내려다보는 것만으로도 지상의 방을 향해 몇 계단 올라서는 기분이었다. 새로 쓴 자기소개서에 나오는 패기와 열정의 인재가 된 것 같아 어깨가 쭉 펴졌다.

　"어차피 난 바닥에서 자니까 침대에서 자고 가."

　끝까지 사양하더니 L은 침대에 눕자마자 잠들어버렸다. 얼마나 깊이 자는지 폭주족들이 인근 도로를 휘젓고 다니는데도 미동도 하지 않았다. 가끔 알아들을 수 없는 말을 중얼거리며 잠꼬대를 했지만 그마저도 길게 이어지지 않았다. 쌔근거리는 콧소리가 방 안에 퍼졌다. K는 창문을 닫고 맥주캔을 땄다. 맥주를 마시면서 L의 잠이 자신에게도 전염되길 기다렸다.

　주위가 환해진 걸 느끼며 L은 눈을 떴다. 24층에서 햇볕은 손가락 굵기만하거나 네모나지 않고 방 안에 고르게 퍼졌다. 햇볕이 누구의 소유도 아니고 그냥 여기에 공기처럼 존재하고 있다는 사실이 감격스러우면서도 믿기지 않았다. 대중목욕탕에서 온수를 펑펑 쓰는 심정으로 L은 햇볕을 만끽했다. 바싹 마른 몸이 보송보송했다.

방바닥에 엎드려서 자고 있던 K가 부스스 일어났다. 잠이 덜 깬 K는 벽에 등을 붙이고 조심조심 움직였다. 창문 쪽으로는 눈길도 주지 않았다. 그 모습이 평균대 위에서 균형을 잡으려고 애쓰는 것처럼 보였다. K의 고소공포증은 창밖으로 허공이 보일 때 더 심해지는 경향이 있었다.

"창문을 가리면 좀 낫지 않을까?"

"그래서 까만색 커튼을 쳤었는데 엄마가 떼버렸어. 보기 흉하다고. 나보다 집이 먼저라니까."

"그럼 썬글라스를 쓰는 건 어때?"

썬글라스? K가 고개를 갸웃거렸다.

안경점에서 K는 알이 크고 색이 진한 썬글라스를 골랐다. 얼굴을 반이나 가리는 썬글라스를 쓰고 두리번거리는 모습이 잠자리 같았다. 잘 어울려? K가 거울을 보며 고개를 이리저리 돌렸다.

"이거 생각보다 괜찮은데? 아늑한 게…… 세상이 다 반지하처럼 보여."

반지하라는 말에 L은 미간을 찌푸렸다.

"넌 지금 잠자리처럼 보여."

"그래? 연예인 같지 않아? 그렇게 보일 줄 알았는데."

L이 눈을 동그랗게 뜨자 K가 브이 자를 만들어 보이며 웃었다.

뉴스와 인터넷은 곧 다가올 연휴에 대한 소식으로 들끓었다. 직장인이었다면 L도 까만 숫자의 행렬 끝에 꽃처럼 피어 있는 빨간날에 열광하고 온갖 계획을 세웠을 것이다. 같이 제주도에 가자는 P의 전화에 살짝 흔들렸지만 휴대폰 미납요금 안내 메시지를 받고 나서 포기해버렸다. 다른 사람들은 연휴를 어떻게 보낼까 궁금해질 때마다 이상하게 허기가 졌다.

"연휴에 뭐 할 거야?"

누워서 손목을 주무르고 있는 K에게 물었다. 직장인이고 월급을 받으니까 K에게도 특별한 계획이 있을 것 같았다. 졸린지 K는 눈을 천천히 껌벅거렸다.

"생각해본 적 없는데."

K가 즉흥적으로 내민 계획은 만화책 빌려보기와 취침, 영화감상과 취침이 전부였다. 푹 자고 편히 쉴 수 있다면 다른 건 필요 없다고 했다. 만화책과 영화 보기라면 L의 입장에서는 매일, 언제나 할 수 있는 일이었다. 취직하기 위해 그토록 애쓰면서 직장인들이 꿈꾸는 게 결국 백수 같은 삶이라는 건 참 아이러니했다.

"시시한데."

L의 말에 자극을 받았는지 K가 졸린 눈을 비비며 뭔가를 골똘히 생각했다. 그러더니 순대볶음이랑 짜장면 먹기도 넣어야겠어, 했다. 황금연휴에 대한 기대감이라곤 전혀 없는 표정이었다.

"정말 이렇게 보낼 거야?"

"다른 사람들은 뭐 하는데?"

"어딘가 놀러 가겠지."

"그게 특별해? 좋은 거야?"

L이 의아하게 쳐다보자 K는 넌 뭐 하고 싶은데? 하나만 말해봐, 했다.

나? L은 입을 벌린 채 가만히 있었다. 며칠 동안 그 연휴 때문에 군침을 흘렸지만 무관심하려고 애썼다. 피자가 먹고 싶다고 전단지를 자꾸 들여다보면 배가 더 고파지는 법이니까. 하고 싶은 일이 떠오를 때마다 L은 심호흡을 크게 했다. 하지만 막상 전단지를 들이대면서 하나만 골라봐, 하니까 선뜻 생각나질 않았다. 열다섯개가 넘는 메뉴 중에서 하나만 고르기란 참는 것만큼이나 어려웠다.

"특별한 건 없어."

"그럴 줄 알았어. 그냥 만화책이나 빌려다 보자."

L과 K는 배를 깔고 엎드려서 만화책은 어떤 걸로 빌릴지, 만화책을 볼 때 음악은 들을 건지, 짜장면은 어디서 시킬지, 순대볶음은 어느 집이 맛있는지 의논했다. 생각보다 얘기할 게 많았다. 가장 먼저 합의를 본 건 중국집이었다. 짜장면은 역시 진성각,이라고 L이 말하자 K가 고개를 여러번 끄덕거렸다. 첫째 날은 K의 집에서, 둘째 날은 L의 방에서 지내기로 했다.

"비나 왕창 쏟아졌으면 좋겠다. 난 비 오면 잠이 잘 오더라."

나들이 계획을 세운 사람들이 들으면 큰일 날 소리를 하며 K가 웃었다.

연휴 첫날엔 K의 악담대로 아침부터 비가 내렸다. 어쩐지 통쾌한 기분이 들어서 L은 요란한 소리를 내며 기지개를 켰다. K가 썬글라스를 끼고 만화책을 보는 동안 L은 음악을 들으며 창밖을 구경했다. 24층에서 비는 바닥에 닿지 않고 공중에서 흩어졌다. 바닥을 때리는 빗소리도, 흘러내려와 고이는 빗물도 다른 세상의 일이었다. 24층에는 비 내리는 풍경만 존재했다.

썬글라스를 낀 K는 예전보다 방 안에서 자유로워 보였다. 벽에서 등을 살짝 떼고도 잘 움직였다. 벽 없어도 되겠다,라고 하자 다시 벽에 철썩 붙어버리긴 했지만, 조금씩 창문 쪽으로 진출하고 있는 게 사실이었다.

L은 빗물과 함께 잠이 내려오는 것을 느꼈다. 솜사탕처럼 폭신하고 달콤한 잠이었다. 자다가 깨면 L은 비 내리는 창밖을 보고 만화책을 읽다가 다시 잠들었다. 평화롭고 고요한 휴일이었다. 반지하 방으로 돌아가고 싶지 않아서 잠들기 전에 영원히 깨지 않았으면, 하고 바랄 정도였다.

숙면 덕분에 L은 다음날 일찍 눈을 떴다. 비가 그친 아침 풍경은 깨끗이 씻어놓은 과일처럼 매끈했다. 반짝이는 도시를 내려다보자 놀러 가고 싶다는 말이 절로 나왔다. 하지만 밤새 만화책을 본 K는 벽에 기대어 졸고 있었다. 머리가 반원을 그리며 미끄러졌다가 빠르게 제자리로 돌아갔다. 썬글라스는 코끝에 아슬아슬하게 매달려 있었다. 조심조심 썬글라스를 올려주자 K가 으으, 소리를 내며 눈을 떴다.

"비가 그쳐서 날씨가 너무 좋아졌어."

"그래? 그럼 빨리 자러 가자."

놀러 가고 싶었지만 K가 잘 차례고 순서를 지키는 게 공평하다는 생각이 들어서 L은 순순히 앞장섰다.

대여한 DVD를 들고 반지하로 내려가는데 계단과 바닥에 물이 흥건했다. 문을 열자 집 안에 고여 있던 물이 밖으로 흘러나왔다. 허겁지겁 뛰어들어가는 L도, 단잠을 기대했던 K도 눈이 동그래졌다. 물은 발등에서 찰랑거렸다. 하수구가 역류했나봐. L은 뛰어들어가서 노트북부터 꺼냈다. 다행히 전원도 들어오고 사용하는 데 문제는 없어 보였다.

허둥대는 L 대신 K가 빗자루로 집 안의 물을 쓸어냈다. 그걸 보고 L은 젖은 이불과 옷가지를 치웠다.

"미안해, 졸릴 텐데."

"괜찮아. 겨우 하룬데 뭘."

"여긴 됐으니까 넌 그냥 집에 가서 쉬어."

"아니야. ……일단 물부터 빼고 방을 말리자. 우리 살 때도 이런 적 많았어. 여긴 내가 더 잘 알잖아."

K가 노트북을 열고 음악을 트는 동안 L은 돌아서서 눈물을 훔쳤다.

바지를 걷고 막힌 하수구를 뚫고 물을 쏟아냈다. 물건을 꺼내고 낑낑거리면서 책상을 밖으로 옮기고 옷장을 벽에서 떼어냈다. K는 덩치에 비해 힘을 못 썼고 비쩍 마른 L이 의외로 책상을 번쩍 들었다. 계단마다 물건이 놓여서 이사 가는 날처럼 보였다. K와 L은 가구와 물건 사이를 오가며 걸레로 바닥을 닦고 물을 짜내고 흐물흐물해진 벽지를 뜯어냈다.

반지하에서도 K는 썬글라스를 벗지 않았다. 그걸 쓰고 있으면 묘하게 자신감이 생긴다고 했다. 썬글라스는 이제 K의 일부처럼 보였다. 아는 노래가 나오면 두 사람은 큰 소리로 따라 불렀다. K는 가사를, L은 음을 자꾸 틀렸지만 개의치 않았다.

댄스곡이 연달아 나오자 K가 걸레를 든 채로 리듬을 타기 시작했다. 팔다리가 따로 노는데다 온몸이 흐느적거리는 엉성한 춤이었다. 다리만 슬쩍슬쩍 움직이던 L도 K의 춤을 보고 음악에 맞춰 몸을 흔들기 시작했다. P에게 이야기하면 네가 춤을 췄다고? 하면서 놀릴 것이다. 춤은 둘째 치고 제자리걸음을 할 때도 왼팔과 왼발을 동시에 드는 게 L이었다. K가 웃지 않아서 L은 용기를 얻었고, L의 막춤 때문에 K도 신이 났다. K의 팔과 L의 다리는 자유롭게 리듬을 탔다. 머리가 흔들거리고 손가락이 허공을 찌르고 발가락이 제멋대로 벌어졌다. 침이 고인 입술에서는 우우, 하는 탄성이 흘러나왔다.

L과 K는 출 수 있는 모든 종류의 춤을 실컷 췄다. 광란의 댄스 타임은 노트북의 음악이 멈추고 나서야 끝났다. L은 발라드를 골라서 재생시켰다. 둘은 이별 노래에 맞춰 헉헉거리며 숨을 골랐다. 슬픔이 차오르던 몸에서 물기가 쪽 빠졌다. 계단 위에 세워둔 물건에서도 물이 뚝뚝 떨어졌다.

방이 마르기를 기다리는 동안 L과 K는 계단에 앉아 짜장면을 시켜 먹었다. 진성각은 배달이 신속하고 맛도 끝내줬다. 맛있다! 누가 먼저랄 것도 없이 그 말을 하며 젓가락을 움직였다.

K는 젓가락을 내려놓자마자 부지런히 움직였다. 생활정보지를

한 뭉텅이 들고 와서 곳곳에 뭉쳐넣거나 깔아두고 걸레로 가구를 닦아냈다. 하품이 나오고 눈이 감겼지만 L을 도와주자는 생각으로 버텼다.

"커피 마시고 하자."

L이 종이컵을 내밀자 K가 이것만 닦고, 했다. 마음이 급한지 선 풍기가 탈탈거리면서 돌아가는데도 드라이기로 벽을 말렸다. L이 내민 커피를 보고는 양초 있지? 하더니 군데군데 촛불까지 켜두 었다.

"대충 해. 안되면 이사가버리면 되지 뭐."

속상해서 L은 맘에도 없는 소리를 했다.

"이 방 좋은데 왜."

썬글라스를 낀 K의 얼굴은 땀범벅이었다. 티셔츠도 군데군데 젖 어 있었다. 수해를 입은 L만큼 잠자리이자 은신처가 젖은 K의 상심 도 크다는 걸 L은 이해했다. 가구와 이불처럼 젖어 있는 K를 보면 서 L도 팔을 걷어붙였다. K를 자게 해주자.

햇빛이 계단 위로 비스듬하게 내려앉았다. 책상과 옷장과 물건 들은 조금씩, 천천히 말라갔다.

저건
사람도 아니다

화장을 지우지 않고 잤더니 피부가 엉망이다. 번들거리는 뺨에 클렌징크림을 찍어 바르고 문질러댔지만 업무와 회식이 만들어낸 고단함은 깨끗하게 지워지지 않았다. 양치를 하는 동안 머리를 감을까 말까 망설이다가 시간을 확인하곤 포기해버렸다.

일분 차이로 출근 카드에는 지각 표시가 찍혔다. 이럴 줄 알았으면 그냥 머리를 감고 나올걸. 한 방향으로 뭉친 앞머리는 불 꺼진 판 위에 남은 삼겹살처럼 뻣뻣하고 기름졌다. 손으로 앞머리를 훑으면서 지각 표시를 셌다. 오늘 지각 때문에 다음 달에는 월차를 못 쓰게 됐다. 애니메이션을 보러 극장에 가자고 아이와 손가락까지 걸고 약속했는데. 이번에도 어기면 아빠한테 보내달라고, 아빠랑 살 거라고 울며불며 떼를 쓸 게 분명하다. 다섯살배기는 이제 어디를 건드려야 엄마가 반응하는지 다 알고 있다.

어제 회식 자리에서 1차만 마치고 잽싸게 빠져나왔는데도 집에 도착하니 새벽 한시였다. 택시는 끔찍하게 안 잡혔고 장거리 손님을 태우지 못한 기사는 운전 내내 구시렁거리며 공포 분위기를 조성했다. 말이 회식이지 같이 일하던 웹디자이너가 잘리다시피 그만두는 거라 분위기도 좋지 않았다. 웬만하면 끝까지 자리를 지키고 싶었는데 아이와 동생이 삼십분 간격으로 전화를 해대는 통에 진득하게 이야기도 나누지 못했다.

문을 열고 들어가자 아이는 자다가 깼는지 그때까지 안 자고 버틴 건지 잠투정을 부리며 징징거렸다.

"엄마, 나 숙제, 그림 숙제."

가방을 내려놓고 겉옷을 벗는 동안 아이는 알림장을 들고 졸졸 따라다녔다. 어디 보자, 옷도 갈아입지 못하고 아이를 안아 무릎에 앉혔다. 끙 소리가 절로 튀어나왔다. 아이가 코앞에다 들이댄 페이지에는 붉은 글씨로 커다랗게 '엄마와 함께 얼굴 그리기'라고 쓰여 있었다. 그 글자를 보자 적체되어 있던 피곤이 한꺼번에 몰려왔다. 어린이집에서 데려와서 열두시까지 봐주는 조건으로 삼만원을 주기로 했는데 동생 년은 숙제도 안 봐주고 날라버렸다.

"이모한테 좀 해달라고 하지."

나는 짜증을 겨우 누르며 아이의 머리를 쓰다듬었다.

"선생님이 엄마랑 하라고 했단 말이야."

"이모랑 하면 어때. 엄마 힘든데. 숙제는 이모랑 해도 괜찮아."

"그런 게 어딨어? 엄마랑 하는 건데. 이모가 엄마야?"

아이는 눈물이 그렁그렁해져서 소리를 빽 질렀다. 그 말에 뜨끔해서 꼼짝없이 스케치북을 폈다. 막상 크레파스를 손에 쥐자 아이는 꾸벅꾸벅 졸았다. 눈이 감기는 아이를 어르고 달래가며 그림을 대충 완성하고 나니 새벽 두시가 되었다. 아이를 안다 침대에 눕히고 겨우 옷을 갈아입으면서, 이대로 침대에 쓰러져서 영원히 깨지 않았으면 좋겠다는 생각을 잠깐 했다. 그 순간에는 굳게 닫힌 클렌징크림의 뚜껑을 열어서 화장을 지우는 일이 지구를 구하는 것보다 더 어렵게 느껴졌다.

사무실에 들어가니 옆자리의 구는 벌써 모닝커피를 마시고 있었다. 회식 자리에 끝까지 남아 있었을 텐데 얼굴이 쌩쌩했다. 화장한 피부도 촉촉하고 새로 말고 온 머리도 컬이 탱글탱글한 게 머리부터 발끝까지 활기가 넘쳤다. 그 전날 무슨 일이 있었다고 해도 다음 날 아침에는 머리와 화장, 옷까지 완벽하게 세팅한 모습으로 나타나는 게 구의 특별한 능력이자 매력이었다. 함께 일하는 동안 화장 안 한 얼굴은 물론이고 화장이 들뜬 모습조차 본 적이 없다. 그래서인지 생일과 기념일에 꽃바구니와 케이크를 배달시키는 지극정성 애인 말고도 뭇 남자들의 대시가 끊이질 않는다.

"선배, 어제 일찍 들어간 분이 얼굴이 왜 그래?"

"어, 좀 피곤해서."

"아무리 피곤해도 그렇지. 화장 좀 하고 다녀. 서른 넘으면 밖에 나올 땐 화장하는 게 예의야."

"너도 혼자 애 키워봐라. 그게 말처럼 쉬운가."

"요즘 일 잘하고 애 잘 키우고 자기관리 끝내주게 하는 씽글맘들이 얼마나 많은데. 선배도 생각을 좀 바꿔봐. 왜 여자라는 걸 포기하려고 그래."

빈정거리는 구의 말을 뒤로하고 커피부터 탔다. 진하고 단 커피가 필요했다.

출근하려고 공동현관문을 나서는데 우편함에 흰 봉투가 꽂혀 있었다. 매끈하게 코팅된 미색의 봉투는 자신이 청첩장임을 온몸으로 드러냈다. 전남편의 이름은 희귀 성(姓)을 가진 여자의 이름 위에 쓰여 있었다. 예식일은 한달 뒤 토요일 오후 세시. 청첩장은 적당한 때 도착했으나 자신의 딸을 키우는 전처에게 알려주는 재혼 소식치고는 상당히 늦은 감이 있었다. 청첩장을 가방에 쑤셔넣을 때 손끝이 미세하게 떨렸다. 상실감 때문은 아니었지만 생각이 복잡해지는 건 사실이었다. 여러모로 피로가 가중되는 아침이었다.

커피를 한모금 마시자 폐차 직전의 자동차에 겨우 시동이 걸렸다. 이대로 얼마나 달릴 수 있을지 불시에 확 퍼지는 건 아닌지 걱정스러웠지만, 오늘 하루 정도는 버텨내겠지 싶었다.

웹마스터와 구는 만들어 쓰는 화장품에 대해 이야기를 나누던 중이었다. 방부제 걱정도 없고 나한테 딱 맞는 화장품을 쓸 수 있어서 좋은 것 같아. 웰빙이 대세잖아. 만들어서 선물했는데 다들 좋아하더라고. 화장 지우는 것도 귀찮아서 쩔쩔매는 신세다보니 스킨과 크림을 만들어 바른다는 그들의 취미가 몹시 생소하게 느껴졌다. 그게 화장품이라서 그런 게 아니라 겨우 서너살 차인데 누군가에게는 생산적인 취미를 즐길 수 있는 에너지가 남아 있다는 게 신기했다.

"구, 혹시 보약 같은 거 먹어?"

"보약은 무슨. 선배, 나 아직 젊거든."

"그러지 말고 몸에 좋은 거 있으면 소개 좀 해봐."

"갑자기 웬 뚱딴지같은 소리야. 아무것도 안 먹는다니까. 내가 사무실에서 뭐 먹는 거 봤어?"

"그런데 왜 그렇게 쌩쌩해?"

"내가 뭘 쌩쌩해. 에너자이저는 저기 따로 있는데."

구가 턱짓으로 사무실 측면을 가리켰다. 간부회의를 마친 홍이 회의실 문을 열고 나왔다. 오늘은 재킷 위에 실크 스카프를 두른 모습이었다. '성공하는 그녀를 위한 패션 제안' 같은 제목의 화보에서 바로 튀어나온 것처럼 스타일이 완벽했다. 그녀의 등장과 함께 자유분방하던 커피 타임이 오전 업무 모드로 신속하게 전환되었다. 사람들은 서둘러 컴퓨터를 부팅하고 거래처에 전화를 걸었다.

"디자인 1팀은 지금 회의실로 모여주세요."

홍은 머그컵에 생수를 담으며 팀원들을 둘러봤다. 어제 팀원이던 웹디자이너가 그만뒀고 새벽까지 송별회가 이어졌다는 걸 완전히 잊은 듯 의욕이 넘치는 얼굴이었다. 다들 입을 삐죽거리면서 회의자료와 수첩을 챙겼다. 나는 커피를 한 잔 더 탔다.

구뿐 아니라 모두가 인정하는 에너자이저. 가장 일찍 출근하고 가장 늦게 퇴근하는데다 주말에도 나와서 일하는 워커홀릭. 그 와중에 친구와 인터넷 쇼핑몰을 운영해서 월 천만원의 매출까지 올린다고 하니, 홍은 슈퍼 히어로 수준의 에너지를 소유하고 있는 게 분명하다. 오죽하면 동에 번쩍 서에 번쩍한다고 해서 별명이 홍길동일까. 공과 사의 구분이 명확해서 인간미가 없다는 평이 있지만 디자인 감각이 뛰어난데다 기획력까지 갖춰서 통합디자인팀의 팀장으로 거론되고 있다. 빈틈없는 스타일에 불도저처럼 밀어붙이는 추진력, 눈빛으로 상대를 제압하는 카리스마까지 있으니 그녀만한 적임자가 없을 것이다. 나와 동갑이지만 사회적 지위나 재력만 놓고 보면 그녀는 나보다 더 어른이고 저만치 앞에서 걸어가고 있다. 물론 신체나 피부 나이 같은 건 내가 이 모뻘쯤 되겠지만.

"디자인팀 통합이 빠르게 진행될 것 같아요. 아시겠지만 그렇게 되면 인원 감축은 피할 수가 없습니다. 앞으로 맡은 업무에 더욱 충실해주시고 근태에 신경 좀 써주세요."

통합과 감축에 대해 말하는 홍의 목소리는 몹시 사무적이었다. 이럴 때 홍의 팀에 속해 있는 것이 플러스가 될지 마이너스로 작용할지 감이 오지 않았다. 나는 회의 수첩에 홍의 말을 두서없이 받아적었다.

회의는 다음 달에 있을 L그룹의 홈페이지 리뉴얼 작업과 신규 브랜드의 홈페이지 구축 쪽으로 넘어갔다. 홍이 말할 때마다 구가 민첩하게 의견을 내놓았다. 회식 다음 날인데도 두 사람 다 자세가 꼿꼿하고 의욕이 넘쳤다. 커피를 한 잔 더 마셨지만 내 머릿속에 낀 안개는 걷힐 기미가 보이지 않았다. 회의 내내 나는 열등인, 낙오자의 심정으로 구와 홍을 우러러봤다. 두 사람 다 어제 호프집 감자탕 노래방으로 이어진 회식의 풀코스를 적극적으로 소화하고 해장국으로 마침표까지 찍은 다음 택시를 타고 사라졌다는데, 피곤해하는 기색이 전혀 없었다. 나는 하품 때문에 벌어지는 입을 손으로 겨우 가렸다. 아무래도 저들과 나는 종(種) 자체가 다른 것 같았다. 연달아 터져나오는 하품 때문에 눈물이 찔끔, 비어져나왔다.

"당분간 야근해야 되겠는데요?"

구의 말에 홍이 웃으며 고개를 끄덕거렸다. 나는 회의 수첩에 야근,이라고 쓰고 그 옆에 워커홀릭, 사람 같지도 않은 것들,이라고 적었다. 그러자 불현듯 전남편이 보낸 청첩장이 떠올랐다. 청첩장의 빳빳한 모서리가 쓰린 속을 확 긁고 지나갔다.

당장 야근을 해야 하는데 백수 동생이 요구하는 금액은 자꾸 올라갔다. 일도 못하는 주제에 배짱만 두둑해졌다. 이번 기회에 전문적인 도움을 받는 게 나을 것 같았다. 구조조정에서 살아남으려면 그런 투자가 필요한 시점이기도 했다. 검색창에 '가사 도우미'라고 치자 관련된 파견업체 목록이 쭉 나왔다. 먼저 까페와 블로그에 들어가서 도우미를 썼던 경험자들의 조언과 사연을 꼼꼼히 읽어봤다. 글을 읽다보니 도우미를 써서 편하고 좋았다는 글보다 잘못쓴 도우미 하나가 삶을 얼마나 황폐하게 만드는지에 대한 고발 같은 게 더 많았다. 자꾸 뭘 집어가는 것 같아요, 내 돈 내고 쓰는 건데 뭐 하나 시키려고 해도 눈치가 보여요, 도우미 아줌마가 온 후로 애가 욕을 하고 행동이 거칠어졌어요. 그래서 까페에 올라온 대부분의 글이 좋은 도우미를 구합니다, 가족처럼 일해주실 분 구함, 이라는 제목을 달고 있었다. 그에 비하면 파견업체의 광고문구는 화려함 그 자체였다. 전문인력 완비, 당신이 원하는 완벽한 도우미,

친정 엄마 같은 꼼꼼함, 당신에게 딱 맞는 맞춤형 써비스…… 홈페이지만 보고 제대로 된 업체를 골라낸다는 건 포장된 상자만 살펴보고 그 안에 든 내용물이 뭔지 알아맞히는 것만큼이나 어려웠다. 중간에 그만두고 다시 동생에게 전화를 걸고 싶은 마음이 굴뚝같았지만, 나는 인내심을 가지고 파견업체의 홈페이지를 하나하나 열어보았다.

'로봇 도우미의 세계'라는 이름의 싸이트를 발견한 건 기계적으로 마지막 페이지까지 클릭한 후였다. 싸이트의 주소는 맨 마지막 페이지의 중간쯤에 있어서 눈에 띄지 않았고 지나치기도 쉬웠다. 나는 기대감 없이 주소를 클릭하고 싸이트를 훑어봤다. 흥미를 끈 건 회사의 소개글이었다.

아직도 한국말이 서툰 도우미를 쓰고 계십니까? 검증받지 못한 가사 도우미 때문에 불안하십니까? 로봇의 신개념, 진화된 청소 로봇, 요리 로봇, 베이비시터 등 각종 로봇이 당신의 삶을 윤택하게 만들어드립니다. 인간의 삶은 계속 진화하고 있습니다. 많은 회원들이 비밀리에 이 혜택을 누리고 계십니다.

'비밀리에'라는 문구가 호기심을 자극했다. 도우미 알선업체의 비밀 혜택이라는 게 대체 뭘까. 좀더 자세히 알고 싶었지만 모든 써비스는 회원가입 후에 이용이 가능했다. 문의사항은 메일을 통해서 접수했지만 답변은 가입한 후에만 받아볼 수 있었다. '회원가입'을 누르자 '저희 회사의 가입 기준은 매우 까다로우며 엄격한 심사기준을 거친 분만이 로봇 도우미의 세계를 이용하실 수 있습니다. 가입 거부에 대한 문의는 따로 받지 않습니다'라는 팝업창이 떴다. 회원가입마저 까다로운 걸 보니 과연 비밀리에 누릴 만한 혜택이 존재하는 모양이었다. 나는 기대 반 걱정 반의 심정으로 회원가입에 필요한 사항을 입력하고 신청 버튼을 눌렀다. '로봇 도우미에 대해서 자세히 알고 싶습니다'라는 내용의 메일도 보냈다. 사실 연봉이나 부동산에 대한 항목 때문에 가입에 큰 기대를 걸지는 않았다.

삼십분쯤 후 '가입 승인, 답변 완료'라는 문자 메시지와 함께 회원번호가 도착했다.

로봇 도우미는 일종의 싸이보그라고 할 수 있습니다. 모든 면에서 인간과 유사하며 특화된 프로그램 장착으로 업무수행 능력은 일반인보다 더 뛰어납니다. 하나의 싸이보그로 가사 도우미, 베이비시터는 물론 간단한 사무부터 디테일한 업무까지 가능합니다. 싸이보그의 종류에는 일반 싸이보그와 주문자를 그대로 본떠 만든 트윈 싸이보그가 있으며, 트윈 싸이보그의 경우 발급기준이 더욱 까다롭습니다. 로봇 도우미를 통해서 새로운 기계문명의 세계를 접하시기 바랍니다.

기계문명의 세계라…… 친숙하면서도 생경한 단어에 살짝 거부감이 일었다. 로봇이니까 당연히 기계겠지만, 기계라는데 괜찮을까 우려가 됐다. 인간미가 없다거나 기계문명의 삭막함이 싫다는 문제 때문이 아니라 기계라는 게 결국 인간이 관리해줘야 하는 거 아닌가, 관리를 못하면 더 골치 아파지지 않을까, 하는 염려 때문이었다. 머릿속에서는 이미 씨스템이나 프로그램의 치명적인 오류 때문에 싸이보그가 실수를 저질러서 생활이 엉망으로 변하는 장면

들이 파노라마처럼 지나갔다.

업체 측은 내 걱정이 기우일 뿐이라고 일축했다. '로봇 도우미의 세계'에 있는 싸이보그들은 기계라기보다 인간의 분신의 개념에 가깝다는 것이었다. 업체와는 여러 차례 메일을 주고받았다. 그들은 내게 트윈 싸이보그 발급 가능 판정을 내렸다.

그사이 몇군데의 도우미 알선 전문업체에서 보낸 여자들이 우리 집을 거쳐갔다. 한명은 청소하는 방식이 마음에 들지 않았고, 한명은 아이가 무서워했으며, 다른 한명은 아이의 일주일치 간식을 하루 만에 먹어치웠다. 그래서 안 도와주는 남편보다 일 잘하는 도우미가 낫고, 말 많고 뺀질거리는 도우미보다 잘 만들어진 청소 로봇이 낫다는 업체 측의 말은 꽤 설득력 있게 다가왔다. 슬슬 로봇 도우미 쪽으로 마음이 기울었다. 우울증을 앓던 베이비시터가 아이를 토막내서 죽이는 사건이 발생해서 세상이 시끄러워진 것도 결정에 큰 영향을 끼쳤다. 그사이에 아이는 낯선 사람과 지내는 일에 스트레스를 받아서 장염에 걸렸고 한동안 병원 신세를 졌다. 아줌마 안 오면 안돼? 핼쑥해진 얼굴로 갈할 때는 마음이 미어졌다. 아이 때문에 칼퇴근을 해서 사무실에서도 눈치가 보였다.

업체는 내게 트윈 씨스템을 권했다. 절대로 후회하지 않을 거라고 힘주어 말했다.

놀라울 정도로 부지런한 사람. 피곤해하지 않고 여러가지 일을 잘해서 주변의 부러움을 받는 사람. 갑자기 정신 차리고 완벽하게 변한 사람. 이런 사람을 의심해본 적 없습니까? 그분들은 저희 회사의 트윈 싸이보그를 이용하고 계실 확률이 높습니다. 트윈 싸이보그 씨스템을 이용하시는 고객 중에는 유명한 사업가나 연예인, 사회 각층에서 인정받는 분들이 많습니다. 트윈 싸이보그의 용도는 무궁무진하며 많은 분들이 비밀리에 이 혜택을 누리고 계십니다.

트윈 싸이보그 씨스템에 대한 업체 측의 자신감은 대단했다. 발급 가능 판정을 받고도 누리지 않는 건 손해라고 했다. 싸이보그에게 집안일을 맡긴다고 해서 인생의 시름이 반으로 줄어들거나 삶이 완전히 바뀔 거라고 기대하진 않았지만, 흥미가 생기는 건 사실이었다. 어차피 반복되는 일을 시킬 거라면 로봇이라도 상관없지 않을까. 업무만 잘해낸다면 차라리 로봇 쪽이 낫지 않을까. 게다가 트윈이라면 아이가 느끼는 거부감도 줄어들지 않을까. 업체와 메일을 주고받다보니 자연스럽게 그런 생각이 자리잡았다. 게다가 일반 씨스템과 가격대가 비슷했기 때문에 부담도 적은 편이었다. 물론 홍보문구에 나오는 그런 완벽한 사람이 돼보고 싶은 마음도 있었다. 나는 트윈 싸이보그 씨스템 이용에 동의한다는 내용의 이메일을 발송했다. '트윈'이라는 말은 복제라는 단어보다는 확실히 인간적으로 느껴졌다.

트윈 싸이보그를 만들기 위해서는 그들이 요구하는 서류와 사진을 제출해야 하며 그들이 제작한 질문지에 상세히 답변해야 했다. 첨부파일의 양은 방대해서 책 한권 분량에 가까웠다. 가족, 교우관계부터 가정환경, 기질과 성격, 성향에 대한 질문까지, 그것은 거의 한 인간의 생애에 대해 묻고 있었다. 질문의 세심함에 뭔가 제대로 만드는가보다, 믿음이 가면서도 한편으로는 이 정도면 인

권침해가 아닌가 싶어 불편하기도 했다. 하지만 성의없는 답변 때문에 싸이보그를 만드는 데 오류가 샐길까봐 심혈을 기울여서 체크했다. 다양한 용도를 위해 회사 조직도와 주로 하는 업무에 대한 상세 파일, 동료들의 사진, 성격과 주의사항까지 보내야 했다. 질문 중에는 사진 찍을 때 어떤 포즈를 자주 취하는지, 배추김치를 썰어놓으면 어느 부분부터 먹는지 하는 것까지 있었다.

현재 고객님의 싸이보그가 제작 중에 있으며, 사용 장소와 시간, 업무 내용을 미리 알려주시면 보다 편리하게 이용하실 수 있습니다. 주문 내용은 언제든 변경이 가능하며 하루 전에 미리 연락해주시기 바랍니다. 변경 시 복장과 헤어스타일, 주의사항 등을 자세히 알려주셔야 차질 없이 이용 가능하십니다.

내가 보낸 답변과 내부에서 팽창해가는 두려움과 기대에 비해 이메일의 내용은 간략했다.

이틀 후 나와 똑같이 생겼지만 내가 아닌 '어떤 것'이 우리 집에 도착했다. 현관문 앞에 서 있는 '그것'을 보는 순간 머리끝이 쭈뼛서고 팔에 소름이 돋았다. 사진이나 거울 속의 나를 보는 것과는 느낌이 달랐다. 손님을 대하듯 어서 오세요, 들어오세요,라고 해야 할지 물건을 대하듯 번쩍 들고 들어와야 할지 몰라서 나는 멍하게 서 있었다. '그것'은 주위를 민첩하게 둘러보더니 집 안으로 쏙 들어왔다.

업체에서 보낸 유의사항에는 싸이보그와 함께 있는 모습을 주변 사람에게 들키지 말 것, 들켰을 경우 쌍둥이라고 둘러댈 것, 특히 가족을 조심할 것…… 기계의 결함이 아닌 경우 발생하는 모든 사고에 대해 회사는 어떠한 책임도 지지 않으며…… 등의 내용이 장황하게 적혀 있었다. 개인이 모든 책임을 떠안아야 한다는 점에서 인터넷 쇼핑몰에 가입할 때 '동의함'이라고 체크해야 하는 이용 약관과 비슷했다.

아무튼 함께 있는 모습을 들키지 않기 위해서 '그것'은 내가 출근한 다음에 아이를 어린이집에 데려다주었고, 나는 아이가 잠든 걸 확인한 뒤 집에 들어갔다. '그것'은 확실히 가사 업무에 능숙했다. 집은 아이가 갖고 노는 '인형의 집' 세트처럼 깔끔해졌다. 싱크대에는 물방울 하나 남아 있지 않았고 욕실 바닥은 맨발로 들어가도 될 정도로 보송보송했다. 베란다 창문은 반짝거렸고 세탁물은 섬유유연제의 향을 풍기며 반듯하게 개켜져 있었다. 이를테면 '그것'은 최고의 청소 로봇이자 완벽한 식기세척기, 구김 방지 스팀 기능은 물론 개킴 기능까지 추가된 세탁기였다. 요리 솜씨도 뛰어나서 한식은 물론 케이크와 쿠키까지 척척 만들어냈다. 그뿐 아니라 새로운 할 일이 생길 경우 하루 전, 급한 일은 한시간 전에 업체 측에 연락하기만 하면 '그것'이 잡음 없이 처리해주었다.

첫날 현관문 앞에서 충격적인 첫 대면을 한 뒤로 '그것'과 마주친 적이 없어서, 시간이 지날수록 나와 똑같이 생긴 무언가가 아이와 함께 지내고 집 안을 돌아다니며 일한다는 기묘한 으스스함에서도 해방될 수 있었다. 가장 만족스러운 점은 '그것'이 아이와 잘 지낸다는 것이었다. 어린이집 알림장에는 아이가 엄마와 지내는 시간이 많아져서인지 울고 짜증 부리는 일이 많이 줄었으며 어린이집 생활도 잘하고 있다는 메모가 남겨져 있었다. 집안일과 아이에 대한 부담이 줄어든 덕에 나도 모처럼 회사 일에 집중할 수 있었다. 반복되는 야근에도 지각하지 않자 구가 선배 요즘 보약 먹어? 하고 물었다. 보약은 무슨. 나는 씩 웃어 보였다.

"청첩장 받았지?"
통화 버튼을 누르자 전남편의 목소리가 튀어나왔다. 안경을 찾아 쓰면서 나는 인상을 확 구겼다. 잠에서 깨자마자 대화를 나눌 상대가 전남편이라는 건 별로 유쾌한 일이 아니었다. 전남편이 결혼을 앞두고 있는 상황이라면 더욱 그렇다.
"재주도 좋아, 그사이에 청첩장을 다 찍고."
"빈정거리지 마. 저번에 말했잖아."
하긴 이런 일이 생길 수 있다고 말한 적은 있다. 하지만 그땐 정말 청첩장을 찍어서 보낼 거라고는 예상하지 못했다.
석달 전인가 아이랑 놀이공원에 가겠다고 나가더니 늦었는데도 아이를 데려다주지 않고 연락도 없었다. 전화를 걸어서 "어디야?" 하고 묻자, "현관문 좀 열어" 하는 목소리가 가까이에서 들렸다. 아이를 안고 문 앞에 서 있는 전남편은 놀이공원에서 아이에게 시달려서인지 다섯살은 더 늙어 보였다. 내가 쳐다보자 "오고 싶어서 온 거 아니야. 애가 자서 어쩔 수 없이 올라온 거지" 하며 툴툴거렸다. 하지만 변명과는 달리 "커피 한잔 주라" 하더니 들어와서 소파에 앉았다.
물을 끓이고 잔을 꺼내는데 기분이 좀 이상했다. 평소 같으면 아이가 자도 공동현관문 앞에서 지윤이 데리고 올라가라고 전화했을 인간이다. "좀 올려다주면 어때서? 남의 애냐?" 내가 쏘아붙이면 한숨 한번 쉰 뒤 "거길 뭐하러 올라가" 퉁명하게 대꾸해서 사람 속을 뒤집어놓았다. 현관문 안으로 발을 들이면 발목이 잘리기라도 할 것처럼 유난을 떨더니 그날은 웬일로 먼저 커피를 달라고 하더니 애를 직접 침대에 누이기까지 했다. 다시 한번 생각해볼 수 없냐? 그래도 애한테는 부모가 다 있어야 하는데. 갑작스럽게 걸려온 시어머니의 전화도 그렇고, 이상한 점이 한두가지가 아니었다. 혹시 저 인간이 수 쓰는 거 아니야? 의심이 들었지만 모르는 척했다. 무슨 일이 있어도 재결합은 안할 거다, 결의를 다지면서.

커피를 한모금 마시고 나서 전남편은 손바닥을 마주 대고 천천히 비볐다. 쩍 벌린 무릎 근처에서 마주 닿은 두 손은 깍지를 낄 듯 말 듯 아슬아슬하게 비벼지고 있었다. 그건 뭔가 할 말이 있다는 표시였다. 결혼 전에 별 볼 일 없는 프러포즈를 할 때도, 이혼 이야기를 꺼낼 때도 그는 그렇게 손바닥을 비볐다. 마치 고백이 손바닥의 예열에서 시작되는 듯이. 헤어진 마당에 전남편의 버릇 같은 걸 기억하고 있다는 게 구질구질했지만, 그런 건 헤어졌다고 지워지는 게 아니었다. 입을 열 때까지 기다렸지만 전남편은 커피 한 잔을 다 비울 때까지 멀뚱거리며 손바닥만 비벼댔다.

"할 말 있으면 빨리 해."

"좀 기다려봐. 넌 꼭 그렇게 서두르더라. 그 버릇 아직도 못 고쳤냐?"

뜸 들이는 네 버릇은 어떻고? 나는 인상을 쓰며 쳐다봤다. 전남편은 빈 잔을 입으로 가져갔다가 내려놓더니 다시 손바닥을 비비적거렸다.

"나 요즘 만나는 사람 있어. ······결혼 말도 오가고, 진지해."

"이혼한 거 그쪽이 알아?"

전남편이 고개를 끄덕거렸다.

"애는? 애 있는 것도 알아?"

"말할 거야."

네가 참 말하겠다. 양육비 보낼 때마다 속 썩이고 자주 들여다보지도 않으면서. 만남은 진지할지 모르지만 애 얘기를 꺼내면 쉽지 않을걸. 나는 속으로 비웃었다. 비웃음의 밑바닥에는 재결합 제의를 거절할 기회를 놓쳤다는 낭패감과 저 인간이 진지한 만남을 가질 동안 나는 뭘 하고 살았나 하는 열등감이 뒤엉켜 있었다.

그런데 그런 나를 비웃듯 청첩장이 도착했고 결혼 날짜는 성큼성큼 다가오고 있다.

"청첩장에 쓴 메모 봤지? 지윤이 늦지 않게 보내."

청첩장의 아래쪽, 약도 부분에는 분홍색 포스트잇이 붙어 있었다.

'결혼식 때 지윤이를 화동으로 세우고 싶은데 괜찮지? 의미있잖아. 집사람도 좋다고 하고. 드레스 고르게 토요일 날 보내.'

화동이라는 말보다 집사람이라는 말 때문에 기가 차서 코웃음이 나왔다.

"어떻게 될지 모르니까 기대하지 마."

청첩장을 어디다 처박아넣었는지 기억도 나지 않았다. 화동이고 뭐고, 아빠는 외국에 나가서 이제 못 본단다, 엄마랑 둘이서 행복하게 살자, 다시는 만나게 하지도 않을 작정이었다. 하지만 자고 있는 아이의 얼굴은 점점 더 전남편을 닮아갔다. 그걸 볼 때마다 마음이 물에 불린 미역처럼 흐물흐물해졌다.

몸살이라도 걸려주었으면 하는 때가 있는가 하면 절대로 아파서는 안되는 때가 있다. 내 인생이 그런 절묘한 타이밍과 극적으로 불화하며 진행되어왔다는 건 알고 있었지만, 아이디어 회의와 업무 분담이 있는 날 뻗어버릴 줄은 몰랐다. L그룹은 우리 회사의 VIP 고객인데다 그 홈페이지의 리뉴얼 작업 결과에 따라서 팀이 통합될 때 생사 여부가 결정되는 상황이기 때문에 회의에 꼭 참석해야만 했다. 하지만 마음과 달리 몸은 불덩이인데다 팔다리는 반쯤 녹은 엿가락처럼 늘어져서 수습이 안됐다. 다 죽어가는 목소리를 듣고도 홍은, 하필이면 오늘 같은 날 아프단 말이에요? 하면서 혀를 찼다. 늦어도 열시 반까지 출근하라는 말에 눈물이 핑 돌았다.

이럴 때에 대비해서 트윈 싸이보그를 신청했는데도 회사에 보내는 건 아무래도 께름칙하고 마음이 놓이지 않았다. 자리만 채우면 되니까 하루 정도는 괜찮겠지. 능력있는 사업가와 연예인 들도 사용한다는데 별일 없을 거야. 업체에 전화를 걸고 주문을 넣으면서도 고열보다는 불안함 때문에 덜덜 떨었다. 약을 먹고 자다 깨기를 반복하는 동안, 꿈속에서 '그것'은 팔다리가 부러진 채 사무실 밖에 버려졌고 나는 일자리를 구하지 못해 전남편에게 아이를 빼앗겼다.

다음 날 출근하자 홍이 나를 자료실로 불렀다. 호출된 순간부터 홍이 입을 열 때까지 온몸에서 식은땀이 솟아났다.

"메인 페이지 맡길 테니까 어제 말한 대로 진행해봐요. ……평소에도 그렇게 적극적인 태도로 참여하면 좋잖아. 꼭 인원감축이라는 극약처방이 있어야만 실력 발휘할 거예요? 이번에 L그룹 건 기대할게요."

홍의 그윽한 눈길에 나는 어안이 벙벙해졌다. 중대한 회의라 잘못하면 잘릴지도 모른다는 주문에는 절박함이 담겨 있었지만 아이디어를 내라거나 실력을 발휘하라는 내용은 없었다. 하지만 위기 상황이 닥치자 잘릴지도 모른다는 말 대문에 '그것'이 나선 모양이었다.

업체로부터 어제의 상황에 대해 상세히 전달받았다. 그래서 단순한 기계가 아니라 분신이라는 겁니다. 담당자의 목소리에는 자신감이 넘쳤다. 나는 메인 페이지를 따냈다는 사실보다 '그것'이 사고를 치지 않았다는 사실에 더 안도됐다.

어제 회의의 여파 때문인지 사무실은 술렁거렸다. 홍뿐 아니라 회의에 참석한 사람들 모두가 나의 활약에 놀란 눈치였다. 이 작업에서 밀려난 동료의 표정이 어두웠다. '그것'이 홍의 신임을 얻어냈다는 게 도무지 믿어지지 않았다.

문제는 '그것'이 내놓은 아이디어를 내가 도저히 표현해낼 자신이 없다는 데 있었다. 그렇다고 모두가 기대하는 아이디어를 버리고 쉬운 방향으로 갈 수도 없고, 이제 와서 그건 내가 내놓은 의견이 아니라고 발뺌할 수도 없었다. 애석하게도 조언을 구하고 도움을 청할 만한 곳은 트윈 싸이보그를 파견한 로봇 도우미의 세계뿐이었다. 담당자는 이 웹디자인 작업을 '그것'에게 맡겨보는 게 어떻겠느냐고 제안했다. 일단 회사에서 살아남는 게 중요하지 않습니까? 담당자가 보낸 메일 속의 문장은 담담했다.

다음 날부터 아이를 어린이집에 데려다주는 일은 내 몫이 되었다. 집에 와서 대충 청소를 해놓고 회사에 들러서 '그것'과 교대했다. 웹 구축 능력도 뛰어나고 플래시를 다루는 솜씨도 수준급이라 '그것'이 일하는 한 내가 잘릴 염려는 없어 보였다. 교대라고는 하지만 일을 한다기보다 일의 진척을 확인하는 정도라서 내가 회사에 머무는 시간은 점점 짧아졌다.

디자인 작업은 열흘 정도면 마무리될 것 같았다. 그동안은 '그것'이 회사 일을 온전히 맡기로 했다. 예상하지 못한 휴가가 생겨서 신날 줄 알았는데 묘하게 공허하고 불안했다. 여유가 생기면 화장품도 만들고 청첩장을 찍을 만큼 진지한 만남도 가질 수 있겠지, 막연한 기대를 품었지만 생각만큼 한가하지도 의욕이 생기지도 않았다. 집에 있다보니 자연스럽게 집안일에 매여갔다. 부지런히 움직여도 욕실 바닥에는 물기가 흥건했고 싱크대 밑에서는 바퀴벌레가 기어나왔다. 시간을 들여 음식을 만들어주면 아이는 맛없어, 저번에 해준 거 그거 먹고 싶어, 하면서 투정을 부렸다. 좋은 점이라고는 월차를 쓰지 않았는데도 아이와 애니메이션을 볼 수 있었다는 것뿐이었다. 나는 유배지에 와 있는 죄인처럼 회사에 복직할 날만 기다렸다.

가사 업무에서 벗어나고 싶어서 안달이 나 있던 터라 업체 쪽에서 보낸 '홈페이지 작업 완료'라는 메시지는 몹시 반가웠다. 나는 모처럼 미용실에 다녀왔고 답문자 대신에 바꾼 헤어스타일을 휴대폰으로 찍어서 담당자에게 보냈다. 머리는 마음에 들었고 콧노래가 절로 나왔다. 아침 내내 흥얼거리던 노래는 L그룹 쪽에서 수정 작업을 의뢰하는 바람에 뚝 끊어졌다.

"오전 중에 가능하죠?"

홍이 수정할 부분을 체크해서 가져왔다. '그것'을 불러서 교대하기에는 상황이 여의치 않았고 시간도 촉박했다. 직접 하는 수밖에 없었다.

결과물을 본 홍의 얼굴이 굳어졌다.

"이거 수정한 거예요? 어떻게 수정 전보다 더 안 좋아. 오늘 왜 그래요? 자기답지 않게."

내가 고개를 숙이자 홍이 가까이 와서 목소리를 낮췄다.

"그동안 과로해서 피곤한 거 같은데 오늘은 일찍 들어가서 쉬고 내일 제대로 마무리해줘요."

그 말은 마치 교대할 시간을 줄 테니 '그것'을 데려오라는 은밀한 주문 같았다. 심각한 표정으로 모니터를 바라보고 있는데 메신저 대화창이 떴다. 구였다.

선배, 오랜만에 홍한테 깨졌네. 그동안 죽이 척척 맞아서 일하더니 웬일이야? 실수를 다 하고.

빈정거리는 구의 목소리가 들리는 듯했다. 홍에게 깨진 건 아무렇지도 않았다. 내가 속상한 건 열흘 만에 사무실에 복귀해보니 모든 게 예전 같지 않다는 것이었다. 구와 홍에 대한 험담으로 친목을 도모했던 동료들은 나를 노골적으로 피했다. 작업에서 밀려난 동료는 보이지 않았고 다른 몇 사람도 감원 대상으로 결정됐다는 소식이 들려왔다. 빈정거려주는 구가 오히려 고마울 정도였다.

그후로 오늘 좀 이상하네,라는 말을 몇번이나 더 들었다. '그것' 이 회사생활을 어떻게 했을지는 뻔했다. '여러가지 일을 잘하는 사람, 갑자기 정신 차리고 완벽하게 변한 사람.' 업체가 자랑하는 그대로 활약했을 것이다. 몇년 동안 일해온 곳이고 함께 지낸 사람들인데 열흘 만에 쌓아온 세월이 다 와해된 기분이었다. 그들을 어떤 시선으로 바라보고 어떻게 행동하고 말해야 할지 혼란스러웠다. 모든 게 막막했지만 그 와중에도 한가지만은 확실히 알 수 있었다. 그건 지금 사무실에 있는 사람들이 원하는 게 내가 아니라는 점이었다.

'그것'의 업무 변환에 대한 업체 측의 입장은 명확했다. 자본주의 사회에서는 능력이 뛰어난 분야에서 활약하는 것이 더 효율적이라고 생각합니다. 그들은 내 의사를 존중하겠다고 했지만, 감정에 치우치지 말고 현재 상황과 회사의 분위기에 대해 냉정하게 판단하라고 충고했다.

내 메일에는 '그것'의 출근과 퇴근 시간, 일일 업무보고서가 차곡차곡 쌓여갔다.

결혼식을 앞두고 아이는 잔뜩 흥분했다. 내일 안 가면 안돼?라고 했다가 엄마, 드레스 너무 예쁘지? 집에 갖고 와서 입어도 돼? 하면서 떠들다가 겨우 잠들었다. 침대에 누운 나는 오래오래 뒤척였다. 전남편의 결혼식이 내일이라는 것도, 일자리를 '그것'에게 완전히 내줬다는 것도 다 믿어지지 않았다. 실타래는 잔뜩 엉켜 있는데 가위로 싹둑 자를 용기도 없었다.

일어나자마자 드레스를 입고 뛰어다니는 아이를 얼러서 밥을 몇 숟갈 먹였다. 아무리 생각해봐도 전남편의 결혼식에 가서 박수를 치고 밥을 먹을 정도로 속 좋은 인간은 못되는 것 같았다. 그렇다고 아이만 보낼 수도 없어서 결국 업체에 연락했다. '전남편의 결혼식에 아이를 데리고 가는 복장과 태도'에 대해서도 상세히 설명했다. 주문을 할 때마다 내 인생의 밑바닥은 물론이고 주변 사람들의 삶까지 모조리 까발려지는 것 같다 참담했다.

베란다에 서서 '그것'이 아이와 함께 차에 타는 모습을 지켜봤다. 아이는 드레스 때문에 신이 나서 깡충깡충 춤을 췄다. 엄마와 함께 있다는 사실에 대해 한치의 의심도 없는 몸짓이었다. 아이는 정말 '그것'이 엄마라고 믿는 걸까. 엄마와 '그것'이 다르다는 걸 전혀 눈치채지 못하는 걸까. 왜? 왜 모르는 거지? 진심으로 궁금했지만 물어볼 수 없었다. '그것'은 정말 나와 완전히 같은 걸까. 나조차도 알 수 없었다.

창문을 열고 청소를 시작했지만 정신을 차리면 어느새 의자에 멍하니 앉아 있었다. 텔레비전을 틀었지만 눈에 들어오지 않았다. 회사에 갈 수도 없었다. 거기에는 대리로 승진한 '그것'이 처리할 일만 쌓여 있었다. 집 안을 서성거리다가 결국 옷을 갈아입고 모자를 눌러썼다. 잠깐 보고 온다고 큰일이 생길 것 같지는 않았다.

아는 얼굴을 만날까봐 사람들 틈에 숨어서 결혼식을 지켜봤다. 화관을 쓰고 드레스를 입은 아이가 바구니 안에 든 꽃잎을 뿌리면서 입장했다. 어디서 배웠는지 사람들을 보면서 생긋생긋 웃는 여유까지 부렸다. 아이 때문인지, 결혼하는 게 신나서 그런지 뒤따라 들어가는 전남편의 얼굴에도 웃음이 가득했다. 그 둘의 얼굴이 몹시 닮았다는 사실이 절망스러웠지만, 드레스를 입은 아이의 모습은 공주처럼 예뻤다. 보고 있자니 코끝이 시큰해졌다.

아이가 꽃잎이 다 떨어진 바구니를 하객 쪽으로 던지는 바람에 식장 안은 웃음바다가 되었다. 당황한 아이가 두리번거리자 '그것' 이 번개같이 출동해서 아이를 안고 들어왔다. 나는 순간적으로 튀어나가려다가 멈칫했다. 어떤 상황에서도 함께 있는 모습을 들켜서는 안되는 것이다. 엄마가 나타나서 구해주자 안심이 되었는지 아이는 하객들을 향해 손을 흔들었다. 아이의 손짓에 한복을 입은 노인네들이 박수를 치며 좋아했다.

자신의 전남편이 아니라서 그런지 '그것'은 순서가 끝날 때마다 오늘의 주인공인 부부를 향해 박수를 보냈다. 식이 끝난 뒤에는 다정하게 인사까지 나누었다. 아무래도 '전남편의 결혼식에 참석하는 태도'가 내가 예상한 것과는 다른 뉘앙스로 입력된 것 같았다. '그것'의 행동은 할리우드에서나 볼 수 있는 것이었다. 전처의 축하에 전남편 부부는 흐뭇한 미소로 화답했다. 저런 행동이 나답지 않다는 걸, 나라면 절대로 저럴 수 없다는 걸 저 인간은 정말 모르는 걸까. 달려가서 따지고 싶었지만 '그것'과 함께 있는 모습을 들키지 않기 위해서 서둘러 식장을 빠져나와야 했다.

화창한 토요일인데다 주변에 예식장이 몇군데 더 있어서 거리에는 사람들이 많았다. 하객의 본분을 지키기 위해 다들 한껏 차려입은 모습이었다. 결혼식 덕분에 오랜만에 얼굴을 보게 된 사람들이 삼삼오오 모여서 과장되게 웃고 떠들었다. 부케에서 떨어진 꽃잎과 하늘하늘한 한복 자락이 거리를 쓸고 다녔다. 맞은편에서 걸어오는 후줄근한 추리닝 차림의 여자는, 그래서 더욱 눈에 띄었다.

여자는 어디를 보는 건지 알 수 없는 표정을 하고 거리를 좁혀왔다. 낯이 익은 얼굴이었지만 누군지 떠오르지 않았다. 어디서 봤더라? 생각하는데 나를 발견한 여자의 눈빛이 심하게 흔들렸다. 눈이 마주치자 여자는 고개를 돌려 외면해버렸다. 그리고 존재를 감추려는 듯 빠르게 걷기 시작했다. 여자가 허둥대며 내 옆을 지나갈 때 그녀가 누군지 떠올랐다. 반쯤 지워진 얼굴로 걸어가는 여자는 바로, 홍과 똑같은 홍이었다.

삽의 이력

1

서쪽 지역의 공장지대까지 지하철로는 한시간 반이나 가야 했다. 지하철 노선도에는 동과 서를 잇는 사십여개의 역이 빽빽하게 그려져 있었다. 김은 시간을 확인한 뒤 남은 역을 세어보았다. 시간은 넉넉했지만 서쪽 지역이 처음이라 길을 잘 찾을 수 있을지 걱정이 되었다.

지하철은 처음 듣는 이름의 역에서 문을 여닫은 뒤 한번도 가보지 않은 곳을 향해 달려갔다. 김은 안내방송에 귀를 기울였다. 동쪽 지역에서만 살았기 때문에 서쪽 지역의 지명들은 낯설었다. 긴장감 때문에 손바닥이 축축해졌다.

동쪽 지역에서 김은 '도시개발부'에 소속되어 있었다. '도시'와 '개발' 모두 각광받는 분야였지만 김의 업무는 책상에 앉아 문서작성을 하는 것뿐이었으므로 '미래도시의 건설' 같은 슬로건은 실감이 나지 않았다. 김은 똑같은 길로 출퇴근하고 지정된 메뉴의 점심을 먹고 똑같은 업무를 반복해서 처리했다. 똑같은 배경, 똑같은 얼굴, 똑같은 인사, 똑같은 농담과 불평까지, 동쪽 지역의 모든 것은 지루함 그 자체였다. 긴장감이라는 건 멸종 위기에 처한 동물의 이름 같았다.

오후 세시쯤 되면 김은 자신이 구식 프린터가 아닌가 하는 자괴감에 빠졌다. 너무 많이 출력해서 늘 열 받아 있는 상태고 어딘가에 용지가 걸려 있으며 잉크가 다 소모된 것 같은 끔찍한 기분이었다. 걸린 용지를 빼내보면 구겨지거나 찢어져 있고 보이지 않는 곳에는 종이먼지가 잔뜩 끼어 있었다. 고장을 감지한 프린터는 빨간불을 밝히지만 김은 그런 것조차 할 줄 몰랐으므로 성능 면에서는 프린터만도 못했다. 네시쯤 되면 김은 스스로 전원 버튼을 꺼버리고 싶은 충동에 시달렸다. 그래서 파견업구 제안을 받았을 때 별다른 고민 없이 계약서에 도장을 찍었다. 몸으로 뛰는 업무가 많을 거라는 상사의 말도 결정에 도움을 주었다. 김에겐 변화가 필요했다.

몇달 동안 비가 내리지 않아서 도시의 하늘은 탁했다. 명도가 조금씩 다른 회색이 창밖을 꼼꼼하게 메우고 있었다. 동쪽의 하늘이 지하철을 쫓아 서쪽 지역까지 따라오는 것 같기도 했다.

옆에 앉은 사람의 이어폰에서는 같은 단어를 반복해서 외치는 노래가 새어나왔다. 그건 노래라기보다 구호처럼 들렸다. 긴장한

탓인지 귀에 몹시 거슬렸다. 도무지 끝날 것 같지 않은 노래를 간접 청취하며 김은 엠피쓰리를 챙겨오지 않은 것을 후회했다.

지하철역 밖으로 나온 김은 역 근처의 풍경이 동쪽 지역과 매우 흡사하다는 사실에 놀랐다. 그는 상가와 가로수와 보도블록을 찬찬히 둘러보았다. 어제까지 그가 출근하던 길과 크게 다르지 않았다. 약간 실망했지만 긴장감을 누그러뜨릴 정도는 아니었다. 지하철역이라는 건 원래 비슷비슷하니까 역 주변을 벗어나면 서쪽 지역만의 특색이 나타날 거라고 기대하며 걸었다. 하지만 공장지대로 들어갈수록 동쪽의 어느 구역을 걷는 것 같은 착각에 빠졌다. 심지어 공장 건물은 김이 일하던 동쪽 지역의 건물과 흡사했다. 이 도시는 동쪽과 서쪽 지역이 데깔꼬마니처럼 대칭을 이루고 있는 게 아닌가 의심이 들 정도였다.

인사를 나누자마자 담당자 박은 사원 카드와 약도가 그려진 종이, 열쇠를 건넸다. 한달에 한번 동쪽 지역의 사무실에 와서 프린터와 복사기를 점검하고 가던 AS기사와 인상이 매우 비슷했다.

"출근이나 퇴근 카드는 이쪽에서 찍고 일은 그쪽에서 하게 될 겁니다."

담당자 박은 약도와 주소가 적힌 종이를 턱짓으로 가리켰다.

"말하자면 현장근무죠."

"그렇군요."

김과 박은 휴게실로 자리를 옮겼다. 자판기 커피의 맛은 법으로 정해놓은 듯 동이나 서나 동일했다. 기기점검을 끝낸 AS기사와 동쪽 지역의 사무실에서 뽑은 자판기 커피를 한잔하는 기분이었다.

다른 점이라면 담당자 박이 더 과묵하다는 것 정도였다.

"서쪽 지역은 처음인데, 여긴 지내기가 좀 어떻습니까?"

김은 갈라지는 목소리를 가다듬으며 말을 마쳤다. 지내기가 어떠냐는 건 딱히 할 말이 없을 때나 뭐부터 물어야 할지 모를 때 하기 적당한 질문 같았다. 이 질문을 계기로 박이 이래저래 이야기를 풀어가지 않을까 기대하며 꺼낸 것이기도 했다.

"뭐, 어디나 다 비슷하죠."

자세한 얘기 대신 박은 적당히 식은 커피를 후루룩 마셨다.

"아…… 그렇군요."

예상보다 짧은 대답이었지만 비슷하다는 건 걱정할 필요가 없다는 말처럼 들려서 안심이 됐다. 김도 묵묵히 커피를 마셨다. 자판기 커피의 양은 초면인 사람들이 대화를 나누면서 마시기에 적당했다.

근무지는 공장 건물에서 그리 멀지 않은 곳에 있었다. 두어 블록 지나서 코너로 접어들자 주차장을 연상시키는 널찍한 공터와 허름한 창고가 나타났다. 입구를 제외한 삼면이 시멘트 벽으로 막혀 있어서 주변과 완전히 분리되어 있었다. 벽과 오랫동안 가문 하늘과 땅의 빛깔이 거의 흡사했다. 김이 공터를 둘러보는 동안 바람이 회색빛의 흙바닥을 훑고 지나갔고 김의 구두는 금세 부옇게 변했다. 황량한 근무지 앞에서 김은 기침을 두어번 하고 마른침을 삼켰다. 여기가 바로 동료도 없고, 책상과 컴퓨터, 프린터도 없는 김의 새로운 근무지였다. 창고 문에는 김의 이름이 붙어 있고 안에는 망치와 해머, 곡괭이, 삽 등의 장비들이 아무렇게나 놓여 있었다.

김에게 주어진 새 업무는 구덩이를 파는 것이었다. 도시개발의 기초작업에 해당한다는 게 담당자 박의 설명이었다. 동쪽 지역에서 김이 사무적인 일들을 처리했다면 서쪽 지역에서는 좀더 구체적이고 실질적인 기초작업을 담당하게 되는 셈이었다.

김은 창고 안을 둘러본 뒤 삽을 한 자루 골라 들었다. 새로 구비한 것인 듯 삽자루는 거칠었고 초록색 삽날은 번뜩거렸다. 자신이 판 구덩이를 시작으로 어떤 일이 일어나게 될지 그림이 그려지지 않았지만, 첫 출근이었으므로 머뭇거릴 여유도 없었다. 삽을 들고 공터로 나오자 의욕과 긴장감, 책임감이 뒤섞인 나지막한 기합이 저절로 흘러나왔다.

김은 오랫동안 가물어서 바싹 마른 흙에 삽을 꽂았다. 푸석한 흙의 질감이 삽자루에 그대로 전해졌다. 발로 삽을 누르고 흙을 퍼내자 흙먼지가 부옇게 피어올랐다. 김은 업무수첩을 꺼내서 편한 복장, 마스크와 안경, 면장갑과 모자를 준비할 것,이라고 메모했다.

삽질 몇번만으로도 한시간이 훌쩍 지나갔다. 김은 이 색다른 업무에 흥미를 느끼긴 했지만 '미래도시의 건설'이라는 슬로건은 여전히 실감나지 않았다. 땀을 닦은 뒤에는 어느 정도의 크기와 깊이로 구덩이를 파야 할지 몰라서 담당자 박에게 전화를 걸었다.

"능력껏 파시면 됩니다. 가능한 한 넓고 깊게요."

"아…… 그렇군요."

김은 담당자 박이 무뚝뚝하고 퉁명스러운 게 자신을 믿지 못해서 그런 거라고 결론 내렸다. 첫날 맡은 업무에서 자신의 능력을 보여줘야 한다는 생각에 재킷을 벗고 팔을 걷어붙였다. 시간이 지날수록 구덩이는 원뿔 모양으로 변해갔다. '깊게'보다 '넓게' 파는 게 더 어려웠다. 김은 삽을 세워서 구덩이의 옆면을 깎았다. 삽이나 일 모두 몸에 익지 않아서 오른쪽 어깨가 빠질 듯이 아팠다. 셔츠는 땀에 젖었다 마르기를 반복했다.

점심은 공장 건물에서 해결했다. 식당 표시가 된 곳으로 들어가자 사원 카드를 목에 건 사람들이 식판을 든 채 줄을 서 있었다. 김도 식판을 들고 줄의 끄트머리에 섰다. 식당 안에 있는 오십여명의 사람들이 똑같은 국과 반찬을 떠먹은 뒤 천천히 흩어졌다. 뻐근한 어깨와 팔 때문에 김의 식사 속도는 느렸다.

동쪽 지역으로 돌아가는 지하철 안에서 김은 내내 졸았다. 첫 출근과 낯선 지역에 대한 긴장감, 예상치 못한 노동의 피로가 눈꺼풀을 내리눌렀다.

2

동쪽 지역의 취업 시장은 사정이 좋지 않았다. 몇개의 큰 기업이 계열사를 정리하면서 대대적인 구조조정에 들어갈 거라는 소문이 흉흉하게 떠돌았다. 그런 뉴스가 인터넷에 뜨면 수백건의 댓글이 따라붙었다.

대졸 취업률은 낮고 실업률은 꾸준히 증가했다. 그 탓에 부모들은 이십대 중후반이 된 자식들을 몇년 더 책임져야 했다. 퇴직연령은 자꾸 낮아지는데 평균수명이 점점 늘어난다는 게 그들에겐 큰 걱정거리였다. 자식들 뒷바라지와 노후대책 중에 어느 쪽에 더 힘을 실어야 할지도 결정하기 어려운 문제였다. 부모들에겐 살아온 세월과 사연, 자식의 수만큼이나 다양하고 복잡한 걱정거리가 존재했다. 그건 주름과 흰머리, 고혈압과 관절염, 혹은 다른 형태의 질병으로 나타났다.

윤도 이년째 미취업 상태였다. 부모와 함께 살았고 그래서 주기적으로 한숨과 야단, 신세 한탄과 걱정, 위로와 격려가 뒤범벅된 한 시간 반짜리 잔소리를 들어야만 했다. 가끔은 그 댓가로 용돈을 받기도 했지만 그건 정말 가끔이었다. 미취업자의 일상은 끔찍하게 지루했고 끝나지 않을 것만 같았다. 아침 겸 점심을 먹고 나면 구직 싸이트에 들어가서 일자리를 찾았다. 그런 다음에는 자극을 받아서 영어 공부를 좀 했고 오래지 않아 게임 삼매경에 빠졌다. 저녁때는 누가 부르면 나가고 아니면 또다른 방법으로 시간을 죽였다. 남아도는 건 시간뿐이었으므로 윤은 지속적이고 반복적으로 시간을 죽였다. 이년쯤 그렇게 지내자 자신이 시간을 죽인 게 아니라 시간이 자신을 귀퉁이에서부터 조금씩 먹어치운 것처럼 심신이 너덜너덜해졌다.

윤의 표면적인 상태는 '빈둥빈둥'이었지만 그 단순하고 둥근 표현의 밑바닥에는 자잘한 실패와 좌절, 끔찍한 지루함, 체념이 씹다 버린 껌처럼 덕지덕지 붙어 있었다. 경력이 없는 상태에서 나이를 먹는다는 것과 해마다 졸업생들이 쏟아져나온다는 것도 무서웠지만, 그보다 더 무서운 건 이런 생활을 계속하다간 식사 도중에 포크로 자신의 목을 찌를지도 모른다는 예감이 든다는 거였다.

윤은 근무 중에 피우는 담배의 개운함, 매달 입금되는 월급, 사내연애의 짜릿함을 진심으로 갈망했다. 그런 걸 얻으려면 뭔가 포기해야 한다는 것도 알게 되었다. 그래서 처음에는 사무직만 고집했지만 점차 영업직 쪽으로 눈을 돌렸고, 그쪽도 여의치 않게 되자 근무조건만 괜찮다면 생산직도 나쁘지 않다고 마음을 바꿨다. 이제는 월급만 제때 준다면 벽돌이라도 나르고 싶은 심정이었다. 근무 지역도 동서남북으로 확장했다.

하지만 근무 지역이 서쪽이라고 전화기 너머에서 담당자 강이 말했을 때 윤은 휴대폰의 마이크 부분을 손으로 가리고 한숨부터 내뱉었다. 대충 계산해봐도 동쪽 끝에서 서쪽 끝까지 출퇴근으로 버리는 시간만 세시간이 넘었다. 물론 집에서 놀면 스무시간쯤은 버리는 셈이지만, 내키는 조건은 아니었다. 그래도 더 늦기 전에 어디라도 들어가야겠다는 일념으로 윤은 알겠습니다, 하고 대답했다. 감사합니다,라는 말은 차마 나오지 않았다.

윤의 취업 소식을 들은 부모는 안도의 한숨을 내쉬었다. 서쪽 지역에서 일한다는 말에는 종류가 다른 한숨이 등장했지만, 저녁 밥상에는 소불고기가 올라왔고 모처럼 다들 편안한 마음으로 뉴스를 시청했다. 회사에 입고 갈 만한 옷이나 사 입으라는 말과 함께 약간의 용돈이 주어졌고 그 댓가로 사회생활과 관련된 한시간짜리 잔소리를 들어야 했다.

윤은 돈을 받자마자 친구들을 불러모았다. 취직 턱이라고 하자 회사생활을 가장 오래 한 친구가 축하의 의미로 여자를 소개해주겠다고 했다. 윤은 얼굴과 몸매 중에서 몸매를 선택했다. 친구 녀석이 그럴 줄 알았다며 음흉하게 웃었다. 소속과 월급, 여자친구까지 구색을 갖춰가는 기분이 괜찮았다.

친구들과 자리를 옮겨서 술을 마시고 있을 때 소개받기로 한 여자가 나타났다. 미니스커트 차림이었는데 쭉 뻗은 다리가 늘씬했다. 술집 문을 열고 들어설 때부터 사람들의 시선을 자석처럼 끌어당겼다. 친구가 '훌륭하지?'라는 의미의 눈짓을 보냈다. 다른 친구들도 재빠르게 여자의 다리를 훑었다. 다들 진심으로 부러워하는 표정이었다.

여자는 몇번 크게 웃더니 말을 놓았고 남자들 사이에서 능숙하게 분위기를 주도했다. 여자의 옷차림과 말투, 행동, 모든 것에서 직장생활을 오래 한 사람의 냄새가 풍겼다. 어색한 분위기가 흐를 때마다 여자는 가늘고 긴 다리를 꼬았다. 만남을 지속하고 특별한 사이가 되려면 공을 많이 들여야 할 것 같았다. 하지만 그래서 윤의 피는 더 빠르게 돌았다.

3

출근하자마자 김이 목격한 것은 평평해진 공터였다. 전날 파놓은 구덩이는 사라지고 없었다. 공터는 김이 처음 도착해서 본 것과 비슷한 모습이 되어 있었다. 구덩이 주변의 흙만 색이 다른 것으로 봐서 누군가 꼼꼼하게 메워버렸다는 것을 알 수 있었다. 김은 구덩이가 있던 자리를 한참 동안 바라보았다. 지면은 다른 곳보다 살짝 낮았지만 엄연한 평지였다.

담당자 박은 통화 중이었다. 김은 마음이 급해서 통화 버튼을 눌렀다가 끊기를 반복했다. 단순한 실수이거나 업무상의 착오일 수도 있지만 미래도시의 건설을 방해하는 음모일지도 몰랐다. 바람이 불자 흙먼지가 공터 안을 오랫동안 맴돌았다. 김은 머리칼을 마구 헝클어뜨리다가 쥐어뜯었다. 통화를 몇번 더 시도했지만 박과는 결국 연결되지 않았다.

기다리다 지친 김은 다시 삽자루를 쥐었다. 막상 땅을 파기 시작하자 걱정했던 만큼 심각한 일은 아닐 거라는 생각이 들었다. 경쟁회사의 방해일 수도 있지만 우연히 일어난 일일 가능성도 배제할수는 없었다. 김이 과도한 책임감을 느낄 필요는 없을 것 같았다. 그런 건 회사 쪽에서 알아서 하겠지. 김은 새로운 구덩이를 좀더 넓고 깊게 파기 위해 최선을 다해 삽질을 했다.

흙 속에는 의외로 많은 것들이 들어 있었다. 말라비틀어진 잡초의 뿌리와 비닐의 잔해, 깊이 박힌 돌멩이, 깨진 구슬과 돌돌 말린 스타킹 한 짝, 그것들은 땅 밑에 숨어 있다가 김의 삽 끝에 걸려 모습을 드러냈다. 삽으로 깊이 떠내야 하는 것도 있지만 손으로 슬슬 파내야 작업이 수월해질 때도 있었다. 삽으로 흙을 파는 것도 문서를 출력하는 일과 크게 다르지 않았다. 시간이 지날수록 삽질은 느려지고 몸이 뻐근해졌다. 김은 자신이 느리고 성능이 떨어지는 굴삭기가 된 것 같았다.

출근해서 공터에 도착하면 김은 심각한 표정으로 공터를 서성거렸다. 김이 구덩이를 파고 나면 누군가 그걸 다시 메우는 일이

며칠 동안 반복되었다. 이 모든 상황이 원래 업무에 포함되어 있는 건지 아니면 자신의 역량을 이런 식으로 시험해보는 건지, 어떤 방해 세력이 개입된 건지 판단이 서지 않았다. 이런저런 생각 때문에 김의 업무는 삼십분에서 한시간쯤 늦게 시작됐다.

김은 주머니 속의 휴대폰을 만지작거렸다. 예전 같으면 여기저기 전화해서 이런 기막힌 상황, 말도 안되는 업무에 대해 열을 내며 떠들었을 것이다. 좀더 젊었을 때는 열악한 환경에서 고군분투한다는 걸 주위 사람들에게 과시하고 싶은 심정이 있었다. 술에 취하면 이 도시가 건재하고 발전하는 게 자신의 엄청난 희생 덕분인 양 떠벌리곤 했다. 하지만 이제는 업무에 대해 말하지 않는다. 지내는 게 좀 어떠냐는 질문을 받으면 실상이나 진심 같은 건 꿀꺽 삼켜버리고 괜찮다고 대꾸한다. '괜찮다'의 뉘앙스만으로도 괜찮지 않다는 걸 상대방이 눈치채지 않을까 걱정하면서. 어느새 있는 그대로 보여주는 게 부끄러운 나이, 고통이나 비천함을 축소해버리고 싶은 나이가 된 것이다. 덕분에 괜찮다는 말의 적절한 사용법을 익히게 되었다.

담당자 박에게 전화를 걸기도 껄끄러웠다. 통화 중이더라는 말은 핑계처럼 들릴 게 분명하고 왜 이제야 보고하느냐는 책망이 쏟아질 것 같았다. 분명히 뭔가 잘못됐는데 원인이 뭔지도 모호했다. 엉뚱하게도 생각은 자꾸 개인적인 원한 때문에 이런 일이 일어나는가 싶은 쪽으로 기울었다. 그러자 속이 갑갑해지면서 신트림이 올라왔다. 겨우 끊은 담배 생각이 간절해져서 김은 주먹을 쥔 채 공터를 서성거렸다. 잡념을 몰아내기 위해 할 수 있는 일은 다시 삽을 드는 것뿐이었다. 삽에는 전날 판 흙이 군데군데 말라붙어 있었다. 김은 대충 발로 털어내고 삽을 콱 밟았다. 다행히 일을 하는 동안에는 걱정이나 불만이 흙먼지와 함께 흩어졌다. 땅을 다 판 뒤 일부러 늦장을 부리며 상대를 기다려봤지만 밤이 될 때까지 공터에는 아무도 나타나지 않았다.

상황이 반복되자 김은 결국 이 사실을 담당자 박에게 보고하기로 했다. 서류 형식으로 만들어서 책상 위에 올려놓을까 하다가 박의 책상 양옆에 어지럽게 쌓여 있던 서류 뭉치를 떠올리곤 마음을 바꿨다. 면담을 요청하기까지는 약간의 용기가 필요했다.

담당자 박은 프린터에서 나오는 출력물을 기다리고 있었다.

"업무에 대해 드릴 말씀이 있습니다."

작업복 차림도 아닌데 김은 어깨와 팔의 흙먼지를 털어내는 시늉을 했다.

"기초작업은 잘되고 있는 걸로 아는데요."

출력물을 훑어보는 박의 목소리는 건조했다. 어떤 의미로 그렇게 말하는 건지 김으로서는 납득이 되지 않았다.

"사실 약간의 문제가 있습니다."

김은 목소리를 낮추고 빠르게 말했다.

"문제라니요?"

박이 비로소 김을 쳐다보았다.

"일이 진전되지 않고 계속 반복되고 있습니다. 그러니까 누군가 구덩이를······"

"기초작업이라는 게 원래 초반에는 그렇게 느껴질 수 있습니다.

하지만 그게 당신이 할 일입니다."

박은 별일 아니라는 듯 대꾸했다. 동시에 김을 바라보던 시선을 거두고 다시 서류 뭉치를 뒤적거렸다.

"그게 아니라…… 누군가 제가 판 구덩이를 계속 메우고 있단 말입니다."

애써 눌렀는데도 김의 목소리는 튀어올랐다. 흠, 하고 박이 한숨을 쉬었다.

"그렇다면 그건 그 사람에게 주어진 일이겠죠."

박이 시계를 보더니 김의 어깨를 툭 쳤다.

"임씨는 그냥 제시간에 출근해서 맡은 일만 하면 됩니다. 그게 우리가 임씨를 고용하고 월급을 주는 이유니까요."

임이 아니라 김이라고 정정하는 게 먼저일지, 끝을 알 수 없는 방해와 반복에 대해 좀더 설명해야 할지 김은 판단이 서지 않았다.

"그러니까 저는……"

"업무가 맞지 않으면 말하세요."

담당자 박은 김의 말을 칼같이 자르고 출력해놓은 이력서 뭉치를 손가락으로 가리켰다.

"임씨도 보면 알겠지만 전화만 하면 동서남북에서 달려나올 준비를 하고 있는 사람들이 이렇게나 많이 있습니다."

박이 자판기 커피를 권했지만 김은 그냥 나왔다. 자신이 임인지 김인지도 모르는 사람과 같이 있고 싶지 않았다. 편의점 앞을 지날 때 담배를 사서 피울까 잠시 망설였지만 발길을 돌렸다.

4

깊이 생각하지 않아도 땅을 파는 것보다는 메우는 쪽이 쉽다. 담당자 강이 업무에 대해 설명했을 때 윤은 자신이 운이 좋은 편이라고 생각했다. 공터는 황량했지만 끔찍할 정도는 아니었고 퍼낸 흙은 구덩이 옆에 쌓여 있어서 시간이 오래 걸리지도 않을 것 같았다. 흙을 푸지 않고 밀어넣으면서 윤은 비교적 손쉽게 도시개발의 기초를 닦았다. 흙이 모자라서 바닥이 살짝 꺼진다는 점만 제외하면 수월한 작업이었다. 동료가 없어서 심심하긴 했지만 어떤 일에나 어려움은 있을 것이다.

업무를 마치면 윤은 바로 동쪽 지역으로 갔다. 하는 일이라고는 백수였을 때처럼 질릴 때까지 온라인 게임을 하거나 새벽까지 친구들과 술을 마시는 것뿐이었지만 직장인이 되었으므로 죄책감은 느끼지 않았다.

친구들은 퇴근 후 새로 생긴 술집에서 모이는 걸 좋아했다. 거기 어때?라고 묻지 않고 거기 어떻더라,라고 말하려면 미리 분위기나 술맛, 가격 같은 걸 파악해두어야 했다. 취직한 지 일년쯤 된 친구, 수습 딱지를 막 뗀 친구, 취업한 지 얼마 안된 친구와 윤, 아직 미취업자인 친구가 자주 모이는 멤버였다. 술을 몇잔 마시고 나면 네 사람은 회사생활의 고달픔과 더러움에 대해 과장과 허풍을 섞어가며 이야기했다. 그 순간에는 사회의 핵심 멤버가 된 듯한 기분에 빠졌다. 상사에 대해 욕하면서 목을 조이던 넥타이를 느슨하게 한

다든가 단추를 풀고 소매를 살짝 접는 제스처를 취하는 것도 그런 분위기를 북돋아줬다. 아직 구직 중인 친구는 말없이 술잔을 비웠다. 술잔을 채워주는 건 대부분 직장생활을 가장 오래 한 친구였다. 그놈은 술을 따라주면서 부하직원에게 하듯 영어 공부 많이 해두라는 식의 조언을 덧붙였다. 백수 친구는 공짜 술에 취해서 제대로 듣지 못하거나, 취하려는 찰나에 그 말을 듣고 확 취해버렸다. 그리고 어른스럽지 못한 술주정을 했다. 윤을 비롯한 친구들은 그 모습을 보며 이 자식은 이래서 안된다니까,라는 눈빛을 주고받았다.

친구가 소개해준 여자와는 매일 통화했다. 윤보다 한살 어린 여자는 알고 보니 직급이 대리였다. 유쾌하고 잘 웃었지만 윤이 무슨 일을 하는지 물을 때는 면접관보다 날카롭고 집요했다. 농담을 주고받으면서 동쪽 지역의 어디쯤에 살며 집이 평당 얼마인지를 묻기도 했다. 연예인 얘기에 열을 올리고 남자친구와 연락이 안된다며 휴대폰을 손에서 놓지 않던 대학 후배들과는 확실히 달랐다. 그 회사 비전 있어? 언제까지 다닐 생각이야? 나중에는 어떤 일을 하고 싶어? 여자는 애교 섞인 콧소리로 그런 질문을 던졌다.

앞으로의 비전에 대한 이야기가 나오면 윤은 할 말이 별로 없었다. 남에게 드러낼 만한 업무도 아닌데다 성취감이 있는 것도 아니었다. 삽자루를 쥐고 구덩이를 메울 때면 이 단순하고 반복적인 작업이 막연하게나마 품고 있던 비전마저 지워가고 있다는 걸 알 수 있었다. 하지만 그는 당분간 출근할 직장이 있다는 것과 제날짜에 들어오는 월급에만 집중할 생각이었다. 어차피 멀고 낙후된 서쪽 지역에서 자리를 잡고 싶은 마음도 없었다. 그저 경력을 좀 쌓아두려는 것뿐이었다.

하지만 여자에게 근사하게 보이고 싶어서 윤은 자신을 그럴듯하게 포장했다. 서쪽 지역까지 진출한 건 폭넓은 경험을 쌓으려는 것이고 벌써 회사에서 인정받고 있으며 단독으로 프로젝트를 진행하는 중이라고. 의심하는 것 같진 않았지만, 요즘처럼 쎌러리맨이 별 볼 일 없는 때가 또 있을까, 하며 여자는 한숨을 내쉬었다.

윤에겐 아직 그렇게 멀리 내다볼 만한 여유가 없었다. 공터에 도착하면 윤은 구덩이부터 찾았다. 구덩이를 보면 안도했고 바닥에 앉아 담배를 피웠다. 윤은 자신이 메운 구덩이가 새롭게 파헤쳐져 있는 것에 대해 의문을 품지 않았다. 어차피 그의 일은 메우는 거니까. 오히려 출근할 때마다 공터에 아무 변화가 없을까봐 걱정했다. 그건 더이상 할 일이 없다는 걸 의미하니까. 그런 식의 해고나 계약파기가 공공연하게 일어난다는 사실을 알고 있었다. 가끔, 언제 누가 왜 구덩이를 파는지 궁금할 때도 있지만 그보다는 월급이 언제 얼마나 오를지가 더 궁금했다.

구덩이를 찾고 나면 윤은 여자에게 전화를 걸었다. 언제 또 만날 수 있을지, 언제 또 뜨거운 밤을 보낼 수 있을지, 날씨와 안부 같은 걸 물으면서 슬쩍 떠보았다. 여자는 요리조리 빠져나가면서 윤의 애를 태웠다. 물론 여자를 만나기 위해서는 돈이 필요했다. 레스또랑 예약은 필수고 근처의 좋은 모텔을 섭외해둬야 하며 여자가 마음을 움직이고 몸을 열 만한 허풍과 선물을 준비해야 했다. 하지만 윤은 그 모든 걸 지불하고서라도 여자와의 관계를 이어가고 싶었다. 그렇다고 여자가 돈만 밝히는 건 아니었다. 작업할 때 목장갑을 끼지 않아서 지저분해진 윤의 손톱을 정성스럽게 깎아주기도 했다. 손톱깎이를 들고 미간을 찌푸려가며 집중하는 여자의 모습은 너무 사랑스러웠다. 그때마다 윤은 여자를 품에 꼭 안았다. 절대로 떠나지 말라고, 영원히 내 옆에 있어달라고 무릎이라도 꿇고 싶은 심정이었다.

여자의 몸에서 내려와 다리가 풀릴 때나 지갑에 쑤셔넣었던 카드 영수증을 발견할 때면 이 관계에 대해 회의가 들었지만 오래가지는 않았다. 윤은 다시 그녀를 원했고 기꺼이 마이너스 통장을 개설했다. 어떤 사랑도 희생 없이는 이루어지지 않는다고 믿었다. 할부로 결제한 사랑의 댓가를 갚으려면 윤은 오래 일해야 했다.

하지만 윤의 업무환경은 점점 열악해졌다. 얼마 전부터 구덩이가 이상해졌다. 그동안의 구덩이는 얕거나 깊거나의 차이가 있을 뿐 동그랗거나 네모난 형태에 가까웠는데 며칠 전에는 세모 모양의 구덩이가 등장했다. 위에서 내려다보면 그것은 자로 잰 듯 완벽한 이등변삼각형이었다. 윤은 한참 동안 구덩이를 들여다봤다. 아무리 생각해봐도 삼각형의 의미, 변화의 이유를 알 수가 없었다. 몇 번을 다시 풀어도 답이 나오지 않는 수학 문제처럼 삼각형은 거기딱 버티고 있었다. 혹시 근무태만에 대한 경고인가? 근처에 감시카메라가 있나 싶어 윤은 주위를 둘러보았다. 물론 단순히 매뉴얼이 바뀐 것일 수도 있었다. 하지만 좋은 쪽으로 생각하려고 애써도 삼각형의 구덩이는 지루한 일상에 던져진 신선한 변화나 고정관념을 깨는 반짝이는 아이디어로 보이지 않았다. 그저 업무상의 스트레스일 뿐이었다. 윤은 이런 식의 일방적인 하달은 딱 질색이었다.

다음 날 윤이 목격한 건 사다리꼴 형태의 구덩이였다. 윤은 그 옆에 앉아 여러대의 담배를 피웠고 신경질적으로 비벼 껐다. 담당자 강은 계속 통화 중이었다. 윤은 통화 버튼과 종료 버튼을 번갈아가며 눌렀다. 몇번 더 시도했지만 강과는 결국 연결되지 않았다. 기다리다 지친 윤은 삽질을 시작했다. 하지만 누군가 자신을 고의로 엿 먹이고 있다는 생각이 들자 화가 나서 미칠 것 같았다. 윤은 삽을 팽개치고 공터 안을 빠르게 맴돌았다. 이런 말도 안되는 일 따위 그만둬버리고 싶지만 다음 달에는 여자의 생일이 있었다. 그날 스타킹과 속옷을 찢게 해줄게. 귀금속 진열대를 바라보던 여자가 윤의 귀에 대고 속삭였다. 여자가 두번이나 착용해본 목걸이는 지금껏 누구에게도 선물해본 적이 없는 고가의 물건이었다. 뜨겁게 불타오를 그 밤을 기대하며 윤은 애써 마음을 다잡았다. 사다리꼴이나 동그라미나 구덩이라는 건 메우고 나면 다 평평해지는 것이다.

동쪽 지역에 돌아가면 윤은 폭음했다. 친구들이 윤의 술잔을 채워줬다. 사회생활이 쉬운 게 아니다, 늗의 돈 버는 게 원래 더럽고 치사한 거잖아. 친구들은 어른스럽게 조언하고 윤은 개처럼 취해갔다. 그깟 사회생활 때려치우고 싶지만 백수가 되면 여자를 안을 수 없을 것 같아서 두려웠다.

별 모양의 구덩이를 발견한 날 윤은 삽을 바닥에 팽개쳤다. 화풀이할 곳이 없어서 삽을 밟고 발로 걷어찼다. 그래도 분이 풀리지 않아서 대낮부터 술을 마셨다. 공터 안을 돌아다니며 미친 사람처럼 머리를 쥐어뜯고 욕을 했다. 온몸이 흙투성이가 되었지만 개의

치 않았다.

5

동쪽 지역까지 한시간 반이나 걸리기 때문에 김은 퇴근하면 곧장 지하철을 탔다. 저녁이나 술 모두 동쪽 지역의 단골집에서 오래된 친구들과 해결했다. 독신으로 굳어진 김과 아이가 초등학생이 된 현, 이혼 후 연애 중인 장, 또다른 독신인 정이 주 멤버였다. 마흔살이 넘으면서 다들 자신의 근황에 대해서는 짧게 이야기하고 희미하게나마 연결된 주변부의 소식에 대해서는 침을 튀겨가며 이야기했다. 술에 취했을 때 옛날 이야기를 하는 건 여전했지만 과거에 할애하는 시간은 점점 늘어났다. 그들과 함께하지 않을 경우 김은 혼자서 술을 마셨다. 가끔 혼자 가기 좋은 단골 술집이 있었고 대개는 원룸의 식탁에서 창밖을 내다보며 취할 때까지 마셨다.

공장 사무실에서 퇴근 카드를 찍은 뒤 지하철역까지 가는 동안 김은 휴대폰을 만지작거렸다. 흙먼지 때문에 목 안에서 가래가 끓었고 머릿속은 필요 이상으로 가열되어 있었다. 시원한 맥주 한잔 생각이 간절했다. 현, 장, 정에게 차례로 연락하는 것도 귀찮고 동쪽에 도착할 때까지 참기가 싫어서 김은 웨스턴 바 간판이 걸린 술집에 들어갔다. 바에 앉아서 맥주 두 병을 마신 뒤 위스키를 시켰다.

술을 마시면서 김은 치매기를 보이기 시작하는 노모에 대해 생각했다. 노모는 근처 원룸으로 독립한 김의 끼니와 빨래, 재정 상태, 쓸쓸한 인생 같은 것을 끊임없이 걱정했다. 그걸 해결하려고 일주일에 한번씩 반찬거리를 싸들고 김의 원룸 문을 두드렸다. 통에 담고 다시 보자기로 꽁꽁 싼 걸 풀어놓으며 노모는 녹음기처럼 똑같은 말을 반복했다. 김치통은 맨 아래쪽에 넣어뒀으니 조금씩 꺼내 먹어라, 고기볶음은 냉동실에 둘 테니 먹기 전에 꺼내놨다가 한번 볶아서 먹어라, 빨래는 바로바로 내놔라, 술 좀 줄여라, 괜찮은 여자가 있는데 한번 만나볼 테냐…… 김은 대꾸 없이 고개를 끄덕거리다가 인상을 썼고, 내가 알아서 할게요, 하며 결국 성질을 냈다.

노모가 사흘 만에 원룸 문을 두드렸을 때 김은 이번 주는 정신없이 지나갔군, 하며 머리를 긁적거렸다. 그 전주에 가져다준 걸 몇 개 버린 뒤에야 새로운 반찬거리를 겨우 냉장고에 들여놓을 수 있었다.

하지만 다음 날 노모가 다시 원룸 문을 두드렸을 때 김은 문제가 심각하다는 걸 깨달았다. 다른 부분은 아직 괜찮지만 날짜 감각이 빠르게 무너지고 있었다. 의사는 요양원을 권하면서도 그건 최후의 수단이 되는 쪽이 좋다고 했다. 요양원에 가면 노인들이 심리적으로 불안해하기 때문에 상태가 급격히 나빠질 수 있다는 것이었다.

김은 소개받은 간병인을 노모의 집에 보냈다. 그녀는 아침부터 노모가 잠들 때까지 옆에 붙어 있었다 김 외에 다른 형제가 있었다면 노모나 김에게 힘이 되지 않았을까 잠시 생각해봤지만 역시 간병인 쪽이 마음 편했다. 간병인 비용은 예상보다 비쌌지만 흥정을 하면 홀대할까봐 그러지도 못했다. 그걸 감당하기 위해 김은 도시개발의 기초라는 이상한 작업을 계속해야만 했다. 그 편이 김치통을 들고 매일 문을 두드리는 노모를 보는 것보다 나았다.

　김이 위스키를 한 잔 더 주문했을 때 지친 표정의 남자들이 우르르 들어와서 자리를 잡았다. 술집 분위기는 묘하게 침울했다. 혼자 온 사람들은 물론이고 일행이 있는 사람들조차도 웃고 떠들지 않았다. 그들은 퇴근 후의 시간을 즐기기 위해서가 아니라 낮 동안의 일들을 잊고 곯아떨어지기 위해 마시는 것 같았다. 시계를 자주 힐끗거렸고 술잔을 빠르게 비웠으며 술집에 오래 머무르지 않았다. 김에게 이 술집은 출퇴근 시간에 보는 지하철의 풍경과 다를 바 없었다. 한 줄의 의자에 촘촘하게 앉아 있는 일곱개의 무표정한 얼굴들, 각자의 손잡이에 의지해서 포개져 있는 좌석 대기자들, 다들 입을 다문 채 졸거나 음악을 듣고 있을 뿐인데도 어수선하고 고단한 분위기로 꽉 차 있던 열차 안. 술에 취하거나 술에 취하길 원하는 사람들이 웨스턴 바의 출입문을 통해 내리고 탔다.

　빈속에 급하게 마셔서 김은 좀 취했지만 걸음걸이가 망가지거나 혀가 꼬일 정도는 아니었다. 마신 술에 비해 너무 말짱하다고 느껴질 정도였다. 하지만 술을 마시면서 한 손으로 계속 머리칼을 쥐어뜯었기 때문에 그의 몰골은 흉했다. 화장실을 들락거리고 거울 앞을 여러번 지나쳤는데도 김은 그걸 몰랐다. 그는 노모와 구덩이 생각에 깊이 침잠해 있었다.

　김은 얼음만 남은 잔을 쳐다보았다. 구덩이를 파고 그게 메워지고 또 파는 일이 변함없이 반복되었다. 구덩이를 메우는 놈도 같은 삽으로 작업을 하는지 모르겠지만 나무로 된 손잡이 부분은 손에 익어서 제법 매끄러웠다. 그걸로 한 삽 한 삽 뜰 때마다 김은 천원, 이천원, 하고 셌다. 동쪽 지역의 사무실에서 회의자료와 보고서, 공문이 한장 한장 인쇄되어 나올 때도 그랬다. 그건 김이 작업을 견뎌내는 방식이었다.

월급은 정확히 제 날짜에 입금되었고 점심 메뉴는 이주 간격으로 반복되었다. 김은 건성으로 일했다. 구덩이를 파는 시간은 점차 단축되었다. 어차피 다시 메워질 거라고 생각하면 책임감이 느껴지지 않았다. 하지만 열심히 일하지 않고 대충 하는 쪽이 그를 더 미치게 만들었다. 그는 애초에 설렁설렁 일하도록 설계된 인간이 아니었다. 잘하지는 못해도 열심히 하는 게 그의 유일한 장점이자 무수한 단점 중 하나였다. 돌파구를 찾기 위해서 김은 도시개발에 관한 책도 읽고 다양한 방법을 모색했다. 고민 끝에 그가 선택한 것은 형태의 변형이었다. 삼각형, 다이아몬드 모양, 별 모양의 구덩이를 떠올린 순간 김은 입술 끝을 움직여 조금 웃었다. 밑그림을 그리고 그대로 밑바닥까지 파는 일은 예상보다 어려웠지만 덕분에 모처럼 작업에 흥미를 느낄 수 있었다. 메워질 일 같은 건 당분간 생각하지 않기로 했다. 출근이 고통스럽지 않다는 것만으로도 성과가 컸다.

남쪽 지역으로 파견근무를 간 동료는 동쪽에서 일할 때보다 여러모로 근무환경이 좋아졌다고 했다. 가족들도 좋아하고, 남쪽에 눌러살까 생각 중이야. 어디까지가 진심인지 모르겠지만 김은 잘됐다고 말해주었다. 솔직히 김은 가본 적 없는 남이나 북에 대해 기대를 거는 것 자체가 부질없다고 생각하는 쪽이었다.

다음 달 월급은 사흘치가 삭감되었다. 이유는 '근무태도 불량'이었다. 삭감된 월급명세서를 받고 나서 김은 다시 기계적으로 움직였다. 자신이 점차 한 자루의 삽이 돼가는 것 같았다. 아마도 지금까지 공터 전체에 구덩이를 팠을 것이다. 하지만 그건 모두 메워졌다. 어깨가 쑤시고 허리가 뻐근한 건 괜찮았다. 다만 무용한 일을 반복해야 하는 걸 참을 수가 없었다. 대체 이 의미없는 일을 계획한 것은 누구며 지시하는 것은 누구고 내버려두고 감시하는 건 누구인가. 그러면서도 한편으로는 이 일이 사라져버릴까봐 두려웠다. 노모가 고요히 눈을 감을 때까지 김에겐 이 일이 필요했다.

얼음이 녹아 잔 안에서 찰랑거렸다. 웨스턴 바를 나온 김은 창고 쪽으로 걸음을 옮겼다. 퇴근하는 사람들이 김을 지나쳐 지하철역 쪽으로 갔다. 얼른 동쪽으로 돌아가서 곯아떨어지고 싶은 마음과 달리 김은 출근할 때처럼 창고를 향해 걸어갔다. 조명과 가로등 불빛이 창고 앞과 공터를 환하게 비췄다. 낮에 김이 파놓은 구덩이가 삼분의 일쯤 메워져 있고 옆에 삽이 놓여 있었다. 김이 쓰던 것이었고 손잡이가 따뜻한 걸로 봐서 근무자는 잠깐 자리를 비운 모양이었다. 창고 문 앞에는 김의 이름 대신 다른 사람의 이름이 붙어 있었다. 반찬통을 들고 원룸 앞에 서 있던 노모를 봤을 때처럼 김은 말없이 머리를 헝클어뜨렸다.

돌아온 근무자는 구덩이 옆에서 담배를 피우며 휴대폰을 들여다보았다. 김보다 젊은 건 확실하지만 왜소하고 패기도 없어 보였다. 무엇보다 남자는 삽이 없어진 사실조차 눈치채지 못했다. 그래, 일 끝내고 가서 전화할게. 당연히 보고 싶지. 그날만 기다리고 있다니까. 긴 통화를 마친 남자는 삽이 보이지 않자 창고에 가서 쓰레받기를 가지고 나왔다. 삽이 없어진 것 때문에 당황하는 기색도 없었고 찾을 생각도 없는 듯했다.

시간을 확인한 남자는 묵묵히 구덩이를 메우기 시작했다. 가로등 불빛에 비친 남자의 몸 위로 아지랑이 같은 열기가 피어올랐다. 공터 안에는 흙을 푸는 소리와 남자의 거친 숨소리만 가득했다. 구덩이 안으로 흙이 떨어질 때마다 김의 심장박동이 빨라졌다. 남자가 정신없이 움직일수록 김은 자신을 제어하기가 힘들었다. 자신의 고민, 업무에 대한 회의, 때려치우고 싶은 욕구가 저 남자의 삽질에서 나오고 있었다. 김은 머리칼을 마구 헝클어뜨렸다. 뽑힌 머리카락이 바닥에 힘없이 떨어졌다. 바람이 한차례 공터를 휩쓸고 지나가자 남자의 주변에 흙먼지가 일었다. 남자가 하던 일을 멈추고 눈을 비볐다. 김은 삽을 쥔 손에 힘을 주었다. 술기운은 적당했다. 삽날로 남자의 뒷목을 찍자 그가 느리게 고개를 돌렸다. 남자의 눈은 깊게 파놓은 구덩이처럼 어둡고 축축했다. 뭔가를 말하려는 듯 입이 달싹거렸지만 남자는 곧 다 메워지지 않은 구덩이 안으로 떨어졌다. 거기서 벗어나려는 듯 허우적거렸지만 김은 그 위에 흙을 덮었다.

6

동쪽 지역에는 모처럼 비가 내렸지단 서쪽 지역은 여전히 가물고 하늘이 탁했다. 서쪽 지역으로 가는 지하철 안에서 김은 굳은살이 자리를 잡아가고 있는 손바닥을 바라보았다. 삽을 쥐기에 좋은 모양새였다.

주말마다 김은 양갱이나 사탕 같은 걸 사가지고 노모에게 들렀다. 노모는 간병인을 엄마라고 불렀고 김을 알아봤다가 못 알아봤다가 했다. 김이라는 걸 알고 나면 옷 꼴이 그게 뭐냐, 당장 빨아줄 테니 벗어라, 성화를 부렸고, 반찬 싸줄 테니 가져가서 챙겨 먹어라, 얼굴이 그게 뭐냐, 하며 빈 반찬통을 꺼냈다. 그러다 다시 김을 멀뚱멀뚱 쳐다보며 누구슈? 하고 물었고 우리 아들 못 봤수? 그놈이 배가 고플 텐데, 하며 먼 곳을 바라봤다.

간병인은 월급을 좀더 올려줄 것을 요구했다. 그녀가 말한 액수는 좀,보다는 꽤,에 가까웠다. 그래도 요양원보다는 나을 것 같아 김은 그러겠노라고 답했다.

구덩이는 일주일째 메워지지 않았다. 높은 곳에서 보면 공터는 군데군데 동그랗게 팬 치즈 조각처럼 보일 것 같았다. 구덩이 사이의 경계도 점차 좁아졌다. 김은 구덩이들을 세심하게 관리했다. 남자가 묻힌 곳에는 작은 돌을 세워 표시해두었다. 모든 구덩이를 지름이 같게 팠고 퍼낸 흙을 한곳에 모아두었다. 그동안 파고 메우기를 반복한 공터의 흙은 부드러워서 작업하기에 편했다. 그는 어느 때보다 의욕적이고 성실했다. 월급에는 특별 보너스가 포함되어 있었다.

더이상 팔 곳이 없어지자 김은 구덩이를 하나씩 메워나갔다. 그것밖에는 방법이 없었다. 평평해진 공터의 흙은 전체적으로 황토

색에 가까웠다.

김은 편의점에서 산 담배와 라이터를 꺼냈다. 비닐 포장을 뜯고 나서 한 개비를 꺼내 불을 붙인 뒤 천천히 피웠다. 사탕과 과자, 쥐 포 따위를 대신 물고 다니느라 바지 치수까지 늘려가며 끊은 담배 였지만 망설이지 않았다. 머지않아 공터에는 누군가가 오게 될 것 이다. 그게 흡연 욕구를 불러일으킨 건 아니었다. 최악의 상황도 예 측 가능했다. 그건 바로 경제 사정이 좋지 않다는 이유로 김이 두 가지 일을 다 감당해야 하는 것이었다.

김은 자신이 판 구덩이를 내려다보았다. 그것은 그의 키만한 길 이에 사면이 반듯한 직사각형이었다. 그동안 파온 구덩이 중에 가 장 심혈을 기울여 판 것이기도 했다. 김은 흠잡을 데 없이 완벽한 직사각형의 구덩이를 바라보며 담배를 계속 피웠다. 머릿속에서는 발생 가능한 몇가지 상황이 필름처럼 지나갔다. 하지만 그가 가장 하고 싶은 일은 선택해서는 안되는 것일 수도 있었다.

흙먼지가 공터 안을 배회했다. 김은 이미 자신의 일부가 되어버 린 삽을 다시 쥐었다. 삽을 팽개치는 건 좀더 나중에 해도 늦지 않 을 것 같았다.

당분간 인간

메시지를 보낸 지 다섯시간이 지났다. 며칠만 재워주면 안될까?
로 시작하는 내용의 메시지는 여러번 고친 것이었다. 길거나 짧지
않고 구차하지도 않으면서 건방지지 않게 부탁하기란 몹시 어려웠
다. 그런데 다섯시간째 답이 없다.

한숨을 쉰 O는 트렁크의 손잡이를 꼭 쥐었다. 트렁크 안에는 일
주일쯤, 때에 따라서는 한달 정도 밖에서 지낼 수 있는 옷가지와 가
재도구가 들어 있다. Q가 오케이하지 않으면 회사 근처의 모텔에
서 지낼 작정이었다. 나가기 전에 창문과 가스 밸브를 다시 확인하
고 신발을 신었다. 열쇠로 문을 잠그는데 문자 메시지가 도착했다.

당분간 와서 지내도 돼.

고마워, 정말.

O는 구세주라도 만난 것처럼 두 손을 모았다.

현관문을 연 Q는 O의 손에 들린 커다란 트렁크를 보고 한번, O의 얼굴을 보고 한번 더 놀랐다. 때마침 전기밥통이 요란하게 증기를 뿜어냈다.

형광등 아래 앉아 있는 O의 얼굴은 딱딱했다. 피부 표면은 바싹 마른 점토 같고 미간과 입 주변이 쩍쩍 갈라져 가뭄이 든 논바닥 같았다. 여러 갈래로 뻗어나간 금은 옷 때문에 시작과 끝이 어디인지 알 수 없었다. 밥을 먹으면서도 Q는 O의 얼굴과 손에서 눈을 떼지 않았다.

"언제부터 이랬어? 인터넷에서 기사는 봤는데 실제로 보는 건 처음이거든."

Q의 시선이 부담스러워서 O는 고개를 숙이고 젓가락질에 집중했다. 정말 딱딱하네. 이렇게 하면 똑 부러질 것 같아. Q는 아예 수저를 내려놓고 O의 손가락을 만지작거렸다.

신체 변형을 겪고 있는 사람들에 대한 뉴스가 방송된 건 지난주 월요일 저녁이었다.

— 요즘 얼굴과 목이 딱딱하게 굳고 심할 경우 갈라지거나 금이 간다고 병원에 오시는 분들이 부쩍 늘었습니다. 반대로 몸에 힘이 없고 물렁해진다고 호소하는 분들도 계신데요.

화면에는 책상 위에 컴퓨터가 놓여 있는 일반적인 사무실 풍경이 등장했다. 식곤증 때문에 비스듬하게 누워 있던 O는 벌떡 일어나 앉았다. 그 사무실이 마치 자신이 다니는 회사 같았기 때문이다.

— 이런 신체 변형 증상은 장시간의 컴퓨터 사용과 운동 부족, 과도한 스트레스가 원인인 것으로 밝혀졌습니다.

마이크는 대학병원 의사에게 넘어갔다.

— 실제로 피부나 뼈에 이상이 있어서 그런 건 아닙니다. 여성분들의 경우 얼굴 쪽이 경직되거나 물러질 때 대인기피증이나 우울증 증상을 보일 수 있는데 규칙적인 운동과 충분한 휴식만으로 충분히 좋아질 수 있습니다.

인터뷰에 응한 의사는 표정의 변화가 없었다.

얼굴을 모자이크 처리한 삼십대 여성은 운동을 열심히 했더니 딱딱해지는 범위가 줄어들었다고 말했고, 사십대의 남성은 등산을 시작한 후로 물렁하던 몸이 탄탄해지고 있다며 웃었다. 뉴스는 더 이상의 소식을 전하지 않고 '날씨와 생활'로 넘어갔다. 집중해서 보고 있던 O는 다시 드러누웠다. 이상하네. 의사의 말과 인터뷰한 사람들의 얘기가 O에게는 전혀 통하지 않았다. O로 말하자면 컴퓨터 사용시간을 줄이고 매일 저녁 운동을 하는데도 딱딱해지는 범위가 넓어지고 정도도 심해졌다. 얼마 전부터는 쩍쩍 갈라지기까지 했다.

"어쩌다 이렇게 된 거야? 집은 왜 나왔어? 얘기 좀 해봐."

O가 머뭇거리자 Q는 냉장고에서 소주를 꺼냈다. 뭔가를 털어놓으려면 이게 필요하겠지? 묻는 표정이었다. 소주를 좋아하지 않지만 O는 Q가 따라주는 술을 받았다.

"여러가지 안 좋은 일이 있었어. 회사 문제도 있고……"

"회사 옮긴 지 얼마 안됐잖아."

"이번 회사는…… 다른 데보다 스트레스가 심해."

"회사가 다 그렇지. 스트레스를 주니까 월급도 주는 거야. 넌 어떻게 하나만 바라니? 맘 편하고 재밌으면 그게 회사냐? 동호회지."

Q는 가볍게 눈을 흘기더니 소주잔을 비웠다. 캬, 소리가 길게 이어졌다.

O는 잔을 만지작거리며 증상이 처음 나타났던 때, 어쩌면 처음으로 자각했던 때를 되짚어봤다. 예전 회사에 다니던 때니까 넉달 전인가. 월급은 삼개월치가 밀려 있었고 월급날이 지나면 빈 책상이 하나둘 늘어났다. 그만둘 거라고 미리 귀띔해주는 사람도 있었지만 대부분은 퇴근길에 짤막한 인사를 나누는 것을 끝으로 회사를 떠났다. O는 마이너스 통장과 신용카드에 의지해서 근근이 생활을 이어갔다. 마이너스 한도는 바닥을 쳤고 결제일이 돌아오면 현금 써비스를 받아서 겨우 막았다. 숨이 턱까지 차서 신용등급이나 이자 같은 걸 신경 쓸 처지가 아니었다. 회사 사정이 좋아질 거라는 사람과 가망 없을 거라는 사람들의 의견이 분분했다. 밀린 월급은 포기하는 게 나을 거라는 말을 들을 때마다 O의 뺨이 딱딱하게 굳었다.

"차라리 잘려서 실업급여를 받는 편이 낫겠어."

컵라면에 뜨거운 물을 부으면서 동료 여직원이 한숨을 흘렸다. 한번에 힘을 주지 않아서 젓가락은 제대로 쪼개지지 않았다.

"이 얘기 들으면 다들 기절하겠네."

다른 한명이 쪼갠 젓가락을 비비면서 O와 동료의 얼굴을 쳐다보았다.

"아까 경리팀 직원이 말해준 건데……"

여기까지 말한 뒤 그녀는 심호흡을 했다. 옆에서 O는 마른침을 삼켰다.

"나도 듣고 기가 막혀서 정말…… 월급 말이야, 그동안 몇명한테는 꼬박꼬박 나갔대. 밀린 거 한꺼번에 받아간 사람도 있고. 이 와중에 연봉 올린 새끼도 있단다. 우리만 병신처럼 가만히 있었던 거야."

"진짜? 확실해?"

"극비라고, 이거 새나가면 자기 잘릴지도 모른다고 펄펄 뛰는 거 보면 확실한 거겠지."

컵라면 뚜껑을 열지도 않았는데 O와 동료 여직원의 얼굴에선 김이 모락모락 피어올랐다.

"어떡할 거야?"

제보한 직원이 짝짝이로 쪼개진 젓가락 끝을 잘근잘근 씹었다.

"어떡하긴! 몰랐으면 몰라도 알고는 가만히 못 있지."

동료 여직원이 소리를 버럭 질렀다.

나이, 입사 시기, 어쩌면 연봉 수준도 비슷할지 모르는 두 사람은 비슷한 강도로 흥분했고 앞다투어 화를 냈다. 그리고 그 자리에서 '딜'을 하기로 결정했다. 밀린 월급을 받아내거나 아니면 그만 둬버리고 실업급여를 받아내든가. 쥐새끼도 구석에 몰리면 고양이를 문다는 걸 보여주겠다고 했다. 화가 나긴 했지만 O는 이런 일에는 자신이 없었다.

"우리 팀 일은 내가 다 하는데 지가 날 자를 수 있을 것 같아? 절대 못 잘라. 이 월급에 이만큼 일하는 사람을 어디서 구해?"

위치와 입장마저 비슷한 두 사람은 자신만만했다. 그녀들은 자타가 공인하는 팀 내의 우수 일개미였다. 그녀들보다 입사도 늦고 능력도 부족하고 연봉도 적을 게 분명한 O는 고민에 빠졌다. 하지만 혼자만 행동을 달리할 수도 없는 상황이었다. 점심시간이 지난 뒤 세 사람은 자신이 속한 팀의 팀장에게 면담을 요청하기로 했다.

"요즘 생활하기 힘들죠?"로 시작된 면담은 회사 사정이 힘들수록 고통을 분담해야 한다는 뻔한 말로 이어졌다. 월급을 꼬박꼬박 받아간 사람들의 명단에는 팀장의 이름도 있었지만, '고통 분담'을 발음할 때 그는 눈 하나 깜짝하지 않았다. 존경스럽다. 팀장씩이나 하려면 연기도 잘해야겠지. 더럽지만 배워야 할 점이라고 생각하면서도 O는 팀장의 얼굴을 똑바로 쳐다보지 못했다.

"그런데 무슨 일이에요?"

말을 전한 동료와 비밀을 발설한 경리팀 직원에게 해를 끼치지 않는 선에서 밀린 월급 얘기를 꺼내야 했다. 빙빙 돌아가려다보니 O의 말은 길어졌다. 회사는 다니고 싶은데 생활은 어렵고, 회사 사정은 언제 좋아질지 모르겠고,까지 말했는데도 팀장의 표정엔 변화가 없었다. O가 잠시 말을 멈추자 "계속 얘기해봐요" 하고 재촉했다. 결국 마이너스 통장과 현금 써비스 얘기까지 하고 말았다. 상대의 패가 뭔지 짐작도 못한 상태에서 O는 자신의 패를 모두 보여주는 실수를 범했다. 사실 딜이나 밀고 당기기 같은 건 처음부터 자신 없었다. 가만히 있을 수 없어서, 같이 얘기하기로 했으니까 꿈틀거려본 것뿐이었다.

급할 게 없어서인지 팀장은 서두르지 않았다. 이런 것은 일도 아
니라는 듯 여유만만했다. 상대의 패가 궁금해서 O는 속이 바짝바
짝 타들어갔지만 이젠 기다리는 수밖에 없었다.

"음…… 아까 얘기했다시피 회사 사정이 안 좋아요. 들어보니까
O씨 사정도 많이 안 좋은 것 같은데…… 지금 월급에 대해서 장담
할 순 없고, 이 상황에서 회사가 O씨에게 현실적으로 해줄 수 있는
건 실업급여 정도가 아닐까 싶은데."

"………"

"어떻게 생각해요?"

이 판은 졌다,고 생각했다. 우수 일개미도 아니고, 이런 일에 자
신도 없으면서 무슨 정신으로 면담을 요청한 건지 스스로가 한심
했다. 밀린 월급은 둘째 치고 빈말로라도 붙잡아주지 않아서 O는
몹시 좌절했다.

한시간 뒤 화장실에서 O와 두명의 동료가 모였다. 한명은 다음
주까지 한달치 월급을 주겠다는 확답을 받았고 다른 한명도 이번
달 안으로 석달치 월급을 주겠다는 약속을 받아냈다고 했다.

"그만둔다니까 우리 팀장은 설설 기더라. 너무 그러니까 미안하
기도 하고, 일단 좀 다녀보기로 했어."

"우리 팀장도 조금만 더 고생하자고, 그만두는 건 나중에 해도
되지 않느냐고 붙잡는데 할 말이 있어야지. 실업급여 얘긴 꺼내지
도 못했어."

두 사람은 자기 팀장이 나쁜 건 아니라고, 윗대가리들이 시키는
대로 하는 거지 그 사람들이 무슨 힘이 있겠느냐고 옹호했다.

"O씨는 어떻게 됐어?"

"어, 팀장은 잡는데…… 그냥 그만둔다고 했어. 의외로 솔직하게 말하더라고. 회사 상황이 더 나빠져서 월급에 대해 장담할 수가 없다고. 그 얘기 들으니까 실업급여 받는 편이 나을 것 같아서."

"그랬구나…… 뭐 다 비슷하네. 사실 한달치 준다고 말은 했지만 받아봐야 아는 거지. 안 그래?"

"맞아, 실업급여가 더 나을 수도 있다니까."

두명의 동료와 O는 젓가락처럼 쪼개졌다. 손을 씻고 화장을 고치고 볼일을 보러 들어가는 식으로 세 사람은 자연스럽게 흩어졌다.

O는 양변기에 걸터앉아서 뻐근하게 굳어가는 뒷목과 어깨를 주물렀다. 지금까지 자신이 한 말과 들은 말을 재생시켰다. 빈말과 진심이 담긴 말, 그냥 해보는 말과 돌려서 하는 말, 대충 둘러대는 말을 나누어보려고 애썼다. 하지만 그럴수록 말은 서로 뒤엉켜버렸다. '아'라는 말은 '아'를 뜻하는 게 맞나? 사실 '아'의 뒤에는 '어'가 있고 '어'를 말하려고 '아'를 데려온 게 아닐까. 그러니까 결국 자신만 바보처럼 당한 게 아닌가. 그런 걸 생각하는 동안 O의 어깨는 바위처럼 단단해졌다. 고개를 숙일 때 뚝 하는 소리가 난 것도 같았다.

월급을 받았다는 말은 못 들었지만 O가 그만둘 때까지 두명의 동료는 자리를 지켰다.

O가 말하는 동안 Q는 소주 한 잔을 비우고 쏘시지 부침까지 집어먹었다. 얘기를 듣고 있자니 O의 근황에 대해 들은 지가 이렇게 오래되었나 싶었다.

"거기다 고양이는 떼로 몰려와서 현관문 앞에 살림을 차렸고……"

"너 그것 때문에 집 나왔구나."

이유를 알겠다는 듯 Q가 젓가락으로 식탁을 두드렸다.

"꼭 그런 건 아니지만."

그런 게 아니라고 했지만 O가 고양이를 무서워하는 건 사실이었다. 신기한 건 고양이들이 그걸 알아챈다는 거였다. 쓰레기봉투를 뜯고 있다가 사람이 나타나면 도망치던 놈들이 O가 지나가면 유유히 하던 일을 했다. 그뿐 아니라 O가 쳐다보기라도 하면 폭력적으로 변해서 날카로운 울음소리와 함께 몸을 부풀렸다. 그러면 O는 놀라서 소리를 지르며 그 자리에서 그대로 굳어버렸다.

"그게 아니면 또 뭐가 있는데?"

대답 대신 O는 소주를 삼켰다.

"너도 참, 고양이가 뭐가 무섭다고 그러냐? 넌 사람이고 고양이보다 스무 배나 크다니까. 그래가지고 험한 세상 어떻게 살래?"

O가 인상을 쓰며 물을 찾는 동안 Q는 물을 마시듯 소주잔을 비웠다.

O도 가만히 앉아서 사료를 먹는 고양이가 무서운 건 아니었다. 비슷비슷한 원룸 건물과 단독주택이 모여 있는 동네라 고양이가 많은 편이었다. 큰길로 나가지 않으면 사람보다 고양이와 마주칠 확률이 더 높았다. O가 사는 원룸 쪽은 커다란 얼룩고양이의 구역이었다. 현관문 주위를 어슬렁거리거나 전봇대 밑에서 쓰레기봉투를 뜯는 모습을 자주 볼 수 있었다. 비둘기를 잡아먹는 걸 보고 놀

라서 넘어진 뒤로 O는 얼룩이만 보면 슬슬 피했다. 모른 척, 못 본 척, 조심조심, 조용히. 그렇게 사는 게 O의 체질에는 맞았다.

꼭대기 층에 사는 여자는 가끔 공동현관문 옆에 사료를 놔두었다. 사료를 먹는 얼룩이 옆에 쭈그리고 앉아서 말을 걸기도 했다. 사료를 먹으면서 얼룩이는 원룸과 더욱 밀착된 존재가 되었다. 현관문뿐 아니라 일층인 O의 방 창문 쪽에도 자주 출몰했다. 그래서인지 새벽이면 인근 지역에 흩어져 있던 고양이 몇마리가 O의 방 창문 앞에 집합했다. 두 마리가 마주 선 채 하염없이 울기도 하고 뭔가를 찢어발기는 소리를 내며 싸우기도 했다. 그때마다 찢어지는 것은 O의 잠이었고 이어붙이지 못해서 잠을 설친 O는 울고 싶어졌다. 창문 쪽에서 쭛쭛거리는 소리가 나서 내다보면 얼룩이가 쥐를 잡아서 데리고 놀다가 내장만 쏙 파먹고 있었다. O가 놀라서 소리를 지르자 얼룩이는 입을 쩍 벌리며 위협했다. 털을 바짝 세우고 하악거리는 모습에 O는 그 자리에서 얼어붙었다.

그즈음부터 뒷목과 어깨가 유난히 뻐근해지기 시작했다. 목을 돌리거나 기지개를 켤 때면 우두둑, 요란한 소리가 났다. 예전에는 하루쯤 푹 쉬고 나면 나아졌지만 뜨거운 물에 몸을 담그거나 한의원에서 침을 맞아도 나아지는 기미가 없었다.

그러는 동안에도 매일 이력서를 보내며 구직활동을 이어갔다. 일주일이 넘도록 이력서를 확인하지 않는 곳도 많았다. 왜 구인광고를 냈을까? 담당자에게 전화를 걸어 묻고 싶었다. 두달 반 동안 딱 한군데의 회사에 가서 면접을 봤다. 자신이 이력서를 보낸 곳이 실제로 존재하는 회사인지 O는 진심으로 궁금했다.

실업급여는 한번만 더 받으면 끝이었다. 달력을 보면서 O는 나무젓가락을 쪼갰다. 힘을 줄 때 목 쪽에서도 두둑, 쪼개지는 소리가 났다. 채용이 결정되었다는 전화가 온 건 사발면 뚜껑을 열고 면을 한 젓가락 집어올린 순간이었다. 인사 담당자는 내부 사정 때문에 채용이 늦어진 거라고 설명했다. 내부 사정이야 어떻든 마지막 실업급여를 받기 전에 월급의 세계로 진출하게 돼서 다행이었다. 담당자가 O에게 가장 먼저 한 질문은 언제부터 출근할 수 있느냐는 것이었다. 머리도 좀 다듬고 친구들에게 취직 턱도 내고 새 옷도 사려면 일주일 정도는 필요하지 않을까 계산하고 있는데 최대한 빨리, 내일부터라도 출근해줬으면 좋겠다고 했다. 안된다고 하면 채용을 취소해버릴까봐 그러겠다고 대답했다. 전화를 끊고 나서 O는 불어터진 사발면을 과감하게 버렸다.

인수인계를 할 때 보니 전임자는 상당히 물렁해진 상태였다. 옷으로 신경 써서 가리고 있는데도 한눈에 알아볼 수 있었다. O의 시선이 출렁거리는 몸 쪽에 머물자 전임자는 불편한 듯 고개를 숙였다.

"여기 업무가 그렇게 복잡한 건 아니에요."

전임자는 정리해놓은 파일을 건넸다. O는 굳은 손가락 때문에 서류를 한장씩 넘기지 못하고 한꺼번에 여러장을 넘겼다가 다시 한장씩 조심스럽게 떼어냈다. 전임자도 딱딱해지고 갈라진 O를 힐끔거렸다. 흐물거리는 얼굴 위로 굵은 주름이 생겼다가 사라졌다.

"근데 이거…… 언제부터 그랬어요?"

전임자가 O의 손가락을 가리켰다.

"……몇달 전부터요."

O는 죄를 짓다가 들킨 사람처럼 고개를 숙였다.

"저도 조금씩 물렁해지더니…… 병원에도 가봤는데 과로에 스트레스를 받아서 그렇다고, 좀 쉬면 괜찮아질 거래요."

전임자는 그 말에서 희망을 찾고 싶어하는 것 같았다. O는 딱딱해지는 것과 물렁해지는 것 중 어느 쪽이 더 곤란할까 생각해봤다.

"일은 어려울 거 없어요. 그런데 왜, 일이 편한 회사엔 꼭 갈구는 사람들이 있잖아요. ……위에서 누르그 밑에서 치고 올라오는 것만 버텨내면 다닐 만할 거예요. ……사실 그게 제일 어려운 일이지만요."

누가 들을까봐 무서운지 전임자는 목소리를 낮췄다. 하지만 인계해야 할 업무보다 회사생활에 대해 더 말하고 싶어하는 것 같았다.

"그러려면 좀 세게 나가야 돼요. 무르게 굴면 바로 막 대하거든요. 그럼 샌드위치처럼 중간에 딱 껴서…… 회사생활 힘들어지는 거죠."

전임자는 몸이 안 좋아서 그만두는 거라고 했다. 흐물거리는 손 때문에 펜을 잡거나 마우스를 쥘 때마다 곤혹스러워했다. 그러면서 여기만한 데가 없다고 했다가 여기 만만한 데 아니라고 했다가 말끝을 흐렸다.

퇴근해서 돌아오니 두가지 나쁜 소식이 기다리고 있었다. 하나는 사료를 주던 여자가 공동현관문 옆에 고양이를 위해 상자와 담요를 갖다놨다는 거고, 다른 하나는 얼룩이가 네마리나 되는 새끼들을 데리고 나타났다는 것이었다. 다섯마리의 고양이는 O가 현관문 앞에 나타나면 몸을 부풀리며 경계태세를 갖췄다. 원룸 안으로 들어가기 위해서 O는 큰 용기를 내야만 했다. 큰맘 먹고 한발짝 다가가서자 얼룩이가 위협적인 울음소리를 냈고 새끼들도 일제히 야옹거렸다. 다른 사람들은 귀여워서 어쩔 줄 모르는 새끼 고양이들 앞에서 O는 잔뜩 얼어서 주춤 물러섰다. 번호를 잘못 눌러서 삑삑 소리가 났고 열쇠를 한번 떨어뜨렸고 손을 덜덜 떨면서 겨우 문을 열었다. 두려움이 다섯 배로 늘어난 것 같았다.

출근할 때도 O는 문을 잠그자마자 줄행랑을 쳤다. 사람씩이나 돼서 고양이가 무서워 어쩔 줄 모르는 자신이 한심하기도 했다. 하지만 그 눈과 입을 보면 대번에 움츠러들었다. 그래서 현관에서 얼룩이와 놀고 있는 여자에게 조심스럽게 부탁했다.

"저기…… 제가 고양이를 무서워해서요. 사료를 전봇대 쪽에 놓으면 어떨까요?"

O로서는 몇번이나 망설인 끝에 어렵게 꺼낸 얘기였다. 그러나 O의 말을 들은 여자는 파렴치한이라도 본 듯 눈을 크게 떴다.

"고양이가 불쌍하지도 않아요?"

"쫓아내자는 게 아니라…… 겨울도 아니고 새끼들도 제법 컸으니까, 장소만 좀 옮기면……"

여자는 O의 말이 들리지 않는다는 듯 고양이만 쳐다봤다. 더불어 사는 세상도 모르나? 여자는 말끝에 혀를 찼다. O는 할 수 없이 집으로 들어갔다. 물을 마시려고 입을 벌리는데 턱관절에서 뚜둑하는 소리가 났다. 고양이는 불쌍하게 여기는 여자가 왜 이웃 사람의 의견은 개무시할까. 화가 났다.

"그런 건 집주인한테 얘기하면 되잖아. 회사에서 받는 스트레스는 어쩔 수 없다고 해도, 고양이 때문에 집 나왔다고 하면 지나가던 개가 웃겠다."

Q는 O의 주변에서 벌어지는 일들이, O의 대응 방법이나 태도가 영 마뜩잖았다. 듣고 있으면 속이 터질 것 같았다. 맘먹고 뛰어들어서 다 교통정리해주고 싶은 마음이 굴뚝같았다.

"전화는 해봤는데……"

그렇지 않아도 집주인에게 자초지종을 털어놓았다. 일층이라 시끄럽고 무섭고, 꼭대기 층 아가씨랑 마주치는 것도 껄끄럽고요. 제가 잠도 제대로 못 자요. 집주인 여자는 잘 안 들리는지 뭐? 고양이? 고양이가 산다고? 하며 물었다. 네. O가 처음부터 다시 천천히 큰 목소리로 말하자, 아 고양이, 고양이가 있으면 쥐도 잡고 좋지, 요즘 쥐가 얼마나 많은데, 하며 대수롭지 않게 넘어갔다. 이로써 원룸 내의 서열은 확실히 정해졌다. 집주인 밑에 꼭대기 층 여자, 그 밑에 고양이, 그곳에서 O는 고양이보다도 열등한 존재였다.

O의 말을 들은 Q는 주먹으로 가슴을 팡팡 두드렸다. 아, 답답해.

"그러니까 고양이 때문에 집 나온 거 맞네."

"사실은…… 며칠 전에 좀도둑이 들었어."

Q의 눈이 비로소 커졌다. 호기심이 생긴 건지, 들을수록 가관이라고 비웃는 건지는 알 수 없었다.

"몸이 안 좋아서 반차 쓰고 들어오는데 누가 현관문 밖으로 후다닥 뛰어나가는 거야."

말을 하다 말고 소름이 끼치는지 O는 몸을 부르르 떨었다. 삼일 전 일이라 아직도 충격이 가시지 않은 상태였다. 원룸의 문손잡이를 돌리는데 문이 그냥 열렸다. 순간 불길한 예감이 목덜미를 훑고 지나갔다. 몸살 기운이 있는 몸에선 땀이 마구 흘러내렸다.

다섯평 남짓한 원룸 안은 난장판이었다. 옷장 문은 물론이고 서랍도 죄다 열려 있었다. O는 바닥과 책상 위의 옷을 대충 옆으로 밀어놓고 노트북부터 찾았다. 그건 이 원룸 안에 있는 물건 중에서 가장 비싼 것이고 O의 보물 1호였다. 그러나 방을 왈칵 뒤집어도 노트북은 찾을 수 없었다. 처음엔 노트북이 아까웠고, 시간이 지날수록 그 안에 들어 있는 자료들 때문에 속이 상했다. 도둑은 노트북이라는 기계를 훔쳐간 게 아니라 O의 과거와 현재, 생활 자체까지 강탈해간 셈이었다. 일과 여가, 개인정보와 관련된 온갖 것들이 한순간에 사라져버렸다. 분노와 허탈함 때문에 O의 몸은 딱딱하게 굳었다. 그리고 아까 공동현관문에서 마주친 그 남자가 범인일지도 모른다는 데 생각이 미치자 공포가 엄습해왔다. 등줄기가 싸해지며 마구 쪼개졌다. 그 남자가 내 얼굴을 봤나? 남자의 얼굴은 떠오르지 않았다. 원룸에서 한번도 마주친 적이 없는 낯선 사람이었다. 그런데 원룸 안에는 어떻게 들어왔을까. 사실상 그건 질문이 될 수 없었다. O가 이사 온 뒤로 현관문의 비밀번호가 바뀐 적은 한번도 없었다. 인근 지역의 배달 직원들도 다 아는 눈치였다. 거기다 예전에 살던 사람들, 지금 거주자들, 그리고 그 친구들까지 합치면 좀도둑이 될 만한 후보는 무궁무진했다.

O는 그 시간에 집에 간 자신을 책망했지만 십분, 아니 오분 더 일찍 도착하지 않은 것에 대해선 감사했다. 꺼림칙하긴 해도 노트북을 도둑맞은 정도로 마무리된 게 다행이었다. O의 머릿속에선

하루가 멀다 하고 뉴스에 등장하는 온갖 흉악범들의 수법이 떠나지 않았다. O는 어느새 성폭행을 당하고 잔인하게 난도질당하고 사지가 절단되고 장기가 적출되는 상황에 직면했다. 덕분에 노트북을 도둑맞은 건 까맣게 잊었다.

하지만 집에서도 O는 긴장을 풀 수 없었다. 자다가도 문밖에서 발소리가 나는 것 같으면 눈이 번쩍 떠졌다. 퇴근할 때는 정류장에서 내리면 원룸까지 전속력으로 달려갔고 주위를 두리번거리며 비밀번호를 눌렀다. 공포와 피로와 불면이 지속되니 목과 어깨가 더 뻣뻣하고 단단하게 뭉쳤다. 이따금 기지개를 켜면 등줄기를 따라 빠직 하는 소리가 났다.

"놀랐겠다. 뭐 다른 거 없어진 건 없고? 경찰에 신고는 했어?"

Q는 생오이를 오독오독 씹었다.

"무서워서 못했어. ……범인은 범죄현장에 다시 나타난다잖아."

대신 열쇠수리공을 불렀다. 늙수그레한 남자는 열쇠 구멍을 요리조리 살펴보더니 왜 바꾸려고요? 하고 물었다.

"불안해서요. ……사실 며칠 전에 좀도둑이 들었거든요."

"흠, 이건 상당히 견고한 타입이라 우리도 열려면 기계가 있어야 하는데…… 열쇠 구멍을 보니까 억지로 열려고 한 것 같지도 않고."

남자는 말끝에 O를 힐끗 쳐다봤다.

"문단속만 잘해도 그런 일 안 당해요. 좀도둑들은 문까지 따진 않거든. 창문도 방범창이 튼튼해서 걱정 없겠는데."

수리공은 연장통 뚜껑 한번 열지 않고 출장비를 받아서 돌아갔

다. 이 모든 상황이 한심하고 쪽팔려서 O는 그대로 돌이 되어버렸
다. 세상의 모든 스트레스가 O를 향해 밀려오는 건 아니지만 이 모
든 게 O가 감당하기 버거운 스트레스인 건 확실했다.

"그래도 신고는 하는 게 좋을 것 같은데."

Q는 술잔을 비우고 잔을 채웠다. 그러면서 머릿속으로 O가 여
기서 며칠이나 지낼지 계산해보았다. Q가 생각한 당분간은 일주일
이내였다. 하지만 O가 끌고 온 트렁크는 크고 무거웠다. 포항으로
출장 간 남자친구는 다음 주에 돌아온다고 했다. 하루 쉬고 나면
다음 날 퇴근길에 Q의 집으로 올 게 분명했다.

"그래서…… 당분간 신세 좀 질게."

그 말을 하는 동안에도 O는 몇번 더 갈라졌다. 손등의 상처는 할
퀸 자국이라기보다는 깊게 갈라진 틈처럼 보였다.

"그래…… 편하게 지내. 근데 너 많이 갈라진 것 같다."

O가 힘없이 고개를 끄덕거렸다.

"사실 요즘은 부스러기도 떨어져."

전임자는 병원 처방 때문에 그만두는 거라고 했지만, 한달쯤 근
무하고 보니 그건 표면적인 이유고 대리와 후배의 등쌀에 못 이겨
그만둔 게 아닌가 싶었다. 두살 많은 대리는 성격이 급해서 O만 보
면 "O씨, 그거 아직 안됐어요?" 하고 물었다. O가 결과물을 바로
넘겨주지 못하면 숨을 크게 들이쉰 뒤 내뱉으면서 "O씨" 하고 재
촉했다. 그건 일종의 신호탄과 같았다. 그뒤로 대리는 손톱을 바짝
세우고 수시로 O를 할퀴었다.

"O씨, 왜 그렇게 느려요? 아니, O씨 컴퓨터만 이상한 거야? O씨, 아직 우리 회사에 적응이 안된 거예요?"

"O씨, 여기 이거 빠졌잖아요. O씨, 월말 정산서 아직 멀었어요?"

업무를 분담할 때면 두살 어린 후배는 어려운 일은 절대 안 맡겠다고 버텼다. 대리가 시킨 일을 나눠줄 때마다 불만이 가득한 얼굴로 "이거 왜 제가 해요? 그럼 선배는요? 그거 내가 하면 안돼요?" 하고 따지고 들었다. O를 부를 때도 상황에 따라 호칭이 달랐다. "선배, 이거 마무리 좀 해주면 안돼요?" 하고 물었다가 "다 한 거 주세요, O씨" 하기도 했다. 망설임 끝에 호칭을 통일하자고 제안하자, "그러니까 선배 소리 듣고 싶다는 거네요?" 하면서 빈정거렸다.

스스로 지극히 평범한 사람이라고 생각했는데 점점 더 스트레스에 약해지고 상처받기 쉬운 상태로 변해갔다. 처음엔 뒷목과 어깨가 굳더니 점점 조그만 충격에도 쩍쩍 갈라졌고 사소한 충고나 조언에도 부스러기를 떨어뜨릴 정도로 약해졌다. O는 구체적으로 어떤 말이 자신을 갈라지게 만드는지 곰곰이 따져봤다. 어쩌면 O씨,라고 불릴 때마다 그렇게 되는 것 같기도 했다. 머리가 희끗한 쌜러리맨들을 보면 존경심이 절로 솟아났다. 회사를 이십년씩이나 다녔다는 것만으로도 그들은 대단한 사람들인 것이다.

O가 온 뒤로 Q는 청소기를 자주 꺼냈다. 미안한 마음에 O가 뺏어서 돌리면 두어시간쯤 있다가 다시 꺼냈다. 롤러로 된 먼지제거 테이프를 사와서 구석구석의 먼지를 떼어내기도 했다. 테이프에는 O의 것으로 추정되는 부스러기가 잔뜩 묻어 있었다. 대리, 후배와 점심을 먹으러 가도 O의 밥그릇 주변, 팔꿈치 쪽만 지저분했다. 흘

리지 말고 먹으라는 잔소리까지 들었다.

남자친구가 출장에서 돌아올 날이 가까워지자 Q는 O에게 현관문 열쇠를 내준 걸 후회했다. 게다가 남자친구는 하루 일찍 서울에 돌아왔고 도착하자마자 Q의 집으로 달려왔다. O에게는 다음 날 저녁에 늦게 오면 좋겠다고 말해둔 참이었다. 예상과는 다른 방문이었지만 핼쑥해진 남자친구의 얼굴을 보자 반가움이 앞서서 와락 끌어안았다. 포옹하자마자 남자친구도 곧바로 흥분 모드에 돌입했다. 키스를 하면서 서로의 옷을 반쯤 벗겨냈을 때 딸깍, 열쇠로 문을 여는 소리가 났다. 아, 씨발. Q와 남자친구는 동시에 소리쳤다. 현관문을 열고 들어선 O는 두 사람의 우렁찬 욕설과 험상궂은 표정에 그대로 굳어버렸다.

O는 트렁크의 손잡이를 꼭 쥐었다. Q에게는 고양이가 모두 나가서 집에 돌아간다고 했다. 잘됐다, 다행이야. Q는 슬며시 웃었다. 다행히 회사 근처의 번화가에는 모텔이 넘쳐났다. 하루씩만 묵어도 한달은 버틸 수 있을 것 같았다.

두바이, 파라다이스, 리버사이드, 에이스 같은 상호와 외관만 보고 모텔 방의 분위기를 유추하기란 쉽지 않았다. 그냥 이름일 뿐인데,라고 생각하면서도 O는 모텔 골목을 두번이나 왕복했다. 요금을 지불하고 하룻밤을 보내야 하는데 이상한 곳에 묵고 싶지는 않았다.

O가 선택한 곳은 리버사이드였다. 아니라고 하면서도 얼마쯤은 이름에 기대는 마음이 있었다. 리버사이드의 시트와 베개에서는

락스 냄새가 심하게 났다. 이만하면 분위기가 나쁘지 않다고 생각하면서 침대에 걸터앉는 순간, 옆방에서 엄청난 교성이 건너왔다. 남자의 굵직한 신음소리를 들은 O는 피식 웃었지만 시간이 갈수록 울상이 됐다. 약이라도 먹었는지 남자의 교성은 멈추지 않았다. 대체 모텔 방의 어디에 리버사이드의 낭만이 깃들어 있을 거라고 생각했는지 스스로도 한심했다. O는 이어폰을 끼고 볼륨을 높인 채 이불을 뒤집어썼다. 출근 시간에 맞춰 모텔 문을 열고 나갈 때는 겉옷을 머리에 뒤집어쓰고 싶은 심정이었다.

그다음 날에는 헤븐에 갔다. 모텔의 이름만 날로 거창해지고 있었다. 헤븐에서는 싸구려 방향제 냄새가 심하게 났지만 락스 냄새보다는 참을 만했다. 고요하던 헤븐의 옆방에서 훌쩍거리는 소리가 들려오기 시작한 건 선잠이 눈가에 내려앉은 자정 무렵이었다.

"오빠가 나한테 해준 게 뭐가 있어? 그러면서 이제 와서 헤어지자고? 진짜 너무하는 거 아니야?"

여자의 말투는 분노에 차 있었고 곧 눈물로 젖어들었다.

옆방 남녀는 밤새 아침 드라마를 찍었다. 남자가 우는 여자를 달랬고 여자가 소리를 지르며 원망했다가 다시 사랑을 속삭였다. 자다 깨다를 반복한 O는 염치 불고하고 다시 Q의 집에 들어가야겠다고 마음먹었다.

O가 없는 집에서 Q와 남자친구는 모처럼 오붓한 시간을 보냈다. 출장 기간 동안 떨어져 있던 두 사람은 서로를 깊이 원했고 그 순간 두 사람이 발 디디고 있는 그곳이 바로 헤븐이었다. 흥분과 격정 속에서 둘은 애무를 시작했고 느긋하게 섹스를 즐겼다. 딩동. 때

마침 도착한 O의 메시지를 보고 Q는 인상을 썼다. 타이밍도 나쁘고 태도도 뻣뻣하기 이를 데 없었다.

트렁크를 들고 현관문에 들어서는 O를 보고 Q는 조심스럽게 한숨을 내쉬었다. 이제 모텔을 전전해야 하는 것은 자신과 남자친구가 될 거라는 예감이 들었다. Q는 인터넷 검색창에 고양이가 싫어하는 것,이라고 쳤다. O를 보내기 위해서는 자신이 나서는 수밖에 없었다.

O의 기상시간은 한시간 앞당겨졌다. 갈라진 얼굴 때문에 화장하는 시간이 더 필요했다. 예전에는 한 듯 안 한 듯 자연스러운 화장이었다면 이제는 가리는 게 급선무였다. 갈라진 틈에 파운데이션을 바르고 파우더로 덮느라 바빴다. 화장보다는 보수공사에 가까운 작업이었다. 일찍 일어나서 서두르는데도 두번이나 지각을 했다. 날씨가 더워지기 시작했지만 O는 몸을 가리기 위해서 긴 옷만 입었다. 다리가 뻣뻣해져서 빨리 걷는 게 힘들었다.

사무실에 들어서는 O를 보고 대리가 시계를 힐끔거렸다.

"O씨, 또 지각이네? 요즘 왜 그래요?"

"죄송합니다."

O는 고개를 꾸벅 숙이고 자리로 갔다. O를 눈으로 좇던 대리가 피식 웃었다.

"내 생각엔 화장하는 시간 조금만 줄이면 지각 안할 거 같은데."

O가 우물쭈물하자 대리가 사무실 안을 둘러봤다.

"혹시 우리 사무실에 좋아하는 사람 있어요?"

몇 사람이 킥킥거리며 웃었다. 비듬이 떨어지듯 어깨 쪽에 부스러기가 내려앉았다. O는 부서져내리는 귓불을 받아서 손안에 꼭 쥐었다.

회사에서 어려운 일이 생기면 전임자에게 전화를 걸었다. 처음 한두번 업무에 대해 전화로 묻고 도움을 청하다보니 어느새 버릇이 되어버렸다. 전임자는 O의 말을 묵묵히 잘 들어줬다. 그러다보니 점점 대리와 후배에 대한 불만, Q에게 털어놓지 못하는 신세한탄까지 하게 되었다. O의 처지와 상황을 이해하는 건 전임자뿐인 것 같았다. 전임자는 업무에 대해서는 친절하게 설명해줬지만 다른 일에 대해 물을 때는 잠자코 듣기만 했다.

"대리가 이럴 땐 어떻게 해야 돼요?"

"솔직히 나도 잘 모르겠어요. ……그걸 알면 내가 집에 있겠어요?"

전임자의 목소리는 점점 작아졌다. 온몸이 젤리 덩어리처럼 변해서 움직이는 것은 물론 입을 벌리는 것도 쉽지 않다고 했다. 목소리는 아주 먼 곳에서 장애물들을 뚫고 나오는 듯했다.

"요즘은 식물인간처럼 누워만 있어요. 전화통화도 언제까지 가능할지 모르겠어요. O씨, 혹시 내가 전화하면 집으로 와줄 수 있어요?"

전임자의 목소리는 간절했다. O도 귓불이 떨어져서 통화를 오래하기 어려웠다. 떨어진 귓불을 순간접착제로 겨우 붙였지만 귓바퀴 전체에 금이 가서 얼마나 버틸 수 있을지 알 수 없었다.

결재서류에 잘못 올라간 'O' 때문에 아침부터 사무실이 발칵 뒤

집혔다. 문제의 근원은 후배가 정리해서 넘겨준 영수증에 있었다. O가 좀더 꼼꼼하게 살펴봤다면 바로잡을 수 있는 것이기는 했다. 하지만 두번이나 확인했는데도 숫자의 단위가 다르다는 걸 알아채지 못했다. '0'을 하나 더 달고 있는 서류는 논스톱으로 부장에게까지 올라갔다. 대리도 평소처럼 서류를 제대로 훑어보지 않은 채 도장을 찍고 부장에게 들고 갔기 때문이다. 부장에게 욕을 먹은 대리는 오전 내내 O를 들볶았다.

"O씨, 결재서류 봤어요, 안 봤어요? 나 일하는 방식 뻔히 알면서 이런 식으로 대충 넘기면 어떡해요? 나 엿 먹이려고 작정한 거예요?"

대리의 양손은 허리에서 내려올 줄 몰랐다.

"……저번에 있던 사람은 물러터져서 사람을 미치게 만들더니…… 이번엔 왜 이렇게 융통성이 없고 뻣뻣한 거야?"

O는 고개를 숙인 채 책상 위와 발밑으로 부서져내리는 몸의 파편들을 내려다보았다. 그것들은 과자 부스러기처럼 작아서 순간접착제를 사용할 수도 없을 정도였다. 누군가 본다면 지우개 가루로 착각할 만했다.

후배가 다가와 옆구리를 쿡 찔렀다.

"내가 준 영수증 계산 안해봤어요? 밑에서 실수를 했으면 위에서 바로잡아줘야죠. 대리 성질 모르는 것도 아니면서 왜 그래요?"

후배는 복화술을 하듯 입술을 조금만 움직였다. 잘못했다거나 미안하다는 말은 끝까지 하지 않았다.

"나도 잘못했지만 결재 올린 건 O씨잖아요. 서류 올리기 전에 한번 더 살펴봤어야죠."

O가 자리에서 일어나자 후배의 낯빛이 붉으락푸르락해졌다.

O는 양변기에 앉아서 울었다. 소리가 새어나갈까봐 간간이 물을 내렸다. 이런 환경에서 전임자가 그렇게 변해가고 회사를 그만두는 것도 무리가 아니었다. 눈물을 닦는데 왼손 검지가 힘없이 부러졌다. O는 중지로 전임자의 번호를 꾹꾹 눌렀다.

"그렇지 않아도 O씨에게 전화하려고 했는데."

지금 와줄 수 있어요?라고 묻는 전임자의 목소리는 너무 작아서 주소를 받아적기가 쉽지 않았다. O는 받아적은 주소를 들고 나와 택시를 잡아탔다. 곧 점심시간이었다.

현관문을 여니 원룸의 내부가 한눈에 들어왔다. 낮인데도 불 꺼진 방 안은 어둑했다. 벽 쪽의 침대에 누워 있는 전임자의 모습이 보였다.

"괜찮아요?"

O는 다가가서 미동도 없는 전임자를 살짝 건드렸다. 깊이 잠들었는지 전임자는 대꾸가 없었다. O가 흔드는 대로 이불 안의 몸이 출렁거렸다. O는 벽을 더듬어 불을 켰다. 침대 위에는 윤곽이 흐려진 거대한 젤리 덩어리가 놓여 있었다. 그것은 어렴풋이 사람의 형체를 갖추고 있지만 사람이라고 하기엔 무리가 있었다. O는 겁이 나서 휴대폰을 꺼내들었다. 그때, 젤리 덩어리가 꿈틀거리며 움직이더니 눈으로 짐작되는 어떤 시선이 O를 간절하게 바라보았다. 이봐요,라고 부르는 순간 젤리 덩어리는 물처럼 확 퍼져버렸다. O의 안에서도 뭔가가 왈칵 쏟아졌다.

고양이는 이틀째 나타나지 않았다. Q가 시험차 담벼락 옆에 놓아둔 블록은 모양이 흐트러지지 않은 채 그대로였다. Q는 그래도 식초를 한번 더 뿌렸다. 고양이의 본거지인 상자 주변은 물론, 다닐 만한 길목에도 꼼꼼하게 분사했다. 시큼한 냄새가 코를 찔렀지만 소탕의 기쁨이 더 컸다.

Q는 남자친구에게 전화를 걸어서 이 기쁜 소식을 전했다. 이제 우리 모텔에 안 가도 될 것 같아. Q가 자초지종을 설명하자 남자친구는 목소리를 쫙 깔더니 지금 집으로 갈까? 했다. 나중에, 며칠 후면 기념일이잖아, 그때 근사하게 꾸며놓고 기다릴게. 그래, 기대한다. Q는 남자친구와 모처럼 기분 좋은 통화를 했다.

오늘 저녁 Q에게는 다른 계획이 있었다. O를 돌려보내는 기념으로 함께 고기를 구워 먹으며 회포를 풀 생각이었다. O가 그렇게 부스러지는 건 잘 챙겨먹질 못해서 그런지도 모른다. 먹고 마시며 그동안의 서먹함과 어색함, 퉁명스러움을 다 풀어버리고 싶었다. Q는 마트에 들러 고기와 과일을 넉넉히 사고 와인도 한 병 골랐다.

현관에 놓인 O의 신발은 한 짝이 뒤집혀 있었다. 불을 켜지 않아 집 안이 어둑했다. Q는 신발을 똑바로 돌려놓고 안으로 들어갔다.

"나 왔어."

Q는 방문을 열고 들어갔다.

"불도 안 켜고 뭐 해?"

이불 옆에 O가 웅크리고 앉아 있었다.

"뭐 해? 배고프지? ……자니?"

저녁 먹자, 하고 어깨를 짚는데 O가 와르르 부서져내렸다. 고양이를 쫓아냈어,라는 말도 입안에서 그대로 부스러졌다. Q는 자신의 손바닥과 바닥에 흐트러져 있는 O를 번갈아 바라보았다. O의 부스러기가 손바닥에 조금 남아 있었다. 그걸 보며 Q는 아마도 좀 전까지 O였을 부스러기를 진공청소기로 빨아들여야 할지 빗자루로 쓸어담아야 할지 고민했다.

타인의 삶

곽을 감시하라는 명령을 받은 건 삼년 전이다. 회사가 원하는 건 곽의 모든 것이었다. 사생활, 인간관계, 좌표, 일거수일투족. 그래서 원은 시간을 정해놓고 곽을 지켜보았다.

곽은 국내에서 방영된 드라마와 다큐멘터리를 번역해서 수출하는 일을 했다. 일어는 자신이 직접, 영어와 중국어는 번역 일을 전문적으로 하는 프리랜서에게 맡겼다. 한류 때문에 드라마는 해외에서 인기가 많았고 꼼꼼한 번역 덕분에 일거리도 밀려들었다. 생활과 업무를 동시에 해결하기 위해 곽은 주거용 오피스텔에서 지냈다.

출퇴근은 물론이고 업무가 자유로운 편인데도 곽은 규칙적으로 생활했다. 일곱시에 일어나서 간단히 아침을 먹었고 근처에 있는 공원에 가서 삼십분 동안 산책을 했다. 돌아와서 씻고 커피를 한 잔 내리면 아홉시 전후, 곽의 업무는 그때부터 시작되었다. 시간을 어기는 경우는 거의 없었다. 대부분의 일을 컴퓨터로 하기 때문에 곽은 의자에 앉아서 보내는 시간이 많았다. 그래서 오십분 일한 다음에는 자리에서 일어나 십분씩 휴식을 취했다. 창문을 열어서 실내를 환기하고 가벼운 스트레칭으로 몸을 푸는 것도 잊지 않았다. 점심시간에 곽은 가까운 식당에서 찌개류를 시키거나 도시락을 배달시켜 먹었다. 외식을 할 때도 있지만 그건 업무차 누군가를 만날 때뿐이었다. 밥을 먹은 뒤에는 공원에 가서 오후 산책을 했다. 비나 눈이 올 때는 윗몸일으키기나 팔굽혀펴기로 대신했다. 곽의 업무는 오후 다섯시쯤 끝났다. 일이 끝나면 곽은 청소기와 걸레를 이용해서 오피스텔 안을 꼼꼼하게 청소했다. 지난 삼년 동안 곽의 생활은 이 시간표의 준수를 향해 나아갔고 결국 지금의 규칙적인 생활에 이르렀다.

삼년 동안 원은 곽의 오피스텔을 세번 방문했다. 처음엔 곽에게 이 오피스텔을 소개해주기 위해서였고, 나머지 두번은 소형 카메라와 도청장치의 위치를 바꿔놓기 위해 잠입한 것이었다. 오피스텔의 내부는 이곳의 주인이 깔끔함을 넘어서 결벽에 이르렀음을 보여주었다. 바닥이 티끌 하나 없이 깨끗하고 물건들이 제자리에 놓여 있는 게 일반적인 정돈이라면 집즈인 특유의 냄새, 생활의 흔적, 취향까지 모두 지워버려 무색무취의 공간으로 만들어놓은 건 결벽에 가까웠다. 결벽증을 감추려는 듯 공중에서는 대중적인 라벤더 향이 규칙적으로 분사되었다. 원은 미리 생각해둔 곳에 카메라를 설치했고 도청장치를 새것으로 교체했다. 그가 머무는 동안 방향제는 두번 분사되었다.

업무가 끝나고 청소까지 마치고 나면 곽은 샤워를 한 뒤 외출 준비를 했다. 외출할 때 곽은 검은색 정장을 즐겨 입었다. 업무와 관련된 약속일 때는 셔츠에 타이를 맸고 가벼운 저녁 약속일 때는 무채색 계열의 티셔츠나 니트를 받쳐입었다. 키가 크고 마른 체형이라 곽은 검은 정장이 잘 어울렸다. 그래서 옷장 안에는 검은 슈트가 여러벌 걸려 있었다. 곽의 검은 슈트는 다 비슷해 보이지만 클래식한 것과 캐주얼한 것, 원 버튼과 투 버튼, 울과 벨벳 등 종류가 다양했고 디테일도 조금씩 달랐다. 자기만의 스타일을 고집하는 것 같지만 사실 곽은 유행에 민감하게 반응했다. 곽은 언제부터인가 남자의 스타일을 완성해준다는 패션잡지를 정기구독하기 시작했고 거기 나온 스타일을 따라했다. 곽은 약속 시간과 장소, 상황과 기분에 따라서 여러벌의 슈트 중 하나를 골라 입었다. 머리도 신경 써서 만졌다. 자연스럽게 보이기 위해서 너무 단정하지도 어수선하지도 않은 모양을 고수했다. 앞머리를 내린 곽은 나이보다 훨씬 어려 보였다. 어려 보인다는 건 미추의 문제를 넘어서 사람들에게 호감을 준다. 물론 곽은 잘생긴 편이다.

저녁 약속 상대는 대부분 여자들이었다. 오후 일곱시쯤, 곽은 까페나 레스또랑에서 그즈음에 사귀는 여자를 만났다. 곽은 약속 시간보다 일찍 도착해서 상대를 기다리는 편이었고 원은 그때마다 곽의 뒤를 밟았다.

곽은 일주일에 세번 정도 여자를 만났다. 식사를 하고 차를 마시고 가끔은 영화나 뮤지컬을 보고 서점에 들렀다. 그런 다음 여자와 함께 모텔에 갔다. 두 사람이 모텔에 머무는 시간은 길지 않았다. 한시간쯤 지나서 곽이 먼저 모텔 밖으로 나왔고 삼십분쯤 후, 혹은 그보다 시간이 더 흐른 후에 여자가 나왔다. 곽은 언제나 여자보다 먼저 나왔고 곧바로 집에 갔다. 집에 오면 곽은 따뜻하게 데운 우유를 한 잔 마신 다음 침대에 누웠다.

삼년 동안 곽의 일상은 대략 이런 패턴을 향해 나아갔고 이제는 완전히 고정되어 여기에서 벗어나지 않았다. 그동안 원의 눈에는 인간적으로 보이던 약간의 자유분방함이나 엉뚱함은 완전히 자취를 감춰버렸다. 곽은 자신의 생활 군데군데에 입을 벌리고 있는 작은 틈들을 메우기 위해서 무척 애쓰는 것 같았다. 덕분에 곽의 삶은 시간이 지날수록 질서정연해지고 단조로워졌다. 반대로 연애사는 점점 더 화려해졌다. 삼년 동안 곽은 많은 여자들과 만났다가 헤어졌고, 그때마다 원은 여자들의 뒤를 조사했다. 그녀들의 직업, 출신 지역, 부모와 집안 환경, 외모와 성격, 특기와 취미, 정치적 성향까지. 곽이 색깔을 지우고 틀 안에 갇힐수록 만나는 여자를 통해 곽을 파악하는 수밖에 없었다. 그러나 여자들 사이에는 이렇다 할 공통점이 존재하지 않았다. 그녀들 중 누군가는 미모가 뛰어났고 어떤 여자는 학벌이 좋았으며 재벌 3세인 여자도 있었다. 반면에 재정 상태가 형편없는 여자, 교육을 제대로 받지 못한 여자, 남자관계가 복잡한 여자도 여럿 있었다. 곽처럼 완벽을 추구하는 인간이 이토록 다양한 여자들을 만난다는 건 의외이기도 하고 흥미롭기도 했다. 고민 끝에 원은 보고서에 이렇게 적었다. 여자에 대한 특별한 취향 없음.

곽은 토요일마다 술을 마셨다. 여자와 만난 뒤 돌아와서 완벽하게 혼자가 되었을 때 곽은 천천히 오랫동안 술을 마셨다. 여자와 함께 있을 때 곽은 술을 마시지 않았다. 정확히 말하면 섹스를 하기 전엔 술을 마시지 않았다.

원의 눈엔 일하고 생활하고 여자를 만나는 곽의 모습이 부자연스러워 보였다. 그것에 임할 때 곽이 보이는 성실함, 정확성, 깔끔함이 오랜 연습과 훈련을 통해 만들어진 것 같았기 때문이다. 그는 어떤 의도를 가지고 원래의 자신을 지워가며 지속적으로 목표를 향해 나아가고 있었다. 그러니까 곽은 몇년째 금연을 지켜오고 있지만 한때는 헤비 스모커였던 사람, 지금은 담배 냄새를 너무 싫어하지만 삶의 기반이 흔들리는 일이 생기거나 심경의 변화가 오면 바로 담배부터 꺼내물 것 같은 사람처럼 보였다. 원은 바로 그 틈, 삐걱거리는 지점을 찾고 싶었다. 거기에 진짜 곽이 있을 것 같았다. 하지만 곽은 매일 시간표에 맞춰서 규칙적으로 생활했다.

곽은 한 여자와 두달 정도 만났다. 헤어지자는 말을 먼저 꺼내는 건 언제나 곽이었다. 그 얘기를 하는 날 곽은 항상 셔츠에 넥타이 차림이었다. 곽이 외출을 앞두고 타이를 고르면 둘 중 하나였다. 업무와 관련된 미팅이 있거나 여자와 헤어지려는 것.

식사 후 커피를 마시고 나서 곽은 여자에게 그만 만나자고 말했다. 오늘 여기 커피 맛이 좋은데,라고 말할 때와 비슷한 어조와 표정이었다. 긴장하거나 걱정하는 기색은 전혀 없었다. 손짓이나 몸짓도 쓰지 않고 자신의 심정을 차분하게 설명했다. 밖에서 보고 있으면 두 사람은 가까운 회사 동료나 친구처럼 보였다. 곽의 말을 들은 여자들이 보이는 반응은 대체로 비슷했다. 침묵하거나 울지 않으려고 애쓰거나 그럼에도 불구하고 울거나. 그러나 소리를 지르거나 화를 내는 여자는 없었다. 곽의 뺨을 때리거나 물을 끼얹는 여자도 없었다. 여자들은 묵묵히 혼자서 슬픔을 이겨내려고 애썼다. 여자가 울면 곽은 손수건을 건네면서 다정하게 위로했다. 그리고 여자가 진정될 때까지 기다려준 다음 자리에서 일어났다. 이별할 때도 자리를 먼저 뜨는 쪽은 곽이었다. 여자에 대한 배려일 수도 있지만 어쩌면 혼자 남겨지는 게 두려운 건지도 모르겠다. 걸어나가는 곽의 뒷모습에는 이별의 감정이 배어 있지 않았다.

원은 많은 여자를 만나고 쉽게 헤어지는 곽을 이해하기가 어려웠다. 곽은 왜 여자를 만나는 걸까. 처음에 원은 그 이유를 곽이 만난 여자들에게서 찾아내보려고 했지만 정보가 될 만한 건 별로 없었다. 여자와 함께 있는 곽의 태도는 일할 때와 비슷했다. 그는 내내 웃는 얼굴이었지만 팔짱을 낀 채 적당한 거리를 유지했다. 그리고 여자와 같이 있을 때 곽은 이따금 쓸쓸한 표정을 지었다. 만남을 거듭할수록 여자에게 빠져드는 게 아니라 이 여자가 아니라는 것을 깨달아가는 것 같았다. 하지만 여자들은 그런 곽의 건조함을 눈치채지 못했다. 그녀들은 멋있고 매너 좋은 곽이 냉정해질수록 더 가까이 다가갈 뿐이었다. 그런데 원은 곽이 그 속에서 외로워하고 그 외로움을 두려워한다는 것을 느낄 수 있었다.

물론 원은 곽을 지켜볼 뿐 곽이 누구인지 그의 정체가 뭔지는 정확하게 모른다. 곽이 유력한 정치인의 숨겨진 아들이라는 말도 있고 정치인이 아니라 대기업 회장이라는 설도 있었다. 하지만 원에게는 곽이 누구의 숨겨진, 드러나면 안되는 핏줄인가는 중요하지 않았다. 원이 알아내야 할 것은 곽이 누구인가가 아니라 곽이 무엇을 하고 누구를 만나느냐 하는 것이었다. 자신이 작성하는 보고서가 무엇에 소용되는지에 대해서도 궁금해할 필요가 없었다.

정보는 한쪽으로 치우치거나 감정이 실릴 때 객관성을 잃는다. 그래서 정보를 캐내고 기록하는 자는 냉정해야 한다. 관찰자는 망원경이나 현미경 같은 존재다. 보고 판단하는 주체가 아니라 보이지 않는 부분을 있는 그대로 확대해서 보여주는 도구다. 원도 곽을 확대한다. 사생활은 물론 행동 패턴까지 꼼꼼하게. 곽은 드라마를 선정하고 드라마를 수출할 나라의 바이어와 메일을 주고받고 번역할 사람에게 일거리를 보낸다. 곽은 여자와 만나고 헤어진다. 곽의 하루는 그렇게 원만이 아는 채널을 통해서 방영되었고 원은 곽의 일상을 훔쳐보는 일에 점점 빠져들어갔다. 새로운 여자를 만나고 금세 헤어지는 곽을 이해할 수 없으면서도 이 드라마의 다음 회를 손꼽아 기다렸다.

물론 중요한 건 사실이다. 곽이 느끼거나 느낄 감정에 대해서는 관심을 가질 필요가 없다. 판단하고 조치를 취하는 건 회사의 몫이다. 그걸 알면서도 원은 자꾸 곽을 판단하고 곽의 감정에 반응하고 곽의 변화에 의문을 갖고 어떤 조치를 취하고 싶어졌다. 관찰과 기록 이면의 곽에 대해 호기심이 발동했다. 그건 감정이 생겼다는 걸 의미했다.

곽을 감시하지 않을 때도 원은 곽에 대해 생각했다. 곽을 관찰하지 않을 때도 원의 생각은 곽의 동선을 따라 움직였다. 오피스텔에서 일을 하고 밥을 먹는 곽, 여자와 함께 있는 곽, 모텔을 나와 집으로 걸어가는 곽. 원은 시계를 볼 때마다 곽을 떠올렸다. 그렇게 하지 않으려고 해도 저절로 그렇게 되었다. 곽의 일상은 고스란히 원의 삶에 포개어졌다. 삼년은 너무 길었다. 곽이라는 인간의 삶은 원을 송충이처럼 갉아먹었다. 조금씩, 조금씩, 구멍이 숭숭 뚫려서 원의 본래 모습이 어땠는지를 알아볼 수 없을 정도로.

곽이 그 여자를 만난 건 석달 전이다. 탁상 달력에는 방송국이라고 적혀 있었다. 업무를 마친 곽은 청소를 하고 외출 준비를 했다. 평소처럼 검은 슈트를 골랐지만 모처럼 와이셔츠를 입고 넥타이를 맸다.

여자는 이목구비가 시원한 미인형에 키가 크고 몸매도 좋았다. 곽이 명함을 건네자 여자도 방송국의 로고가 찍힌 명함을 내밀었다. 물론 그 방송국에는 곽의 담당자가 따로 있었다. 곽과 비슷한 또래의 남자로 두 사람은 일 때문에 만나면 같이 밥도 먹고 차도 마셨다. 하지만 그날 남자는 나오지 않았다. 지난주에 복권에 당첨됐고 바로 회사를 그만두었기 때문이다. 여자는 남자의 후임자로, 그러니까 곽과 여자가 만나게 된 건 복권에 당첨될 만큼의 우연을 거친 셈이었다. 여자의 얘기를 들은 곽이 흥미롭다는 듯 웃었다.

— 그런 일이 있었군요. 재미있네요.

— 그러니까 전 대타로 나온 거예요.

여자가 악수를 청하며 말했다. 까페의 창가 쪽에 자리잡은 두 사람은 일과 관련된 대화를 나눴고 여러번 소리내어 웃었다. 분위기는 화기애애했다.

커피가 나오고 곽이 시럽을 권하자 여자가 고개를 저었다.

— 단 걸 싫어해서요.

곽도 그렇다고 대꾸했다. 그의 입가에 희미한 미소가 번졌다.

곽은 일주일에 세번 정도 여자와 만나서 같이 밥을 먹고 차를 마시며 데이트를 즐겼다. 그리고 이따금 모텔에 가서 섹스를 했다. 곽이 먼저 나오고 여자가 나중에 나오는 것도 변함없었다. 집에 돌아온 곽은 샤워를 한 다음 잤다. 하지만 그 여자를 만난 뒤로 곽의 음주 횟수는 주 2회로 늘어났다. 그외에 특별히 달라진 점은 없었다. 그러나 원은 뭔가 변화가 일어나고 있다는 걸 직감했다. 이를테면 곽은 업무 중에 멍하게 있는 때가 많아졌고 웹 써핑을 하는 시간이 늘어났다.

원이 보기에 여자는 평범했다. 여자 정도의 미인은 전에도 많았다. 그들은 모두 여자만큼 화사하고 예뻤고 곽을 좋아했다. 굳이 다른 점을 찾자면 여자는 자세가 좋았다. 걸을 때도 앉을 때도 여자의 자세는 반듯했다. 여자는 다림질이 잘 된 정장 차림을 고수했고 가끔은 지나치다 싶을 정도로 허리를 곧게 펴고 있어서 불편해 보일 정도였다. 그리고 여자는 자주 활짝 웃었다. 무표정할 때조차 여자의 얼굴은 미소 짓고 있는 것처럼 보였다. 대화할 때는 재치와 생동감이 넘쳤다. 여자는 남을 웃기는 걸 좋아하는 것 같았다. 활력 그 자체인 사람이었다.

두 사람이 자주 가던 까페에서 곽은 여자에게 사랑을 고백했다.

리본으로 장식한 작은 상자 안에서는 목걸이가 나왔다. 목걸이를 보고 여자가 씽긋 웃었다. 마음에 드는 눈치였다. 그런데 목걸이를 걸어주려고 일어서던 곽이 멈칫하곤 다시 자리에 앉았다. 손을 젓는 여자의 표정은 뜻밖에도 냉랭했다. 여자가 뭐라고 말했지만 곽의 팔이 여자의 입을 가리고 있어서 원은 입술의 움직임을 읽지 못했다.

— 받을 수 없어요.

곽이 못 알아들었다고 생각했는지 여자가 다시 한번 느리고 정확하게 말했다. 왜? 곽의 입이 크게 벌어졌다. 예상과 다른 반응에 당황한 게 분명했다. 멀리서 봐도 곽은 혼란에 빠진 것 같았다.

— 부담스러워요.

여자의 말은 짧고 피상적이었다. 그런 말을 하면서도 여자는 웃음을 잃지 않았다. 그 웃음 때문에 좋지만 부담스럽다는 건지 싫어서 부담스럽다는 건지도 모호해졌다. 곽은 혼란스러운 얼굴이었다.

— 왜 부담스러워?

— 그냥요. ……우리 이제 그만 만나요.

— 왜?

곽은 이해할 수 없다는 표정으로 여자를 몰아세웠다. 제스처가 크고 불안정했다. 여자와 몇마디 주고받은 곽이 흥분해서 머리를 헝클어뜨렸다. 그 모습을 본 여자가 까페 문을 열고 나가버렸다. 혼자 남겨진 곽은 고개를 푹 숙였다.

그날 이후로 곽은 술을 마시기 시작했다. 술에 취하면 여자에게 전화를 걸어서 그때는 미안했다고, 할 얘기가 있다고, 한번만 만나

달라고 애원했다. 하지만 통화는 길게 이어지지 않았다. 그것은 전화를 걸기 전의 망설임에 비하면 너무나 짧았고 어느 순간부터는 통화조차 이루어지지 않았다. 곽은 전화기를 한참 동안 바라보다가 그냥 내려놓았다. 그러고는 다시 술을 마셨다. 술에 취하면 곽은 소파에 누운 채로 잠이 들었다. 탁자 위에는 술병과 술잔이 나뒹굴었다. 거실은 물론 화장실의 불도 그대로 켜진 채였다. 원은 소파 위에서 잠든 곽을 바라보았다. 삼년 동안 곽이 사랑에 빠진 건 처음이었다. 실연도 처음이었고 생활의 틀과 리듬이 무너진 것도 처음이었다.

폭음과 숙취 때문에 곽의 기상시간은 점점 뒤로 밀려났다. 더이상 곽은 일찍 일어나지 않았다. 끼니를 자주 걸렀고, 공원을 산책하거나 윗몸일으키기를 하는 대신 무기력하게 늘어져서 지냈다. 일을 할 때도 예전 같지 않았고 외출하는 일도 거의 없었다. 트레이닝복의 무릎은 보기 흉하게 튀어나왔고 구석엔 둥글게 뭉쳐진 먼지가 돌아다녔다. 곽은 예전의 규칙적인 생활로 돌아가기를 원하는 것 같았지만 한번 망가진 리듬은 쉽게 회복되지 않았다.

실연당한 곽의 심정을 이해 못하는 건 아니지만 곽을 지켜봐야 하는 원은 착잡했다. 시간표에 따라서 살고 생활이 꽉 짜여 있던 곽도 갑갑했지만, 흐트러지고 우울해하고 무기력한 곽을 보는 건 더 곤혹스러웠다. 여자는 왜 곽에게 그만 만나자고 했을까. 곽의 무엇이 맘에 들지 않았을까. 곽이 다그쳤을 때 여자가 했던 말들은 너무 상투적이었다. 그건 진실이 아닐 것이다. 여자에게는 분명히 다른 이유가 있을 것이다. 원은 그게 궁금해 미칠 지경이었다. 원은 자신도 모르게 여자의 뒤를 밟을 계획을 세우기 시작했다. 이 모든 일은 당연히 비밀에 부쳐야 했다. 미행을 위해서 원은 기록 몇개를 삭제했다.

그동안 원은 자신을 지배하고 있는 것이 회사라고 생각했다. 자신은 회사의 명령에 따라서 움직이고 회사를 위해 곽을 감시하고 정보를 캐내고 있다고 생각했다. 하지만 어느 순간부터인가 원은 명령과 상관없이 곽에게 집중하기 시작했고 곽의 영향을 받았다. 경계는 천천히 허물어졌고 곽의 생활, 곽의 감정이 원을 장악하기 시작했다.

*

원에게는 세살 연하의 아내와 유치원에 다니는 두 딸이 있다. 공인중개사인 원은 아파트 단지에 있는 상가에서 부동산 중개업소를 운영했다. 출퇴근이 자유로운 업종이라 원의 생활은 전반적으로 느슨했다. 어떤 때 원은 점심때가 다 되어서야 사무실 문을 열었고 가끔은 새벽까지 퇴근하지 않고 사무실에 머무르기도 했다. 원의 출근이 늦어져서 손님이 잠긴 문을 흔들다가 가버리는 걸 곽은 여러번 보았다. 문과 유리창을 도배한 시트지에는 전화번호가 큼직하게 쓰여 있지만 그들은 전화를 거는 수고까지는 하지 않았다. 원의 사무실 양옆에도 부동산 중개업소가 서너개씩 늘어서 있기 때문이다.

삼년 전 곽은 오피스텔을 구하기 위해 원의 중개업소에 들렀다.

원은 이제 막 출근해서 잠긴 문을 열고 있었다. 환기가 되지 않은 사무실 안에서는 퀴퀴한 냄새가 났고 소파 옆으로 크고 작은 먼지 덩이가 굴러다녔다. 사무실은 너저분했지만 원이 소개해준 오피스텔은 마음에 들었다. 곽은 오피스텔을 둘러본 뒤 계약서에 싸인했다.

게으르고 지저분한 원의 사무실에 손님이 없는 건 당연한 일이었다. 하지만 그걸 아는지 모르는지 원은 사무실에서 하루 종일 손님을 기다렸다. 손님을 기다리는 동안 원은 아무것도 하지 않았다. 책을 읽거나 음악을 듣지도 않고 옆 중개업소에 놀러 가지도 않았다. 원의 비대한 몸은 늙고 지친 바다사자처럼 의자 위에 늘어져 있을 뿐이었다. 입술 역시 자발적으로 열리는 법이 없었다. 원은 일과 관련된 전화가 걸려올 때만 어쩔 수 없다는 듯 입을 뗐다. 하지만 통화는 언제나 짧게 끝났다. 원은 묻는 말에만 간결하게 대답했고 먼저 질문하지 않았으며 화제를 다른 데로 돌리지도 않았다. 그러니 대화가 이어질 리 없었다. 옆 중개업소의 대머리와 안경을 낀 매부리코 여자가 간혹 사무실에 들렀지만 오래 버티지 못하고 돌아갔다. 그들에게는 새로운 정보나 맞장구가 필요했지만 원은 두 가지 모두에 관심이 없고 무엇보다 말하는 걸 싫어하는 것 같았다. 어쩌면 사람들과 섞이는 걸 불편해하는 건지도 모르겠다.

곽은 그런 원을 감시했다. 원에게는 어떤 혐의가 있다고 했다. 간첩이었다는 말도 있고 정치범이라는 소리도 있었다. 누군가는 그가 어떤 조직의 돈을 빼돌렸다고 했다. 하지만 정확히 어떤 혐의가 있는지, 그가 얼마나 위험한 사람인지는 곽도 잘 모른다. 곽은 그저 원을 감시하라는 명령을 받았을 뿐이다.

활동범위가 좁기 때문에 원을 감시하는 일은 어렵지 않았다. 오히려 너무 단조로워서 하품이 나올 지경이었다. 원의 중개업소 안에는 소형 카메라를 설치해두었고, 아침과 오후에 산책을 나갈 때마다 중개업소 앞을 지나가며 동태를 살폈다. 곽의 오피스텔 창문에서는 원의 아파트 거실이 훤히 내려다보였다. 원은 집에서 밥을 먹거나 잠을 잤고 사무실에서는 책상을 지켰다. 어디에서든 꼭 필요한 때가 아니면 말을 하지 않았고 움직이지 않았다. 원은 일정한 공간을 차지하고 있지만 그것 말고는 의미가 없었다. 부피를 빼고 나면 그에게 남는 것은 아무것도 없는 것 같았다. 그런 면에서 원은 오래된 가구나 구석에 처박아둔 물건 같았다.

사람들은 종종 원이 있다는 걸 눈치채지 못했다. 아내는 원이 퇴근하면 문을 열어주고 원을 위해서 밥을 차렸다. 하지만 텔레비전을 켜고 드라마를 보기 시작하면 원이 있다는 걸 까맣게 잊어버렸다. 가끔은 그가 들어오지 않았다는 것도 깜박하는 눈치였다. 두 딸도 마찬가지였다. 원이 들어올 때만 잠깐 반가워할 뿐 곧 원이 없는 것처럼 행동했다. 가족들은 원을 책장 정도로 생각했다. 미워하는 건 아니지만 좋아하지도 않았다. 가구에게 감정을 갖는 사람은 별로 없다.

가끔 중개업소에 손님이 찾아오면 원은 조건에 맞는 집으로 데려갔다. 하지만 집 안에 들어가서도 원은 별다른 설명을 하지 않았다. 손님이 묻는 말에만 짧게 대답할 뿐 사람들이 집을 다 구경할 때까지 옆에서 기다렸다. 마치 그 집의 일부인 것처럼 일정한 공간을 차지한 채 가만히 서 있었다. 그러면 사람들은 집의 이곳저곳을 자유롭게 구경하기 시작했다. 그러는 동안 사람들은 서서히 원의 존재를 잊어버렸다. 자기들 외에는 아무도 없는 것처럼 집 안을 돌아다니고 허락도 없이 화장실을 사용하고 남의 물건을 마음대로 만졌다. 하지만 그 순간에도 원은 사람들을 보고 있었다. 사람들이 원의 시선을 느끼지 못할 뿐이다.

곽이 볼 때 원은 타고난 관찰자다. 원은 언제나 사람들의 시선 밖에 존재했다. 타인의 관심을 받지 않는다는 건 대단한 능력이다. 게다가 사람들을 바라보는 원의 시선에선 감정이 느껴지지 않았다. 그저 바라볼 뿐 원은 자신의 주관을 개입시키지 않았다. 사람들을 바라보는 원의 시선은 집에 있는 물건이나 사무실의 비품을 대하는 것과 비슷하다.

원의 일상은 지독하게 단조롭고 느슨했다. 원은 매매나 전월세에 대한 정보가 생기면 부동산 싸이트에 올리고 몇장은 출력해서 중개업소 유리벽에 붙여두었다. 사람들에게 집을 보여준 다음에는 계약서를 쓰고 소개비를 받았다. 집이 아니라 사고파는 사람들의 사정과 입장 때문에 변수가 생기는 경우가 많았지만 원은 서두르거나 조바심내지 않았다. 계약이 성사 직전에 엎어져도 화를 내거나 상대를 탓하지 않고 헐렁하게 넘어갔다. 게으르고 사교성 없는 원이 그 아파트 상가에서 계속 일할 수 있는 건 그나마 무덤덤한 성격 때문인 것 같았다. 그러나 이런 일조차 자주 일어나지 않았기 때문에 원은 대체로 멍하게 지냈다.

원에게서는 생기나 의욕이 느껴지지 않았다. 그의 하루는 빈 노트, 음악도 나오지 않고 업데이트도 되지 않는, 만들어놓고 주인이

158

방치해둔 블로그 같았다. 게을러서라기보다는 기록할 만한 게 없어서라는 표현이 더 맞을지도 모르겠다. 원의 일상은 느슨하고 일상 속의 원도 느슨했다. 비대한 몸을 가리기 위해서 원은 헐렁한 옷을 즐겨 입었다. 목이 늘어난 티셔츠나 보풀 난 니트, 부댓자루 같은 양복바지가 원의 평소 차림이었다. 빗질을 하지 않아서 머리는 흐트러져 있고 뒷머리에는 툭하면 까치집이 생겼다. 어떤 날은 면도를 하지 않아서 수염이 삐죽삐죽하고 어떤 날엔 턱에 핏자국이 선명했다. 원은 그런 몰골로 의자에 푹 파묻혀 지냈다. 그마저도 똑바로 앉지 않아서 몸이 한쪽으로 삐딱하게 기울어져 있기 일쑤였다. 원을 보고 있으면 곽은 그의 삶에 뛰어들어가서 모든 걸 바짝 조여놓고 싶은 충동에 시달렸다.

부동산 중개업소의 탁자 위에는 사탕과 초콜릿이 놓여 있었다. 방문하는 손님들을 위한 접대용으로, 원의 사무실에서 가장 호의적인 물건이기도 했다. 하지만 그걸 집어먹는 사람은 원뿐이었다. 원은 하루에도 몇번씩 사탕과 초콜릿의 껍질을 벗겨서 입안에 털어넣었다. 무표정하게 앉아 있다가 단것을 입에 넣고 우물거리는 원의 모습은 권태롭고 미련해 보였다. 원의 입가에 고이는 끈적한 침을 보고 있으면 곽은 단맛이라는 것 자체가 싫어졌다. 그래서 생수로 입안을 몇번이나 헹궈냈다.

원은 이주에 한번꼴로 손톱을 깎았는데, 그때마다 몹시 부산스러운 과정을 거쳐서 손톱깎이를 찾아냈다. 원이 무표정한 얼굴로 손톱을 깎을 때 툭툭 부러지고 깎여나가는 건 길어진 손톱이 아니라 무용하고 무료한 시간인 것 같았다. 중개업소 안에서 원의 일상은 사탕처럼 녹아내리고 길어진 손톱처럼 잘려나갔다.

원을 지켜보는 동안 곽은 자신의 생활이 조금씩 휘발돼가는 걸 느꼈다. 삶이라는 내용물은 사라지고 껍데기만 남는 것 같았다. 원을 감시하지 않을 때도 곽은 집과 사무실을 오가며 무기력하게 꿈틀거리는 원의 모습에 시달렸다. 그때마다 곽도 원처럼 헐거워지고 무기력해졌다. 그건 몸 여기저기에 오물이 묻은 것처럼 끔찍한 기분이었다.

곽은 규칙적으로 생활하려고 애썼다. 일어나는 시간과 자는 시간을 정하고 밥도 하루 세번 일정한 시간에 먹었다. 물건은 정해진 자리에 놓았고 귀찮아도 청소와 설거지는 매일 했다. 산책과 운동도 빼먹지 않았고 체중을 조절하기 위해서 식사량도 줄였다. 남성 잡지를 정기구독했고 티셔츠와 면바지를 내다버리고 정장 차림을 고수했다. 그는 반듯하고 깔끔하고 생동감 있게 보이고 싶었다. 곽은 계획표를 짜서 타이트하게 움직였다. 원처럼 살게 될까봐, 원의 삶에 감염될까봐 두려웠다.

원은 일주일에 두세번 정도 사무실 컴퓨터로 포르노를 봤다. 늦은 점심을 먹은 뒤나 퇴근하기 전에 다운받아놓은 파일을 뒤적거리거나 성인 싸이트에 접속했다. 그럴 때 원은 뭔가를 견디기 힘들다는 표정을 지었다. 원이 이기지 못하는 게 성욕인지 무료함인지 그 둘 다인지는 알 수 없었다. 포르노를 볼 때 원은 동서양이나 국적을 가리지 않고 장르도 따지지 않았다. 파일 공유 싸이트에 접속하면 원은 동영상을 차례대로 다운로드했고 닥치는 대로 보았다. 원에게는 특별한 취향이라는 게 없는 것 같았다. 원은 동창회 주소록을 보듯 심드렁한 얼굴로 포르노를 보았다. 모니터에 뜬 동영상을 확인하지 않으면 그가 보는 것이 포르노인지 공익광고인지 가늠하기 어려웠다. 포르노 때문에 성적으로 흥분하는 건 오히려 곽이었다.

평소의 원은 무인도에 표류한 사람처럼 혼자 지냈다. 가족이 있는데도 집에서나 밖에서나 늘 혼자였다. 원이 외로움을 느끼는지 아닌지는 알 수 없지만 그를 지켜보는 곽은 세상에 원과 자신만 남겨진 것 같은 착각에 빠졌다. 원을 보그 있는 동안 곽은 누군가와 말하고 싶고 누군가의 이야기를 듣고 싶어서 미칠 것 같았다. 원을 감시한 다음 날 곽은 여자들과 만나기로 약속했다.

곽은 여자와 밥을 먹고 데이트를 하고 잠을 잤다. 혼자가 아니라는 걸 확인하고 싶어서 일부러 사람들이 많은 곳에서 만났고 쉴 새 없이 떠들었다. 대화의 내용은 주로 곽이 번역하는 드라마에 관한 것이었다. 곽이 아는 거라곤 그것뿐이었다. 다행히 여자들은 드라마를 좋아했고 드라마에 대해 잘 알고 있는 곽에게 쉽게 마음을 열었다. 대화를 주고받는 동안 곽은 비로소 안심했다. 여자를 만나는 동안 곽의 외로움은 일시적으로 해소되었다. 하지만 사랑에 빠지지는 않았다.

곽이 여자를 만나는 건 원 때문이었다. 그는 외로움과 지루함과 차오르는 욕구를 해소하기 위해 여자들을 만났다. 원이 아니었다면 좀더 천천히, 수줍게 여자들을 만나고 만남을 자연스럽게 이어가려고 애썼을 것이다. 하지만 곽은 일회용 면도기를 사서 쓰듯 여자를 쉽게 만났고 금세 헤어졌다. 그런 면에서 곽이 여자를 만나는 건 원이 포르노를 보는 것과 크게 다르지 않았다.

그 여자는 곽과 같이 일하던 드라마 제작국 직원의 후임이었다. 대타로 나왔어요,라면서 여자는 씽긋 웃었다. 검은색 정장을 입은 여자는 내내 허리를 꼿꼿하게 펴고 앉아 있었다. 자세 때문에 여자의 몸매는 한층 더 돋보였다. 진하게 내린 커피를 한모금 마신 다음 여자는 맛이 괜찮다는 듯 고개를 끄덕거렸다. 웃지 않는데도 웃는 것 같고 편하게 앉아 있는 것 같은데도 자세가 흐트러지지 않았다. 여자가 곽을 보면서 미소 지을 때마다 민트 향이 나는 치약을 미간 사이에 펴바른 것처럼 온몸이 싸해졌다.

여자를 생각하면 곽은 긴장됐다. 집에 돌아와서 혼자가 된 뒤에도 긴장감은 사라지지 않았다. 그런 기분은 오랜만이었다. 곽은 토요일이 아닌데도 술을 마셨다. 술을 마시면서 여자와 함께 있었던 순간에 대해 천천히 복기했다. 여자는 특별하지 않지만 그가 관찰하는 원과 정반대의 유형이라는 점에서 특별했고 이상형에 가까웠다. 일 때문에 만났지만 여자에 대해 더 알고 싶어서 곽은 자꾸 일과 상관없는 질문을 했고 그때마다 여자는 재치있게 빠져나갔다. 섹스 후에 여자는 곽에게 먼저 나가달라고 했다. 혼자 쉬고 싶어요. 그런 경우는 처음이었다. 대부분의 여자들은 내색하지 않으려고 애썼지만 곽이 먼저 가버리는 걸 서운해했다. 그 서운함이 어떤 건지 곽은 비로소 짐작할 수 있었다. 몇번의 만남과 몇번의 섹스 후에도 여자는 여전히 일정한 거리 밖에 있었다. 여자가 밀어낼수록 곽은 여자와 가까워지고 싶어서 견딜 수 없었다.

곽이 사랑한다고 고백했을 때 여자는 그만 만나자고 했다.

— 왜?

— 그냥…… 잘 안 맞는 것 같아요.

말끝에 여자가 씽긋 웃었다. 이번에는 엄청난 양의 치약을 삼킨 것처럼 속이 싸해졌다. 여자의 말은 곽에게 해독 불가능한 암호처럼 들렸다. 그냥,이라니. 잘 안 맞는다니. 지금까지 여자들에게 그런 말을 들은 적은 한번도 없었다. 그냥,은 사랑하지 않는다는 말의 다른 표현이라고 하기엔 너무 모욕적이었다.

술에 취하면 곽은 여자의 트위터와 블로그에 접속했다. 열어놓긴 했지만 관리를 하지 않아서 그곳에서는 여자에 대한 어떤 정보도 얻을 수 없었다. 하지만 곽은 여자에 대한 사소한 단서라도 찾고 싶어서 매일 그곳에 접속했다. 어떤 방법으로도 여자와 연락이 닿지 않자 방송국 앞으로 찾아가기도 했다. 몇번은 여자를 붙잡고 잠깐만 시간을 내달라고 애원했다가 거절당했고 몇번은 먼발치에서 여자를 바라보기만 했다.

여자가 한 말은 목과 귀와 혈관 어딘가에 가시처럼 걸려 있었다. 어떻게 해야 다시 여자를 만날 수 있을지, 어떤 면이 여자에게 잘 맞지 않는다는 느낌을 준 건지 꼭 알아내고 싶었다. 곽은 거울 앞에 섰다. 하지만 눈을 크게 뜨고 구석구석 들여다봐도 곽의 눈에는 곽이 보이지 않았다. 머리 스타일과 말투, 식성과 취미, 그런 걸 짚어나갈수록 곽은 자신의 삶이 희미해지는 걸 느꼈다. 자신의 삶이라는 건 그저 원의 대척점이 아닌가 하는 의심이 들었다. 그러자 헛웃음이 새어나왔다. 그저 지켜보았을 뿐인데, 만난 적도 없고 대화를 나눈 적도 없고 교류를 가진 일도 없는데, 한 인간의 삶이 이렇게 자신을 지우고 바꿔버리다니. 거짓말 같았다. 곽은 그저 일을 한 것뿐이었다. 관찰일지를 쓰는 기분으로 감시했고 보고서를 작성했다. 자신이 하는 일이 물건을 만들거나 배달하는 일과 크게 다르지 않다고 생각했다. 그런데 이제 곽은 자신의 삶이 어디로 가버렸는지 알 수가 없었다.

중개업소 사무실에 앉아 있는 원은 평소와 좀 달라 보였다. 얼굴빛이 어두웠고 불안한지 자꾸 사무실 안을 서성거렸다. 무언가를 잃어버린 것처럼 보이는데 서랍을 뒤지지 않는 걸 보면 물건은 아닌 것 같았다. 입맛이 없는지 점심도 걸렀다. 곽의 눈에 원은 실연당한 남자처럼 보였다. 여자에게 차인 뒤로 곽에게는 세상의 남자를 두 부류로 나누어 생각하는 버릇이 생겼다. 어쩌면 여자에게 차인 남자들이란 뭔가를 잃어버렸으나 찾을 수 없는 상태에 빠진 것인지도 모른다. 하지만 원에게는 가정이 있고 곽이 아는 한 그에게는 여자가 없었다. 그렇다면 바람을 피우는 건 아내 쪽일 수도 있다. 곽은 원의 아내에 대해 알아볼 것,이라고 메모해두었다. 속이 타는지 원은 먹다 남은 양주를 꺼내서 종이컵에 따라 마셨다.

빈속에 술을 마신 원의 얼굴이 금세 붉어졌다. 밖에는 비가 추적추적 내리고 있었다. 실연당하거나 배신당한 남자가 술을 마시기에는 더없이 좋은 날씨였다. 술을 꺼내올까 하다가 곽은 지난밤에도 과음한 걸 생각하고 참았다. 술기운이 오른 원이 시계를 확인한 다음 사무실의 불을 껐다. 그리고 우산을 챙겨들었다. 아내의 불륜 현장을 급습하려는 건지도 몰랐다. 원이 사무실의 문을 잠그는 걸 보고 곽도 서둘러 따라나섰다. 불륜의 현장이든 원의 혐의든 뭔가 중요한 걸 포착해낼 수 있을 것 같았다.

곽은 적당한 거리를 두고 원의 뒤를 밟았다. 그동안 원을 지켜봤지만 곽은 원에 대해서 안다고 생각하지 않았다. 원의 부동산 사무실, 원의 모습과 행동, 가족, 일상은 공개되어 있지만 그 너머 원의 생각, 욕망, 진심은 비밀번호가 걸려 있는 게시물 같았다. 곽은 그 너머에는 관심을 갖지 않는 게 좋겠다고 판단했고 관심이 없는 척 지내왔다. 하지만 머릿속으로는 끊임없이 네 자리의 숫자로 이루어진 비밀번호를 해독하려고 애썼다. 궁금증은 곽이 이 일을 계속하게 만드는 원동력이기도 했고 일을 방해하는 요소가 되기도 했다. 이상하게도 가까이에서 보는 원은 건 곳에서 지켜볼 때보다 더 타인처럼 느껴졌다.

우산을 건성으로 들고 있는 원의 어깨는 형편없이 젖었다. 하지만 그는 신경 쓰지 않고 걸어갔다. 술이 아니라 뭔가 다른 것에 취한 사람 같았다. 의도한 건 아니겠지만 원은 이따금씩 엉뚱한 길로 접어들어서 곽을 곤란하게 만들었다. 그때마다 곽은 원을 제외한 모든 사람과 우산을 지우려고 애썼다.

곽의 눈에 원은 일상이 지리멸렬하고 어떤 특이한 점도 없으며 무언가를 전복할 만한 의지도 없어 보이는데 회사는 그를 예의주시하라고 명령했다. 그들은 언젠가 원이 본색을 드러낼 거라고 확신하는 것 같았다. 가까이에서 보니 원의 걸음걸이는 어딘지 모르게 집요한 데가 있었다. 곽은 그런 모습의 원을 한번도 본 적이 없었다. 그동안 원은 그저 무기력한 보통 사람, 집과 사무실 사이를 의미없이 왕복하는 과묵한 중년 남자에 불과했다. 하지만 사람들

사이를 빠져나가는 원은 사냥꾼처럼 민첩했다. 그가 어디에 가서 무엇을 하려는지 알 수 없었다.

원이 방송국 후문 쪽으로 접어들 때 곽은 동료들과 웃으면서 걸어가는 여자를 보았다. 오랜 정체에 지쳐 있던 차들이 고인 빗물을 튀기며 지나갔다. 곽은 원을 계속 따라가야 할지 여자 쪽으로 가야 할지 망설였다. 여자는 동료와 우산을 같이 쓰고 횡단보도 쪽으로 걸어갔다. 가방을 메지 않은 걸로 봐서 간식이나 커피를 사러 가는 길인 듯했다. 신호가 바뀐 걸 보고 여자와 일행이 뛰기 시작했다. 곽은 여자가 멀어져가는 것을 안타깝게 바라보았다. 신호등의 초록색 막대가 줄어드는 동안 여자와 일행은 건너편 인도에 도착했다. 막대가 세개에서 두개로 줄어들 때 갑자기 원이 횡단보도에 뛰어들었다. 곽은 타이밍을 놓치는 바람에 원을 따라가지 못하고 이쪽에 남았다. 원이 삼분의 일 지점쯤 도착했을 때 신호등이 빨간불로 바뀌었다. 신호가 바뀌려는 시점에 아슬아슬하게 횡단보도에 뛰어드는 사람은 어디에나 있었다. 그건 너무나 흔한 교통법규 위반에 속했다. 사람들도 크게 신경 쓰지 않았다. 하지만 곽은 원의 뒷모습에서 눈을 떼지 않았다. 불길한 예감 때문에 자신도 모르게 우산을 바닥에 떨어뜨렸다.

질주해오던 트럭은 횡단보도를 한참 지나쳐서야 멈춰 섰다. 빗물에 미끄러진 타이어에서 끼이익 소리가 났다. 원의 몸은 공중에 튀어올랐다. 너무 가뿐하게 떠올라서 솜인형처럼 무게감이 느껴지지 않았다. 하지만 도로 위에 떨어질 때 원의 몸은 둔탁한 소리를 냈다. 사람들이 비명을 지르고 차들이 멈춰 섰다. 피는 나지 않았지만 원의 목은 이미 등 뒤로 돌아가 있었다. 원의 몸이 펄떡거리며 심하게 경련하는 동안 운전자가 트럭에서 내렸다. 경련은 멈추었지만 원의 몸 위로 빗방울이 계속 떨어져내렸다.

여자는 길 건너에서 이 광경을 구경했지만 곽을 발견한 것 같지는 않았다. 곽은 우산을 들어 젖은 몸을 숨겼다. 앰뷸런스가 원을 싣고 가는 걸 보고 곽은 택시를 잡아탔다. 앰뷸런스는 근처의 종합병원 앞에서 멈춰 섰다. 곽은 병원에 가서 원의 생사를 확인했다. 원의 아내와 두 딸이 응급실에 도착했다. 그들이 우는 걸 보고 곽은 병원 밖으로 나왔다. 비는 그치지 않고 계속 내렸다.

원은 병원에 도착한 지 삼십분 만에 죽었다. 원이 세상에 존재하지 않는다는 사실은 곽에게 이상한 상실감으로 다가왔다.

*

박은 원이 작성해놓은 보고서를 전달받았다. 그 안에는 곽이 삼년 동안 한 일, 접촉하고 만난 사람들, 곽의 라이프스타일과 취향, 동선까지 상세하게 기록되어 있었다. 원은 죽기 전까지 이 업무를 꽤 성실하게 수행해온 것 같았다. 원의 죽음으로 곽을 감시하는 일은 박의 임무가 되었다.

원의 죽음은 교통사고로 마무리됐지만 뭔가 석연치 않은 구석이 있는 게 사실이었다. 보고서에 따르면 원은 방송국에 간 곽을 미행한 것으로 되어 있었다. 하지만 신호가 바뀌려는 순간 횡단보도에서 먼저 뛰어나간 것은 원이었다. 곽이 움직이지 않았는데 원이 먼저 튀어나가고 차에 치인 점에 대해서는 회사 내에서도 의견이 분분했다. 누군가를 발견하고 우발적으로 행동했을 가능성이 강하게 제기되었지만 원이 술에 취해 있었다는 사실이 밝혀지자 모든 추측과 의혹은 싱겁게 마무리되었다.

하지만 박이 의아하게 생각한 건 원의 사고가 아니라 그가 작성한 보고서의 내용이었다. 원이 기록해놓은 곽과 며칠 동안 박이 지켜본 곽은 너무 달랐다. 그 둘은 차라리 다른 사람이라고 하는 편이 나을 정도였다. 보고서에는 곽이 시간표에 맞춰서 사는 부지런한 사람이라고 적혀 있지만 박은 곽에게서 규칙에 대한 강박은커녕 근면함이나 성실함의 단서조차 찾아내지 못했다. 곽은 밤낮을 바꿔서 생활했고 오피스텔에서 하루 종일 무기력하게 늘어져 있었다. 곽의 오피스텔은 너저분했고 그는 검은 슈트를 즐겨 입지도 않았으며 바람둥이는 더더욱 아니었다. 깨어 있을 때 곽은 늙고 지친 바다사자처럼 소파에 퍼져서 시간을 무용하게 흘려보낼 뿐이었다. 일을 제때 처리하지 않아서 거래를 그만두겠다는 전화가 간간이 걸려왔다.

곽에게선 생기나 의욕이 느껴지지 않았다. 밤이 되면 곽은 물을 마시듯 술을 마셨고 점심때가 돼서 일어나면 퉁퉁 불은 라면을 몇 젓가락 건져먹었다. 머리는 헝클어져 있고 면도를 하지 않아서 수염이 삐죽삐죽했다. 끼니를 제대로 챙겨먹지 않은 탓에 얼굴은 꺼칠하지만 잦은 음주 때문에 배는 볼록 튀어나와 있었다.

곽은 일주일에 두세번 정도 포르노를 봤다. 처음에는 오피스 걸이나 제복을 입은 여자가 나오는 씨리즈를 선호하는 것 같더니 나중에는 무작위로 아무거나 다운받아서 봤다. 포르노이기만 하다면 상관없는 것 같았다. 하지만 포르노를 보는 곽의 표정은 몹시 심드렁했다. 동영상이 끝날 때 곽은 사정하는 게 아니라 고개를 뒤로 젖히고 한숨을 내뱉었다. 곽이 무엇 때문에 포르노를 보는지 알 수가 없었다.

곽은 하루 종일 입을 굳게 다물고 있었다. 사람들을 만나지도 않고 누군가와 연락을 주고받는 일도 거의 없었다. 어쩌다 전화가 걸려와도 통화는 짧게 끝났다. 곽은 말하는 걸 싫어하는 것 같았다. 박이 지켜보는 동안 곽은 술에 취해 있거나 숙취에 시달리고 있었다. 술에서 깨는 걸 무서워하는 것 같기도 했다. 곽을 보면서 박은 찝찝하고 지저분한 기분이 들어서 목이며 팔뚝 같은 데를 자주 긁었다. 자연스럽게 박의 샤워 횟수가 늘어났다.

원이 작성한 보고서는 허위이거나 조작됐을 가능성이 컸다. 그가 왜 그랬는지 모르겠지만 프로답지 않은 행동인 건 분명했다. 그 이유를 따져물을 수 없는 게 유감이었다. 박은 곽에 대해서 새롭게 기록해나가기로 했다. 보고서의 첫 장에 박은 사망한 원이 기록한 보고서 속의 곽은 실제 인물이 아닌 것으로 추정됨,이라고 기록했다.

세개의 시선

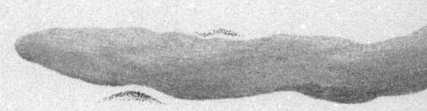

1

진이 부른 남자는 자신을 가수 지망생이라고 소개했다. 삼십대 초반이라는데 흰 티셔츠와 청바지를 걸친 모습이 이십대 같았다.

— 이쪽은 아는 동생. 이쪽은 회사 동료.

차장으로 승진했으니 동료라는 진의 소개는 정정되어야 마땅했지만 경은 웃으면서 명함을 건넸다. 현이라는 남자가 명함을 받으며 고개를 가볍게 숙였다.

스카이라운지 와인 바는 근처의 회사원들이 회식의 마지막 코스로 자주 이용하는 곳이었다. 넥타이를 느슨하게 풀고 고단한 발을 구두 밖으로 내민 샐러리맨들이 창가 자리를 차지한 채 술잔을 비우고 있었다. 그들의 얼굴은 취기로 인해 검붉거나 기름이 잔뜩 껴 번들거렸다. 공기 중에는 고용된 자들의 피로와 푸념, 험담과 시답잖은 농담이 다량 섞여 있었다. 그 안에서 현의 미소는 이제 막 냉장고에서 꺼낸 탄산음료처럼 청량했다. 긴 다리는 바의 스툴과, 쭉 뻗은 손가락은 와인 잔과 잘 어울렸다. 경은 튀어나온 아랫배에 힘을 줘봤지만 만족스러운 씰루엣으로 바뀌진 않았다.

현은 오디션 프로그램의 지역 예선에 참가하고 오는 길이라고 했다. 1차 예선을 통과했다며 싱글벙글댔다.

— 축하주 마시자. 사줄 거지?

현이 진의 손을 살짝 쥐었다 놓았다. 눈길과 몸짓에서 다정함이 배어나왔다. 하지만 진은 기분이 별로인지 대답 대신 미간을 살짝 찌푸렸다. 현이 오디션 현장에 대해 얘기하자 관심 없다는 듯 휴대폰을 만지작거리며 딴청을 피웠다. 둘 사이에 흐르는 분위기가 묘했지만 그것과 별개로 경은 설렜고 끌렸고 그 기분은 점차 증폭되었다. 현이 노래하는 사람이라고 해서, 가수를 꿈꾼다는 말에 호감이 갔다. 경은 상온에 노출된 얼음처럼 자꾸만 녹아내렸고 그런 자신을 막을 길이 없었다.

— 축하주는 내가 살게요.

경이 빈티지 와인을 주문하자 현이 아이처럼 환하게 웃었다. 웃는 얼굴을 보며 경은 현이 이 일의 적임자라는 걸 확신했다.

남편은 입양과 대리부 모두 반대했다. 그의 생각은 시간이 지나도 변함이 없었지만 서른다섯이 지나면서 경의 내면에서는 서서히 변화가 일어났다. 그녀는 평범한 여자가 누리는 행복을 포기하고 싶지 않았다. 임신과 출산을 포기할 수밖에 없다면 아이와 육아라도 경험해보고 싶었다. 남편 몰래 입양기관을 알아봤고 입양 쪽으로 마음을 굳혔다. 경이 뜻을 굽히지 않고 완강히 버티자 남편은 한숨을 쉬며 안경을 벗었고 목을 좌우로 돌렸다. 생각할 시간이 필요하다고 했다. 그의 성형외과는 착실히 자리를 잡아가고 있었다. 장인의 건물에 개업한 의사 사위가 어떤 결정을 내릴지 짐작하는 것은 어렵지 않았다.

며칠 뒤 남편은 그래도 입양보다는……이라고 입장을 표명했다. 임신도 경험할 수 있으니까 그게 당신이 원하는 쪽에 더 가까울 것 같고. 남편은 목소리나 표정에 감정을 싣지 않으려고 노력했다. 다만 그는 좀 피곤해 보였다. 그건 그가 이 일을 나름대로 심각하게 받아들이고 있다는 표시였다. 한 사람의 유전자라도 섞이는 게, 한쪽이라도 출처가 확실한 게 안전할 거라고 판단을 내린 듯했다. 똑똑하고 깨끗한 사람을 골라서 신속하고 조용하게 처리할 것. 경과 남편은 암묵적으로 이 내용에 동의했다. 그러나 경이 불임카페를 통해 만난 대리부 지망생들은 하나같이 뻔뻔하고 탐욕스러웠다. 그들은 자신의 신체조건과 학력, 스펙, 성공률을 내세워 터무니없는 액수를 요구했고, 병원에 가지 말고 될 때까지 하자는 식으로 노골적인 성관계를 원하기도 했다. 경은 이리저리 사람을 물색해봤지만 아이의 근원에 관계될 사람을 구하는 일은 배우자를 찾는 것보다 더 어려웠다.

기타를 메고 나타난 현은 키가 크고 팔다리가 길고 군살이 없었다. 웃는 모습이 시원한 동안(童顔)의 가수 지망생. 그는 경이 선천적으로 부여받지 못한 신체적 장점을 두루 갖추고 있었다. 당연히 돈은 없고 재능은 조금 있고 계산에는 어두울 것이다. 현은 남편이 원한 조건의 인물형에 부합하지 않았고 여러 면에서 남편과도 대척점에 있었다. 경은 그 점 역시 마음에 들었다.

경은 넥타이를 매본 적이 없을 것 같은 현의 목덜미를 찬찬히 훑어보았다. 어떻게 하면 이 일에 일곱살 연하의 가수 지망생을 끌어들일 수 있을까. 거래가 아니라 연애를 하게 된다면, 병원에 데려가서 정자를 채취하는 게 아니라 품에 안을 수 있다면. 그럴 수 없다는 걸 알면서도 경은 아랫배에 힘을 주고 긴장을 풀지 않았다. 몸 안의 피가, 호흡이 확실히 이전과는 다른 리듬으로 흘렀다.

사무실 근처의 소규모 근린공원엔 나무보다 사람이 더 많다. 살랑거리는 봄바람, 마술처럼 피어난 색색의 꽃들, 완연한 봄기운이 사람들을 유혹했다. 그래서 점심시간 내내 공원의 길은 과식에 소화불량 상태다. 넥타이 부대는 한 손엔 담배, 한 손엔 커피를 들고 나무 밑에 모여 있고, 여자들은 커피와 지갑을 손에 든 채 천천히 걸음을 옮겼다.

─그날 노래방에 갈 걸 그랬어. ……현 노래 들어보고 싶었는데.

경은 스트로우로 키위 주스를 저으며 진의 아메리카노를 힐끗 쳐다봤다. 커피 생각이 간절했지만 한의사는 커피를 줄이라고 충고했다. 임신하기 좋은 몸을 만들기 위해서 그 정도는 감수해야 했고 그럴 각오도 돼 있었다. 물을 많이 탄 주스는 밍밍했다.

─그 정도로 부르는 애들은 널렸어.

— 그래도 목소리 좋더라.

그날 술을 마시며 경은 틈틈이 현을 감상했고 진의 눈치도 살폈다. 현은 진에게 뭔가 어필하고 싶어하는 것 같았지만 진은 심각한 표정으로 아몬드만 씹었다. 둘의 감정선이 어긋나 있다는 걸 어렴풋이 감지할 수 있었고 그게 경의 죄책감을 덜어주었다. 현을 보고 웃으며 경은 누군가의 관심을 끌고 환심을 사기 위해 표정을 만들고 질문을 짜내는 게 얼마만인가 생각했다. 피곤하고 자존심 상하는 일이었지만 한번의 눈맞춤이 주는 희열은 모든 걸 보상하고도 남았다.

현의 얘기를 계속 화제에 올렸지만 연락처를 묻지 못한 채 점심시간이 끝나갔다.

— 그때 와인 남은 거 키핑해뒀는데…… 맛있었지?

— 응, 좋더라.

대답과 달리 커피를 마시는 진의 표정은 심드렁했다.

— 현한테 마시러 가자고 할까?

그 말에 공원을 둘러보던 진이 경 쪽으로 고개를 돌렸다. 움직임은 느리고 눈길은 무심했지만 의아함이 깃들어 있었다.

— ……그러고 싶으면 그러든지.

그때 주변에서 희미한 감탄사가 터져나왔다. 경은 사람들의 시선이 쏠린 쪽을 쳐다봤다. 색색의 풍선들이 머리 위로 둥실 떠올랐다. 예쁘다, 진이 현의 휴대폰 번호를 찾는 동안 경은 입을 벌린 채 중얼거렸다. 이런 따뜻한 오후, 봄꽃 같은 아이를 품에 안고 냄새를 맡고 볼을 부빌 수 있다면. 막 걸음마를 뗀 아이가 풍선을 쥔 채 아장아장 걷는 모습을 그려보자 마음이 저릿해졌다.

저번에 키핑해둔 와인 마시러 가요. 경이 보낸 메시지에 현은 한나절이 지나서야 답을 보냈다.

— 그럼 셋이 또 뭉칠까요?

경은 그 메시지를 한참 동안 들여다봤다. 셋이라는 글자가 무릎을 푹 꺾이게 했지만 그녀는 아무렇지 않은 척 대꾸했다.

— 좋죠! 오늘 저녁 어때요?

현의 답변을 기다리며 경은 사무실 창밖을 내다봤다. 길 건너편에 생긴 쉐보레 매장은 한적했다. 깔끔하게 차려입은 남자 직원은 전시된 올란도 옆의 책상에 앉아 있었다. 오후 네시, 초여름의 태양은 아직 이마 위에 머물러 있고 매장 안의 모든 것은 남자와 상관없이 비현실적으로 반짝거렸다. 남자는 단정함을 유지하려고 입을 가린 채 하품했지만 와이셔츠 안에 갇힌 그의 젊은 몸은 당장이라도 차를 몰고 나가 질주하고 싶어하는 것 같았다. 졸음을 쫓으려는 듯 남자는 이따금 상체를 움직여 기지개를 켰다. 전화도 팩스도 잠잠한 매장 안에 소리라고는 그가 내는 한숨 소리, 까딱거리는 구두 소리뿐일 것이다. 남자는 흘러가는 시간 위에 무료하게 떠 있었다. 경은 멀리서도 남자의 지루함을 느낄 수 있었다.

경은 아직 답이 도착하지 않은 휴대폰을 만지작거렸다. 이 기회를 만남과 거래로 연결시키려면 미끼가 필요하고 냄새도 적당히 풍겨야 했다. 상대의 가려운 곳이 어디인지, 무엇에 반응하고 움직일지도 감지해둘 필요가 있었다. 가능하면 한번에 정곡을 찔러버리고 싶었다. 상대의 마음에 들고 싶어서, 그 마음을 이쪽으로 끌어당기고 싶다는 열망만으로 꽉 차 있던 오래전의 어느 밤처럼 심장 박동이 빨라졌다.

2

횡단보도에서 신호를 기다리는 동안 현은 쇼윈도우에 자신의 모습을 비춰보았다. 머리는 손질이 잘됐고 티셔츠의 색깔도 마음에 들었다. 찬찬히 살펴보다가 현은 치노 팬츠의 밑단을 한번 접었다. 책상에 앉아 있는 남자와 눈이 슬쩍 마주친 것 같았다.

약속 때문에 회사 근처에 올 때마다 현은 이 외제차 대리점을 눈여겨봤다. 직원인 듯한 남자는 현 또래로 늘 잘 다려진 흰 셔츠 차림이었다. 황사가 심하건 폭우가 쏟아지건 날이 화창하건 사각의 대리점, 진열된 새 차 옆에 앉아 있는 남자의 셔츠 색깔과 헤어스타일은 변하지 않았다. 남자는 정면의 책상에 앉아 마우스를 쥔 채 노트북 화면을 들여다보고 있었다. 그곳에 손님이 방문하거나 상사인 듯한 사람이 등장하는 걸 본 적은 없다. 남자는 대리점 안에서 혼자 여유롭게 시간을 보냈다. 업무를 처리하거나 외제차 시장의 동향을 살피는 것 같지만 대부분의 시간 동안 웹 써핑과 게임에 빠져 있을 게 분명했다. 그건 마우스를 쥔 남자의 손놀림과 미묘하게 변하는 표정을 보면 알 수 있었다. 말끔하게 차려입고 쾌적한 곳에서 빈둥거리면서 월급을 꼬박꼬박 받는 삶은 현에겐 로망에 가까웠다. 대리점 앞을 지날 때마다 현은 그 자리에 앉아 있는 자신의 모습을 그려보곤 했다.

손을 흔들며 나타난 경이 남자의 모습을 가렸다. 키가 작고 오동통한 경은 초등학교 때 담임선생님처럼 보였다. 나이에 비해 피부는 팽팽하고 옷차림도 저번보다 나아졌지만 여자로 느껴지진 않았다. 그건 그녀가 살을 빼고 화장법을 바꾼다고 해서 달라지는 게 아니었다. 그 사실을 모르고 애쓰는 게 안타까웠다. 그날 명함을 받았지만 연락을 주고받거나 만나게 될 거라고 생각하진 않았다. 다음에 또 봐요, 근처에 오면 연락 주세요,라고 한 건 형식적인 인사일 뿐이었다.

오디션이 끝나자마자 진에게 전화를 한 건 그녀를 떠올릴 때만 열심히 살고 싶다는 의욕이 생긴다는 걸 깨달았기 때문이다. 노래를 부르는 것도 좋지만 앞으로의 시간을 진과 함께하고 싶었다. 와인 바에서 경이 계산서를 들고 나간 두 둘만 남았을 때 현은 그가 알고 있는 가장 남자다운 표정을 지었다. 다시 시작하자고 말할 참이었다. 하지만 진은 현을 쳐다보지 않았고 바로 돈 얘기를 꺼냈다.

— 빨리 갚아. 집주인이 보증금 올려달래.

술잔을 집어드는 그녀의 옆얼굴은 불만으로 가득 차 있었다.

— 걱정 마. 이번 오디션 상금이 무려 삼억이야.

진이 오디션이나 상금 얘기를 싫어하는 걸 알지만 현이 내밀 수 있는 카드는 그것뿐이었다. 팔짱을 낀 진의 어깨가 거칠게 올라갔다가 내려왔다.

— 차라리 도둑질을 해서 갚겠다고 해. 아니면 어디서 대출이라

도 받든가!

— 갑자기 대출을 어디서 받아. 적은 돈도 아닌데……

— 그럼 그때는 푼돈이라서 빌려갔니?

할 말이 없어서 현은 턱 언저리를 만지작거렸다. 진에게 빌린 돈은 그대로 형에게 들어갔지만 연락이 끊긴 지 벌써 몇달째였다. 진이 그 사실을 못 믿거나 현도 그렇게 사라져버릴 거라고 의심하는 건 아니었으나 믿음이 돈을 만들어내는 것도 아니었다.

— ……미안해. 같이 방법을 찾아보자.

현은 그 말밖에 할 수 없었다. 뭐라고 퍼붓고 싶은 걸 참는 듯 진이 입술을 꾹 깨물었다. 현은 입안에서 맴돌던, 다시 시작하자는 말을 꿀꺽 삼켰다.

며칠 뒤 경이라는 여자가 남은 와인을 마시러 가자고 메시지를 보냈고, 곧바로 진의 전화가 걸려왔다.

— 경이 메시지 보냈지? 저녁에 꼭 나와.

— 그 여자한테 내 번호는 왜 알려줬어?

— 걔 너한테 완전 뻑갔더라. 입만 열면 네 얘기야. 잘해봐. 걔 돈도 많아.

— 뭔 소리야? 그 여자 유부녀라며. 왜 그래 진짜?

— 걔한테 돈 빌려. 아무리 생각해봐도 네가 돈 빌릴 덴 거기밖에 없어. 무슨 말인지 알지? 오늘 좀 어떻게 구워삶아봐.

진의 목소리엔 1퍼센트의 농담도 섞여 있지 않았다. 최선의 방법이라고 확신하는 듯했다. 현이 대답을 하지 않자, 같이 방법을 찾아보자며? 하고 몰아붙였다. 의도와 상황을 판단한 현이 한숨을 푹 내쉬었다.

─갚을게. 갚는다고. 그래도 이건 아니잖아. 나한테 이러고 싶어? ……진짜, 난 뭐 취향도 없는 줄 알아?

─네가 지금 그런 거 따질 때야? 당장 보증금 올려줘야 된다고. 다른 방법 있어? 다음 달부터 월세 내줄래?

진의 목소리가 뾰족해져서 현은 더이상 말을 보태지 않았다.

예전에 술에 취한 진이 경의 얘기를 꺼낸 적이 있다. 같이 일한 지 삼년 넘었으니까 친하지. 직급도 같고 동갑이야. 연봉도 비슷하고. 그렇다고 사는 수준까지 비슷한 건 아니야. 경하고 난 처지가 완전히 다르거든. 나보다 나은 게 하나도 없는데, 난쟁이 똥자루 같은 게 결혼을 잘했어. 하긴 원래도 잘살았으니까 결국 끼리끼리 만난 거겠지. 술에 취한 진은 혀가 꼬부라졌고 웃을 때마다 표정이 일그러졌다. 그런 결혼이라면 나도 하고 싶어. 이대로 혼자 늙어갈 거라고 생각하면 좀 무섭거든.

그 난쟁이 똥자루와 이런 식으로 얽히게 될 줄은 몰랐다. 사랑이 아니라 돈 때문에 여자를 만나게 되다니, 현은 자신이 쓰레기가 된 것 같았다. 하지만 진의 마음을 돌리기 위해서, 결국엔 자신 때문에 진창에 발을 담글 수밖에 없었다. 현은 손을 흔들며 나타난 경에게 싱긋 웃어주었다. 새로운 오디션에 참가해서 미션을 수행하는 기분이었다.

─노래하려면 힘이 많이 든다며. 거르지 말고 잘 챙겨먹어.

경은 한약이 든 상자를 내밀었다. 상자는 묵직하고 안에 든 한약 파우치엔 사슴이 그려져 있었다. 만날 때마다 경은 현을 챙기기 바빴다. 보양식을 먹이고 영양제를 사주고 다음 날 먹을 음식까지 포장해서 건넸다. 진의 말대로 경은 현에게 푹 빠졌고 돈도 아낌없이 썼다.

경의 벗은 몸은 둥글고 기름졌다. 가슴보다 배가 더 나온 몸을 안는 건 처음이었다. 몸과 마음이 차갑게 식었지만 어떻게든 방법을 찾아야 했다. 현은 눈을 감고 머릿속으로 열심히 진을 떠올렸다. 그녀의 잘록한 허리, 탄탄한 허벅지, 촉촉하고 몽롱한 눈동자. 발기한 현이 콘돔을 찾자, 몸 안에 있으니까 걱정 마, 하면서 경이 끌어안았다. 몸을 움직이면서 현은 계속 타이밍을 골랐다. 경이 선물을 줄 때도 술을 살 때도 언제 돈 얘기를 꺼낼까 고심했다. 이 만남의 목적은 결국 그거니까 그 말을 꺼내고 일을 성사시켜야만 했다. 그러나 현은 한번도 사람을 찔러본 적 없는 어설픈 자객처럼 매번 칼을 꺼내야 할 타이밍을 놓쳤다. 칼을 꺼내기만 하면 쓰러뜨릴 수 있을 것 같은 허술한 상대가 칼을 꺼내는 순간 절대고수로 변해서 자신의 목에 칼을 꽂을 것 같은 불길한 예감이 그를 머뭇거리게 했다. 만날 때마다 경은 섹스에 한이 맺힌 여자처럼 덤벼들었다. 내키지 않는데도 현은 질질 끌려다녔다. 그러면서도 돈 얘기를 꺼내지 못했다. 분명히 경이 좋아서 자발적으로 시간을 내고 돈을 쓰고 몸을 여는데도, 한없이 매달리고 쩔쩔매는데도 현은 돈 문제 때문에 그녀를 완전히 장악했다는 기분이 들지 않았다.

경과 만나고 돌아오면 현은 방에 틀어박혀서 몇시간씩 음악을 들었다. 그는 이 일이 역겨워서 견딜 수 없었고 익숙해지지도 않았다. 원치 않는 관계를 가진 여자가 샤워기 아래에서 오랫동안 몸을 씻듯이, 현은 그때의 자신과 모든 행위와 감정이 사라지고 음악만 남은 것 같은 기분이 들 때까지 어두운 방 안에서 헤드폰을 끼고 있었다.

얘기해봤어? 진은 이따금 전화해서 상황을 체크했다. 그녀는 조급함을 숨기지 못했고 숨길 의향도 없었다. 그때마다 현은 이런저런 핑계를 대느라 진땀을 뺐고 기어들어가는 목소리로 다음엔 꼭 얘기하겠노라고 대답했다. 진은 답답해하며 경의 성향과 기호를 일러주었고 여자의 심리에 대해 설명했다.

— 한창 몸이 달아 있을 때 말하란 말이야. 알잖아, 무슨 얘긴지.

진은 봄을 타는 경이 평상심으로 돌아갈까봐 조바심을 냈다.

— ……걱정하지 마. 완전히 푹 빠져 있으니까.

경이 준 선물을 나열하자 진은 미친년, 하곤 말끝을 흐렸다.

— 근데 왜 말을 못해? ……너 혹시 딴생각하는 거 아니지? 내가 지켜본다는 거 잊지 마.

진이 그렇게 말하지 않아도 경과 밥을 먹고 술을 마시고 호텔에 드나들 때도 현은 세 사람이 함께 있는 것 같은 느낌을 지울 수 없었다. 진은 그림자처럼 현의 안과 밖에 드리워져 있었다.

3

진이 보기에 경은 운이 좋았다. 다른 쪽으로는 어떤지 몰라도 회사 일에 관해서는 확실히 타이밍이 좋았다. 경이 지각하면 부장은 늘 그보다 더 늦게 출근했고, 경이 회의 준비를 부실하게 하면 회의 자체가 미뤄졌다. 경이 사고를 친 프로젝트는 자금 사정 때문에 무산됐고, 경과 사이가 안 좋았던 상사는 기러기 생활을 청산하고 해외로 이민을 갔다. 오늘 아침에도 경은 말도 안되는 핑계를 대며 지각했지만 차장으로 승진하게 된 건 진이 아니라 경이었다.

승진에서 밀린 것도 속상하지만 진은 연봉이 동결된 게 더 아쉬웠다. 승진보다 연봉협상이 더 절실한 상황이었다. 몇년 사이 물가는 급등했고 그녀의 입맛과 취향은 까다로워졌으며 피로감은 쉽게 축적되었다. 그녀의 몸은 점점 더 많은 돈을 필요로 했다.

간부회의에서 경의 승진 소식을 접한 뒤로 일이 손에 잡히질 않았다. 진은 명함집을 뒤적거리다 일 때문에 알게 된 헤드헌터의 명함을 발견하곤 즉흥적으로 점심 약속을 잡았다. 무역회사의 칠년차 과장이면 이직을 준비하는 것도 괜찮은 방법일 것 같았다. 변화와 돌파구가 필요한 시점이었다.

— 요즘은 회사들이 경력 많은 사람을 부담스러워해서요.

헤드헌터는 경력직 채용 시장의 전망이 어느 때보다 어둡다고 했다. 몇군데 괜찮은 데가 있긴 한데…… 사무실에 들어가는 대로 이메일을 보내주겠다고 했다.

헤드헌터의 이메일을 수신하기 전에 집주인의 전화가 먼저 도착했다. 집주인은 오피스텔의 보증금을 올려달라고 통보했다. 물가 상승과 주변 시세를 들먹이는 목소리는 당당했고, 진의 개인 사정 같은 건 비집고 들어갈 틈이 없었다. '갑자기'와 '너무 많이'에 초점이 맞춰진 항변은 입안에서만 맴돌았다. 돈을 빌려간 현은 몇

달만 기다려주면 이자까지 빵빵하게 쳐서 갚겠노라고 큰소리쳤다. 오천만원은 어떤 면에선 푼돈 같고 한편으로는 현에게 절대 받을 수 없을 만큼 큰돈처럼 느껴졌다. 월급은 그대로인데 월세를 더 지불할 수는 없었다. 부모와 형제, 집과 남편, 특별한 기술도 없는 진은 벌 수 있을 때 부지런히 벌고 저축을 늘려야 했다. 나중에 무릎과 허리에 파스를 붙이고 빌딩의 계단을 청소하거나 폐지 수거 전쟁에 뛰어들지 않으려면 그 수밖엔 없었다. 헤드헌터의 이메일은 업무를 마치고 컴퓨터를 종료할 때까지 도착하지 않았다.

퇴근 후에 경이 승진 턱을 낸다고 팀원들을 회사 근처 정육식당으로 데려갔다. 삼겹살이 아닌 소고기를 먹으면서 팀원들은 새로운 차장의 탄생을 진심으로 축하했다. 여러장 겹쳐진 계산서에 찍힌 금액은 꽤 됐지만 경은 신경 쓰지 않았다. 자리가 끝날 때쯤, 경이 보낸 메시지가 도착했다. 둘이 한잔 더 하자.

와인 바에서 경은 앞으로 많이 도와달라고 했다. 그래, 그래야지. 진은 고개를 끄덕거렸다. 머리와 몸에 배어 있던 고기 냄새가 따라서 흔들거렸다. 돈 잘 버는 남편에, 잡지에나 나올 법한 집에 살면서 내 도움까지 필요한 거냐고 묻고 싶은 걸 참았다. 작년인가, 성형외과 의사인 남편의 월수입이 얼마고, 살고 있는 주상복합 아파트의 시세가 얼마라는 얘기를 전해듣고 심란해서 한동안 저기압이었던 기억이 났다. 여직원들 사이에서 경에 대한 얘기는 시기와 질투의 양상을 띤 채 울증의 증상과 함께 퍼져나갔다. 진도 자리를 잡지 못한 현과 자주 싸웠고 아픈 곳을 깊이 찔러서 나중에는 둘 다 피투성이가 되었다. 오래가지 못할 관계라는 건 짐작하고 있었지만 그런 식으로 헤어지게 될 줄은 몰랐다.

취기가 오르는 것 같아 진은 얼음물을 들이켰다. 그녀는 경이 하는 회사 얘기에 집중하지 못했고 머릿속으로 월세를 더 내기로 했다가 대출 상담을 받았다가 부동산에 들렀고 이삿짐 업체를 골랐다. 와인을 마시는 경의 입은 평소보다 더 튀어나와 보였고 바의 긴 스툴에 걸터앉은 몸은 유난히 작달막해 보였다.

부장과 팀원들에 대한 이야기를 나누고 있을 때 휴대폰이 울렸다. 현이었다. 진동 모드로 바꿔놓고 진은 와인을 한모금 마셨다. 눈치 없는 현의 전화는 계속 이어졌다. 그때마다 휴대폰이 탁자 위에서 진저리쳤다. 내가 차장이니까 앞으로…… 경은 안해도 될 말을 굳이 반복했다. 이제 사무실에서 경을 김과장이라 부르지 못하고 꼬박꼬박 차장님이라고 불러야 한다는 게 실감났다. 몸에 밴 소고기 냄새가 느글거렸다.

— 누구야, 계속?

불을 밝히는 진의 휴대폰을 보며 경이 자신의 휴대폰을 확인했다.

— 아는 동생.

— ……남자? 남자면 오라고 해.

경이 능글맞게 웃었다.

헤어진 뒤에도 현과는 가끔 안부를 주고받으며 지냈다. 둘 사이에는 정리하지 못한 돈 관계가 남아 있었고 한 사람은 부채와 함께 말끔히 씻어내지 못한 감정의 찌꺼기를 은밀하게 키워나갔다. 한 사람은 빚 독촉을 하지 않는 대신 그 감정의 잔재를 모르는 척 외면했다. 그래야 찌꺼기인 채로 씻겨내려갈 거라고 믿었다. 그것에 대해 아는 척을 하려면 감당할 각오도 돼 있어야 했다. 그런 상황에서 만나는 건 좋은 방법이 아니었다. 하지만 진은 약간 취해 있었고 하루 종일 기분이 더러워서 화풀이 상대가 필요했다.

기타를 메고 나타난 현은 오디션 1차 예선에 통과했다며 들떠 있었다. 그동안 현은 반반한 얼굴과 괜찮은 노래 실력을 앞세워 각종 오디션 프로그램에 기웃거렸다. 매번 1차나 2차까지 통과했지만 그뿐이었다. 현의 앞날을 생각하면 차라리 1차에서 떨어져서 빨리 포기하고 다른 일을 찾는 편이 나았다. 그다음 미션을 준비한다고 시간과 노력을 들이는 건 취업을 미루는 핑계, 유예의 수단이 될 뿐이었다. 아이돌이 되기에 현은 나이가 너무 많았고 씽어송라이터가 되기에 그애의 목소리와 노래언 반짝이는 무언가가 부족했다. 냉정하게 말하면 그애는 그저 노래 잘하는 일반인에 불과했다. 그런데 현은 그걸 운이 부족한 탓으로 돌리고 희망을 버리지 않았다. 진은 스스로에게 관대한 현이 한심했다.

정오 무렵의 근린공원은 바람을 쐬러 나온 직장인들로 북적거렸다.

— 날씨 좋다. 나이 드니까 봄이 좋아져. 자긴 어때?

봄빛 아래서 경은 황홀한 듯 눈을 감았다가 떴다.

— 봄 좋지.

진은 건성으로 대답했다. 봄과 함께 전세대란 시작. 인터넷에는 관련 뉴스가 스무개나 올라와 있었다. 진은 하필이면 이 좋은 봄에, 봄마다 이사를 다녔다. 봄빛의 황홀함은 천정부지로 치솟은 전셋

값을 장악하지 못했고 기미 주근깨 생성의 주범으로 전락해버렸다.

단골 까페에서 진은 뜨거운 아메리카노를, 경은 평소와 달리 키위 주스를 주문했다.

— 난 가끔, 자기 보면 참 부러워.

경이 스트로우를 입에 문 채 웅얼거렸다. 진은 관자놀이를 꾹꾹 누르다 말고 경을 쳐다봤다. 가끔과 참이라는 단어는 묘하게 짝이 맞지 않았다. 커피를 받아든 뒤에야 진은 오전부터 계속 커피를 마셔왔다는 걸 깨달았다.

— 뭐가 부러워? 자기야말로 다 가졌으면서. 욕심도 많네.

— 그런가? 나 다 가졌나?

경이 실없이 웃었다.

— 그래도 자긴 가능성이 있잖아. 날씬하고 예쁘고, 연애도 맘대로 할 수 있고.

연애,라고 말하면서 경이 숨을 크게 들이마셨다. 연애라는 말을 듣고 진은 한숨을 길게 내뱉었다. 사모님의 사랑 타령은 진부하고 햇살은 필요 이상으로 따사롭고 꽃가루 때문에 콧속이 간지러워서 재채기가 터져나올 것 같았다. 진은 봄바람이 몰고 오는 말랑말랑한 연애감정에 마음을 빼앗길 여력이 없었다. 경이 부러워할 만큼 날씬하고 예쁜지 모르겠지만 그동안 했던 연애는 후회투성이고 애인이라고 만나온 것들은 죄다 현처럼 무능력한 종자들뿐이었다.

재채기를 하고 나서 고개를 드니 색색의 풍선들이 머리 위로 둥실 떠올랐다. 진은 자신도 모르게 빈 주먹을 쥐었다. 풍선은 막연한 희망이나 기대처럼 안타깝게 멀어져갔다. 입안이 바짝 말랐지만 커피는 뜨겁고 쓰기만 했다. 진은 경의 키위 주스를 힐끗 쳐다봤다.

— 어떻게 될 것 같아? 503호는?

전화기 속의 목소리는 대뜸 질문부터 던졌다. 누구세요?라고 묻긴 했지만 진은 그게 집주인의 목소리라는 걸 금세 알아챘다. 그녀를 503호라고 부르는 사람이 몇 있긴 하지만 대놓고 반말을 쓰는 사람은 집주인뿐이었다.

— 보증금, 가능하겠어?

전세 만기일은 아직 한참 남아 있었다. 하지만 진은 그렇다고도 아니라고도 대답하지 못했다.

— 힘들 것 같으면 미리 얘기해. 나갈 건지, 월세로 돌릴 건지. 알았지? 그래야 나도 계획을 세우니까.

같은 얘기를 몇번이나 반복했는지 집주인의 말투는 기계음 같았다. 갑작스러운데다 지나친 인상폭에 대해 미안해하는 기색도 전혀 없었다. 아무 말 없으면 나가는 걸로 알고 있을 테니까⋯⋯ 다음 주까지 알려달라는 말과 함께 전화는 끊어졌다.

진이 사는 오피스텔은 동네에서 인기있는 물건 중 하나였다. 전세가 나온다는 소문이 돌자 집을 보러 오는 사람들, 이사를 나가고 들어오는 집이 부쩍 늘었다. 부동산 여자는 낯선 사람을 대동한 채 뻔질나게 출입문을 드나들었고 엘리베이터는 주말마다 분주히 오르내렸다.

진은 통화 종료 버튼을 누른 뒤 짧게 욕을 내뱉었다. 달력을 보며 몇 집이 보증금을 올려주고 몇 집이 월세를 더 내고 몇 집이 이사를 가게 될까 예상해봤다. 자신이 아직 어느 쪽에 속할지 모른다는 데 생각이 미치자 초조해졌다. 진은 손톱으로 휴대폰 화면을 톡톡 두드렸다. 이 안에 구원자의 전화번호 같은 게 있을 리 없었다. 이따금 대출 관련 스팸 메시지나 도착하는 게 현실이었다. 성인이 된 뒤로 가족이 없다는 사실 때문에 속상하거나 외로운 적은 별로 없었다. 명절 때도 혼자라는 데 안도하는 편이었다. 하지만 이럴 때 기댈 곳은커녕 이 처지와 심정에 대해 허심탄회하게 털어놓을 상대조차 없다는 걸 깨닫게 되자 문득 외로워졌다. 그러자 한때 가족이 돼볼까 진지하게 고려했던 현에게 화가 치밀었다. 진의 불안과 초조는 당연하다는 듯 현을 향한 짜증과 분노로 치환되었다.

등 뒤의 책상에서 경은 다른 감정으로 현을 향해 불타오르는 듯했다. 현은 뭘 잘 먹어? 뭘 좋아해? 전공은 뭐야? 혈액형은? 생일은? 하루에도 몇번씩 카톡으로 물었다. 어떻게 하면 현을 다시 만날 수 있을까. 건수를 만드느라 바빴다. 이보세요, 김차장님. 현이 그렇게 좋아? 입력해놓은 글자를 바라보다가, 불현듯 이 호감과 홀림이 어떤 열쇠가 될지도 모른다는 예감이 들었다. 진은 현에게 전화를 걸었다.

세 사람은 키핑해놓은 와인을 마시자는 핑계로 다시 모였다. 술이 들어갈수록 경의 시선은 노골적으로 현을 더듬었다. 하관이 딱딱하게 굳은 걸로 봐서 현은 이 상황을 즐기는 것 같진 않았지만 진의 눈치를 살피며 경의 기분을 거스르지 않을 정도로 호응했다. 이따금 두 사람의 손이 탁자 위에서 엉켰다. 진은 탁자의 모서리 끝을 바라보며 술을 마셨다. 유한부인은 젊은 남자를 즐기고, 그 남자는 공짜 술을 위안 삼아 버티는 광경은 그녀의 취향이 아니었다. 그러나 그건 그녀가 의도한 장면이기도 했다. 배우들은 드라마의 기획 취지에 맞게 각본대로 움직였다. 이제 시청률만 잘 나오면 되는 것이다. 진은 오피스텔 보증금에 집중하려고 애썼다. 탁자의 모서리가 여러 겹으로 변하는 걸 보고 눈에 힘을 줬다. 자신이 애써 지키려던 것이 무엇인지 알 수 없어졌다.

그날 이후로 회사에서 경은 눈에 띄게 달라졌다. 그녀는 출근하자마자 한약을 먹었고 삶의 활력소처럼 여기던 오후 간식을 끊었다. 그런데도 웃음과 콧노래가 늘었다. 연애를 막 시작한, 아니 외도에서 삶의 즐거움을 발견한 자들이 보이는 일반적인 특징을 온몸으로 드러냈다.

— 갑자기 웬 다이어트야?

— 나, 요즘 현이랑 만나는 거 알지?

경이 손으로 입을 가리며 말했다.

— ……그랬어?

— 걔가 날씬하니까 안 뺄 수가 있어야지. 나이 차이도 나는데 같이 있으면 너무 비교되잖아.

진은 대꾸 없이 고개만 천천히 끄덕거렸다.

— 요즘 정말 사는 것 같아.

경이 상쾌한 공기라도 들이마신 것처럼 활짝 웃었다.

— 다 자기 덕분이야. 자기 아니었음 내가 어디서 현 같은 남자를 만나. 뭐 갖고 싶은 거 있음 말만 해. 내가 다 쏠게.

들떠 있는 경을 보며 진은 죄책감과 동시에 한심함을 느꼈다. 정말 현과 사랑에 빠졌다고 믿는 걸까. 자신이 하는 게 사랑이 아니라 사랑의 흉내일지도 모른다는 의심은 해본 적이 없을까. 운명이 현에게 큐피드의 화살을 쏜 뒤 곧바로 경에게 인도하지 않는 한 둘이 사랑에 빠질 확률은 제로에 가깝다. 술에 취한 현은 진을 여러번 찾아왔고 그때마다 미안하다고 용서해달라고 한번만 안아달라고 다시 시작하자고 울면서 매달렸다.

— 내가 잘할게.

진이 아무 말도 하지 않으면 현은 그 말을 반복했다.

— 가, 얼른. ……네가 잘하는 건 빨리 돈을 갚는 거야.

진은 매몰차게 돌려보냈지만 그후로도 그 일은 몇번이나 되풀이되었다.

새벽에 현이 왔다 가도 출근해서 경을 보면 기분이 묘해졌다. 둘이 잤을까. 당연히 잤겠지. 몇번이나 잤을까. 현이 사랑한다고 속삭였을까. 일하다가도 종종 그 생각에 빠지면 헤어나오기가 어려웠다. 경이 연적처럼 느껴지는 기분을 참을 수 없었다. 개인적으로 정신을 바짝 차려야 하는 시기였다. 경이 승진할 만했다는, 진이 밀린 게 당연하다는 소리가 나오면 곤란했다. 헤드헌터가 발송한 이메일 속의 회사들은 규모가 작거나 연봉이 맘에 들지 않았다. 그런데 진은 발주서의 수량이나 날짜를 잘못 기입하는 식의 사소한 실수를 연달아 저질렀다. 문제가 될 정도는 아니었지만, 이 일을 질질 끌고 이런 상태가 길어질수록 그녀에게는 치명적으로 불리했다.

신호가 두번밖에 안 갔는데도 현은 바로 전화를 받았다.

— 아직 경한테 얘기 못했지?

― ……응.

뒤에 이어질 힐난을 예상한 듯 현의 목소리가 착 가라앉았다.

― 내 말 잘 들어. 당분간 경하고 만나지 마. 전화도 받지 말고 메시지에 답도 하지 마. 나머진 내가 알아서 할 테니까 넌 그냥 가만히 있어. 알았지?

진이 내린 지령에 현은 그러겠노라그 대답했다. 미안해. 덧붙여진 말에선 물기가 뚝뚝 떨어졌다. 진은 끊는다는 말 없이 통화 종료 버튼을 눌렀다. 그리고 감상에 빠지려는 마음도 꾹 눌렀다.

열흘쯤 지나자 경 쪽에서 반응이 왔다. 그동안 경은 커다란 냄비 속에 든 스튜처럼 서서히 끓어올랐다. 멍하게 휴대폰을 들여다보는 일이 많아졌고 사소한 일로 거래처 직원에게 언성을 높였다. 다시 오후 간식을 먹었고 콧노래는 완전히 사라졌다. 남편이 바람났나? 그런가보다. 예쁜 여자들을 그렇게 많이 보는데 바람 안 나는 게 이상하지. 내가 보기엔 애인한테 차인 것 같던데. 화장실에서 여직원 몇이 쑥덕거렸다.

두어시간쯤 지나서 경이 보낸 메시지가 도착했다. 십분 뒤에 까페에서 잠깐 봐.

구석에 자리잡은 경은 어떤 연락의 순간도 놓칠 수 없다는 듯 휴대폰을 꼭 쥐고 있었다.

― 혹시…… 자기 현한테 무슨 얘기 들은 거 있어?

가까이에서 보니 경의 눈 밑은 거뭇했다.

― 왜? 무슨 일 있어?

― 사실 못 만난 지 좀 됐거든. 고민이 있는 것 같아서 물어보면

한숨만 쉬고, 무슨 말을 할 것처럼 하다가 아무 일도 아니라고 하더니…… 그후로는 계속 연락이 안돼.

경의 목소리는 미세하게 떨렸다.

— 나도 연락 안한 지 꽤 됐는데. 진짜 무슨 일 있나?

진의 말에 경은 어설픈 추리력을 동원해 이런저런 가설을 늘어놓았지만 진실의 근처에도 가 닿지 못했다.

— ……근데 남자들 고민이라는 게 다 거기서 거기 아니야?

진은 발을 빼는 듯하다가 한마디 툭 던졌다. 경은 감이 안 잡힌다는 표정으로 쳐다봤다.

— 여자 문제 아니면 돈 문제지, 그거 말고 뭐가 있겠어?

경의 표정이 서서히 굳어졌다. 그녀를 심각하게 만드는 게 여자와 돈 중 어떤 건지 모르겠지만 그 순간만큼은 여자이기를 진심으로 바랐다.

— 사실…… 이런 얘기 해도 될지 모르겠는데.

진은 지금이 이야기를 꺼내기에 적당한 시점이라고 판단했다. 뭔가를 직감한 경이 가까이 다가앉았다. 진은 뜸을 좀 들이다 보증금 얘기를 꺼냈다. 자신이 처한 상황을 현의 사정인 것처럼 각색해서 전했다. 지금 상황이 얼마나 다급한지, 그가 얼마나 딱하고 마음고생이 심한지. 막상 말을 꺼내고 나자 그게 정말 현의 처지인 것 같아 연민이 생길 정도였다.

— 그런 일이 있었구나.

경의 얼굴이 풀어지며 눈에 얼핏 물기가 어렸다.

— 나한테 빌려달라고 한 거 보면 많이 힘든 것 같은데, 자기한

테는 아마 자존심 때문에 말 못했을 거야.

진은 경의 표정을 살폈다. 그리고 현이 괜찮다고 하는데도 자진해서 돈을 빌려줬던 때의 자신을 떠올렸다. 사랑한다면 어떤 식으로든 도울 수밖에 없을 것이다.

— 어쩐지, 무슨 일이 있는 것 같았어. 난 그런 줄도 모르고.

경은 자신이 어떻게 해야 할지 고민해보겠다고 하고는 자리를 떴다. 그녀는 현의 자존심이 다치지 않길 원한다고 했지만 이 사랑을 지키려면 뭔가 댓가를 치러야 한다는 걸 모르는 것 같진 않았다. 경이 사랑에 매달릴수록 일은 신속하고 순조롭게 진행될 것이다. 진은 마음속으로 조심스럽게 성공 가능성을 점쳐봤다. 한편으로는 사랑을 이용하는 파렴치한이 된 것 같아 찜찜했지만 우유부단한 현만 믿고 있을 수는 없었다. 그냥 달라는 것도 아니고 좀 빌리자는 건데. 사모님의 마담뚜 역할이나 하려고 이런 시궁창 속에서 있는 게 아니다.

신호가 바뀌기를 기다리며 진은 쉐보레 매장 앞에서 서성거렸다. 잠깐이라도 누워서 눈을 붙이고 싶은 마음이 간절했다. 며칠째 야근이 이어졌고 이곳저곳의 부동산에 들를 때마다 맥 빠지는 소리만 들었다. 경 앞에서 연기하고 두 사람 사이에 끼어서 신경 쓰는 일도 피로를 가중시켰다. 진은 뻑뻑한 눈가를 문지르며 올란도와 크루즈를 훑어봤다. 직원인지 딜러인지 알 수 없는 젊은 남자가 책상에 앉아 인상을 쓰며 다리를 떨고 있었다. 하오의 햇빛은 서쪽으로 기울면서 남자의 이마에 그늘을 만들었다. 전시된 새 차의 광택에 비해 남자의 얼굴은 얼룩덜룩했다. 남자는 이번 주에 차를 팔았을까. 이번 분기의 실적은 어땠을까. 실적에 따라 월급을 받는 사람이라면 일 없이 자리를 지키는 시간에는 입안이 바짝바짝 마를 것이다. 초조함으로 얼룩진 남자의 얼굴을 쳐다보다가 신호등의 초록색 칸이 줄어드는 걸 확인하고는 서둘러 사무실로 향했다.

출근하자마자 진은 책상 위에 놓인 녹즙과 석류즙을 차례로 마셨다. 쓴맛이 퍼진 입안을 단맛이 위로했다. 경과 현은 뜨겁게 재회한 후 만남을 이어가는 눈치였다. 잠수 작전이 효과가 있었는지 엊그제 까페에서 만난 경은 삼천 정도는 마련할 수 있을 것 같다고 했다.

— 현은 젊고 앞날도 창창한데 오천 정도 못 갚을까봐 그래? 오디션 우승 상금이 삼억이란다, 삼억.

진은 웃으면서 경의 마음을 바꿔보려고 애썼다. 하지만 경의 표정은 진지했다.

— 그 돈 빌려주는 거 아냐. 그냥 현한테 주려는 거야. 지금 내가 쓸 수 있는 돈이 그 정도라서 그래.

— ……현이 애인 하난 잘 뒀네. 고마워할 거야. 나머지는 알아서 해결하겠지.

— 곧 3차 오디션 있어서 연습하느라 바쁘다고 하던데…… 대신 얘기 좀 잘해줘.

경은 돈을 다 해주지 못하는 게 마음에 걸리는지 내내 미안해했다. 사모님의 사랑은 통도 크구나. 진은 열패감 때문에 명치께가 묵직했다.

경과 헤어진 뒤 진은 집주인에게 보증금을 올려주겠다고 전화했다. 삼천이면 완벽하진 않지만 기대 이상의 성과였다.

경의 얘기를 전해주자 현은 말없이 제 발끝만 내려다봤다.

— 나머진 네가 만들어. 그리고 이제는, 네가 하고 싶은 대로 해.

그날 새벽에 찾아온 현은 미안하다고 했지만 한번만 안아달라고 하지는 않았다.

현은 오디션을 준비하는 틈틈이 이천만원을 빌릴 만한 데를 알아보기로 하고 진도 대출 상담을 받았다. 진은 연봉의 90퍼센트까지 대출받을 수 있었고 이자도 감당할 수 있는 수준이었다. 다만 진은 이번 기회에 현과 연결된 빚의 고리를 완전히 끊어내고 싶었다. 그래서 보증금을 입금해야 하는 날까지 대출을 미루기로 했다. 그런데 아침이 됐는데도 현에게서는 연락이 없었다.

진은 먹고 난 석류즙 껍데기를 발밑의 휴지통에 구겨넣었다. 잠깐 얘기 좀 하자고 부르는 부장의 얼굴이 푸석했다.

— 요즘 딸아이 때문에 미치겠어. 어지간히 속을 썩여야 말이지. 아직 중학생밖에 안됐는데 툭하면 학원을 빠지고 말이야.

부장은 자판기에서 꺼낸 커피를 홀짝이며 휴게실 구석에 자리잡았다.

— 이과장은 결혼 안할 거지? 결혼해도 애는 낳지 마.

손사래를 치는 부장의 손등에 벌써 검버섯이 피어 있었다. 진은 대답 없이 슬며시 웃었다. 무슨 말을 하려고 부른 건지 의중을 짐작할 수가 없었다.

— 김차장 말이야, 이번 주까지만 일하기로 했어. 어렵게 임신이

됐다는데 말릴 수가 있어야지. 나이도 있고 초기라서 조심해야 된대. ……그래서 말인데, 이과장이 그 자리 좀 맡아줘야겠어.

부장이 전한 건 경의 임신과 퇴사, 그리고 진의 승진 소식이었다. 진의 머릿속에서는 미묘한 균열이 일어났다. 임신? 남편과 사이가 나쁜 게 아니었나? 경의 임신이 부럽거나 배 아픈 건 아니었다. 하지만 뜻밖인데다 타이밍이 안 좋았다. 임신을 알리고 퇴사를 결정한 건 현과 끝내고 가정으로 돌아가겠다는 선언 아닌가. 곧 아이 엄마가 될 텐데 한 계절 어울린 연하남에게 그 돈을 내줄까. 이제 와서 경이 마음을 바꾸고 딴소리를 해도 이쪽에서는 할 말이 없었다. 모든 일이 수포로 돌아갈까봐 진의 마음은 급속도로 가라앉았다.

부장이 남은 커피를 입에 털어넣으며 진의 표정을 살폈다.

— 저번 인사발령 때 서운했던 마음은 잊고 힘 좀 써줘. 김차장도 이과장을 적극 추천했어. 일이야 다 아는 거니까 딱히 인수인계랄 것도 없고……

부장은 구긴 종이컵을 휴지통에 버렸다. 다 잘된 거잖아. 부장이 진의 어깨를 두드렸다.

자리에 돌아와서도 진은 수면 위로 올라서질 못했다. 누가 그녀의 모습을 봤다면 부장에게 들은 게 승진 소식이 아니라 권고사직이라고 생각했을 것이다. 일단 현과 통화를 해야 했다. 이 모든 일의 시작이자 원인이자 열쇠를 쥔 무능력자. 진은 일부러 위층의 화장실까지 올라갔다.

오전인데도 현의 목소리는 쌩쌩했다.

─그렇지 않아도 전화하려고 했는데.

　오디션에 통과했다는 말을 전할 때처럼 현은 잔뜩 들떠 있었다.

　─입금 확인했어. 방금 보냈더라고. 나머지도 곧 될 거 같아. 아는 형이 소개해준 곳에서 싼 이자로…… 잘됐지?

　현은 그 돈을 빌린 게 아니라 받아냈다는 사실에 감격한 것 같았다. 돈이 입금돼서 삼천만원을 돌려받게 됐고 나머지도 현이 알아서 하겠다는데 진은 실감이 나지 않았다. 이 모든 게 손에 쥐려고 하면 스르르 빠져나가 닿지 않는 곳으로 둥실 떠오를 것 같았다. 자리에 돌아온 진은 커피를 진하게 타서 한모금 마셨다. 그제야 숨통이 좀 트였다.

　─인수인계해야지, 이차장님.

　경이 어깨를 툭 건드리고 지나갔다. 회의실에서 경이 관리하던 자료를 건네받고 급하게 처리해야 할 일을 체크했다. 경은 살이 조금 빠졌을 뿐 임신한 것처럼 보이진 않았다. 집중할 때 이마에 주름이 생기는 것도 여전했다. 일 얘기를 하는 동안 진은 현실감을 회복하고 바닥에 온전히 두 발을 디디고 섰다. 분기별 연도별 서류는 메신저에 접속해서 내려받았다. 파일이 옮겨지는 동안 진은 숨을 깊이 들이마셨다가 천천히 내뱉었다. 그러면서 몸 안에 웅크리고 있던 일말의 불안함과 죄책감을 털어버렸다. 이제 거의 다 됐다. 현이 보낸 돈을 받고 임신한 경이 가정으로 돌아가고 나면 이 게임은 모두 끝이 날 것이다.

　다운 완료를 기다리는데 경의 쪽지가 도착했다.

　─현한테 돈 보냈어. 얘기해줘서 고마워. 안 그랬으면 나 정말

속상했을 거야. 자기한테 여러가지로 신세 많이 졌어.

— 내가 뭘. 축하해, 임신한 거.

뭔가 할 말이 더 있는 것 같은데 떠오르지 않았다. 진은 그대로 엔터 키를 쳤다. 타이핑한 문장을 입속말로 중얼거리고 나자 불쑥 눈물이 날 것 같았다. 다운 완료를 알리는 메시지가 떴다.

경의 송별회를 겸해서 팀원들이 회사 근처의 한정식집에서 점심을 먹었다. 부장이 상황을 설명하고 정식으로 인사를 시키자 아직 임신한 티가 나지 않는 경이 환하게 웃으며 몇 마디 했다. 그 웃음은 오랫동안 아이를 기다려온 예비 엄마의 것 그 이상도 이하도 아니었다. 현 때문에 웃고 현 때문에 마음 졸이던 여자의 모습은 어디에도 없었다.

팀원들이 부러움이 담긴 축하인사를 건네고 팀에서 마련한 선물을 전달했다. 종종 소식 전해달라는 말과 다음에 만나자는 약속이 오갔다.

— 그동안 고마웠어. 자기 덕분에 회사생활 즐거웠어.

경이 진의 손을 꼭 잡았다가 놓았다.

— 나도. 건강 잘 챙겨.

무슨 말인가 더 하려다 진은 경의 어깨를 살짝 안았다. 평소에 그녀가 즐겨 쓰는 향수 냄새가 폭 안겨왔다. 비로소 경의 임신과 가정으로의 복귀를 진심으로 축하할 수 있었다.

— 다음에 또 봐. 근처 오면 연락할게.

손을 흔든 경이 조심스럽게 택시에 올라탔다.

다음 날 진은 현이 입금한 오천만원을 집주인의 계좌로 이체했다. 하루 늦어서 두번이나 전화를 받았고 그때마다 죄송하다는 말을 해야 했다. 애초에 자신의 돈을 돌려받은 셈이지만 그녀의 돈 오천만원은 진즉에 어딘가 알지 못한 곳으로 흩어졌고, 이 돈은 엄밀히 말하자면 경이나 그녀의 남편에게서 받은 것과 이름 모르는 누군가의 계좌에서 빌린 것이었다. 그러나 그 돈 역시 한번도 만져보지 못한 채 집주인의 계좌로 들어갔다. 진은 이 모든 숫자의 이동이 장난이나 거짓말처럼 느껴졌다. 하지만 그 덕분에 이사를 가거나 월세를 더 내지 않고 이전과 동일한 생활을 이어가게 되었다. 표면적으로 진의 삶에 달라진 점은 하나도 없었다.

　점심식사를 마치고 돌아오니 책상 위에 차장이라고 새겨진 새 명함이 놓여 있었다. 새 명함을 지갑에 넣으며 진은 빙긋, 소리 없이 웃었다.

검은 문

211번은 일어나자마자 침대 옆의 벽으로 다가갔다. 잠이 덜 깬 상태에서 그는 벽에 사선을 하나 그었다. 다섯개씩 묶인 표시는 꽤 되지만 그 수가 정확한 건 아니다. 처음부터 표시를 남긴 게 아니고 남기기 시작한 뒤에도 버릇이 붙지 않아 잊은 적이 많기 때문이다.

"그걸 뭘 세고 있나?"

123번은 식전부터 병에서 꺼낸 사탕을 입에 넣고 우물거렸다. 211번이 처음 벽에 표시하는 걸 봤을 때도 그의 반응은 비슷했다.

이곳에서는 날짜를 새기고 세는 것이 무의미하다는 걸 211번도 알고 있다. 벽의 구석구석에는 누군가 남기고 간 표시의 묶음들이 남아 있지만 낙서나 흠집처럼 의미없이 흩어져 있다. 처음에 211번은 새기고 세는 일에 집착했지만 이제는 버릇처럼 표시를 하나 더 추가할 뿐이다. 표시의 수가 정확하고 그 표시가 벽 전체를 다 채우면 뭐하나. 하지만 지루함을 견디기 위해서는 무의미한 일에 기대야 할 때도 있다.

"이따가 한 놈 들어올 거야. 간수들이 말하는 걸 들었어."

123번의 눈에 반짝 불이 들어왔다가 흐려졌다. 211번은 오늘의 표시 옆에 줄을 하나 더 그었다. 누군가 들어오는 건 처음이었다.

입소 첫날 211번은 철창 앞에서 실내를 들여다봤다. 내부는 눈부시게 하얬다. 벽과 타일, 침대보와 베개 커버, 두 남자가 입고 있는 옷까지. 누추한 것은 남자들의 얼굴색뿐이었다. 남자 간수가 철창 문을 열고 211번의 등을 떠밀었다. 손이 문에 닿자 여자가 곤봉으로 제지했다. 문에 손을 대지 않는다,는 이곳의 규칙이었다.

등 뒤에서 문이 닫히고 도어 록이 잠기는 소리가 났다. 211번은 그 자리에 가만히 서 있었다. 침대에 걸터앉아 있던 남자들이 눈동자만으로 211번을 훑어봤다. 덩치가 큰 쪽이 123번, 키가 작고 다부진 쪽이 99번을 달고 있었다. 그들의 무표정이 211번에 대한 경계때문인지, 원래 그런 건지, 일부러 표정을 지운 것인지는 가늠하기 어려웠다. 211번은 배정받은 침대의 끄트머리에 걸터앉았다. 시간역시 무표정하게 흘러갔다.

철창 밑의 배식구로 아침식사가 들어왔다. 배식판을 넣어주는 사람의 얼굴도 식판처럼 차갑고 딱딱했다. 불필요한 말이나 동작, 표정이 전혀 없었다. 배가 고팠는지 99번과 123번이 포크를 쥔 손을 빠르게 놀렸다. 음식을 입에 넣고 씹어 삼키는 그들의 턱 근육이 느리지만 집요하게 움직였다.

식사가 끝나자마자 123번은 유리병 안에 든 사탕을 꺼내서 입에 털어넣었다. 긴 한숨을 내뿜는 그의 얼굴에 안도감이 서렸다. 그가 숨을 쉴 때마다 맵싸한 박하향이 주변에 퍼졌다. 99번도 유리병을 힐끔거렸지만 사탕을 먹진 않았다. 그는 뭔가를 참는 듯 입에 힘을 꾹 줬다.

211번은 침대 끄트머리에 걸터앉아서 백색의 공간을 둘러보았다. 사각형의 공간은 앞면이 철창이고 양쪽 측면은 벽으로 막혔으며 그 가운데 세개의 침대가 횡대로 놓여 있었다. 내부는 단출했으나 막혀 있어야 할 뒷면의 벽이 삼분의 일쯤 뚫려 있었다. 그것은 마치 개방된 쪽문 같았다. 문밖으로 난 길은 일 미터쯤 이어지다가 오른쪽으로 꺾여 끝이 보이지 않았다. 원래 벽이었을 경계선 너머의 타일과 벽은 어둠에 잠겨 있었다. 그 검은 구멍은 죽은 사람의 입처럼 살짝 벌어져 있었다.

211번은 그곳을 응시하다가 홀린 듯 다가갔다. 그 앞에 서자 진원을 알 수 없는 찬바람이 흘러나와 몸을 감쌌다. 입구의 천장에 매달린 백열전구의 둥근 빛은 얼마 가지 못한 채 용해되어 사라져버리고 안으로 들어갈수록 어둠의 밀도가 진해졌다. 그래서 전진하는 게 아니라 견고해지는 어둠 속으로 빨려들어가는 것 같았다. 완전한 암흑이라고 판단하고 멈칫한 순간, 두툼한 손이 211번의 어깨를 붙잡았다. 아. 그는 짧게 소리 질렀다. 99번이 211번의 팔을 잡고 문 안쪽으로 잡아끌었다.

211번이 숨을 몰아쉬자 99번은 유리병에서 꺼낸 사탕을 내밀었다.

"먹어둬."

행동과 표정은 박력이 넘쳤지만 목소리는 뜻밖에도 부드러웠다. 211번은 사탕을 입에 넣고 천천히 굴렸다. 연기를 삼킨 것처럼 쓰고 맵고 싸한 맛이 입안에 퍼졌다. 뱉어버리고 싶은 마음과 달리 그는 그것을 녹이는 데 열중했다. 사탕을 빨고 있자니 몽롱해지며 온몸의 힘이 빠져나갔다. 211번은 벽에 등을 대고 스르르 주저앉았다. 눈을 감은 채 매운 박하향에 자신을 맡겼다. 그 모습을 보며 99번이 팔짱을 꼈다. 흰 소매를 어깨까지 걷어붙여서 다부진 팔뚝이 그대로 드러났다.

"출구 쪽으로는 가지 마라."

그 말은 금기 속에 자유를 품고 있어서 호기심을 불러일으켰다. 211번은 출구라는 명칭에 끌렸다.

"출구라면, 어디로 나가는 거지?"

"그건 몰라. 나갔다 돌아온 사람이 없으니까."

123번이 출구를 등지고 앉아서 사탕을 하나 더 입에 넣었다.

"왜? 나가보고 싶나?"

99번은 다리를 어깨 너비만큼 벌리고 섰다. 그 자세는 그의 키를 약간 작게 만들었지만 자신감 넘치는 남자로 보이게 했다.

"그쪽은 신경 쓰지 않는 게 좋아. 여기에서 편하게 지내고 싶다면 말이야."

99번은 사탕을 입에 넣고 숨을 깊이 들이마셨다. 고개를 뒤로 젖

힌 뒤 가슴을 쫙 펴더니 눈썹을 파르르 떨었다. 그 모습이 상대를
위협하기 위해 몸을 부풀린 짐승 같았다.

"앞으로 이놈하고 친하게 지내라고. 사는 게 수월해지니까."

123번이 사탕 통을 두드리며 웃음을 흘렸다.

"소등 후에는 출구 앞에서 불침번을 서야 한다. 그게 이곳의 규
칙이야."

99번이 고개를 좌우로 꺾자 우두둑 소리가 났다.

"불침번은 왜 서는 거지?"

"출구로부터 우리를 지키기 위해서지."

"새벽이 되면 출구에서 누군가 나올지도 몰라. 출구로 끌려들어
가면 끝이야. 다신 돌아오지 못한다고."

123번은 끝이라는 말에 힘을 주었다. 그의 목소리에서 두려움이
묻어났다.

"출구에 있다는 자를 본 적이 있나?"

"그자를 본 사람은 없다. 본 사람은 모두 끌려갔으니까. 우리가
아는 건 출구로 끌려가면 죽는다는 것뿐이야."

출구 앞에 놓인 불침번용 의자는 오래된 것인 듯 낡고 노쇠했다.
의자의 반은 불빛이 환한 이쪽에, 반은 어둠 저쪽에 속해 있어서
반쯤 지워진 것처럼 보였다.

휴식시간이 끝나자 간수가 식판을 수거해가고 일거리를 가져와
서 나눠줬다. 211번도 작업도구를 받았다. 그것은 직사각형으로 생
김새와 크기, 무게가 벽돌과 흡사했다. 단축 한 면에 회전식 손잡
이가 달려 있고 정면은 숫자판으로 돼 있었다. 벽돌을 받은 99번과

123번이 능숙하게 손잡이를 돌렸다. 손잡이를 한바퀴 돌릴 때마다 숫자판의 숫자가 하나씩 올라갔다. 99번의 숫자판엔 597811, 123번의 숫자판에는 606349라고 표시되어 있었다.

"이건 뭐 하는 거야?"

"그냥, 일하는 거야."

그냥, 이라고 하면서도 123번은 손을 검추지 않았다.

"할당량이 있나?"

"그런 건 없어. 하기 싫으면 안해도 돼."

99번은 속도를 높이면서 123번의 숫자판을 처다봤다.

천장 구석에 매달린 스피커에서 행진곡풍의 음악이 흘러나왔다. 211번은 두 사람을 지켜보았다. 두 남자는 쉬거나 멈추지 않고 반복해서 손잡이를 돌렸다. 나중에는 손잡이가 그들의 손과 팔을 돌리는 것처럼 보일 정도였다. 211번은 자신의 벽돌을 이리저리 살펴보았다. 99번이 그 모습을 힐끔거렸다.

"손잡이를 돌리는 건 숫자 때문이야. 우리가 여기에서 가질 수 있는 건 숫자뿐이니까. 숫자는 어제의 내가 지금의 나와 연결되어 있다는 표시지. 존재의 증명 같은 거야. 물론 숫자가 높을수록 행복해지지."

그 순간에도 두개의 손잡이는 빠르게 돌아가고 숫자도 증가했다. 123번은 606400만큼 생동감 넘치고 행복해 보였다. 반면에 99번은 123번과 벌어진 숫자의 차이만큼 불행하고 조급해 보였다. 한 사람은 숫자를 따라잡기 위해, 한 사람은 행복을 지키기 위해 철창 앞에 웅크리고 앉아서 열심히 손잡이를 돌렸다.

그 모습을 보고 있던 211번도 손잡이를 잡았다. 뻑뻑해서 쉽게 돌아가지 않았지만 힘을 주자 삐걱, 소리와 함께 천천히 움직였다. 철컥, 한바퀴를 돌리자 숫자판의 0이 1로 변했다. 한바퀴 더 돌리자 1은 2가 되었다.

211번은 마음속으로 숫자를 세면서 손잡이를 돌렸다. 7, 8, 9……그리고 커져가는 숫자를 눈으로 확인했다. 물론 늘어난 숫자는 손잡이를 돌린 횟수고, 노동과 시간을 먹고 자란 결과물에 불과했다. 무의미하고 무가치한 증가일 뿐이었다. 하지만 무용한 일인데도 반복은 의미를 생산했다. 7일 때의 자신과 8일 때의 자신은 전혀 다른 존재 같았다. 11이 되자 10은 의미를 잃었다. 의미를 소유하고 싶어서 211번은 손잡이를 계속 돌렸다. 손아귀에 힘이 들어갔고 손목이 뻐근해졌다. 하지만 그는 커져가는 숫자를 지켜보느라 멈출 수 없었다. 일종의 갈증, 더 큰 숫자에 대한 욕망이 손과 팔을 지배하고 움직였다. 머릿속에서 어떤 목소리가 계속 돌려라, 돌려라, 멈추지 말고, 손잡이를 돌리면 행복해진다고 속삭였다. 거짓말, 다 같이 속고 있는 거라고 생각하면서도 211번은 손잡이를 놓지 않았다.

간수가 휴식, 하고 외치자 99번과 123번이 서로의 눈치를 보았다. 두 사람 모두 지친 기색이 역력했다. 벌게진 얼굴로 어깨를 들썩이면서도 둘은 서로의 숫자를 헤아리며 벽돌을 내려놓지 않았다.

"반납!"

간수가 호루라기를 불자 그제야 둘 다 미적거리며 벽돌을 내려놓았다.

123번이 49라고 적힌 211번의 숫자판을 보며 히죽 웃었다.

"딱 떨어지는 숫자로 끝나야 기분이 좋은데 말이야."

벽돌을 돌릴 때 123번은 자신만만해 보였다. 숫자가 그의 물렁한 살을 단단하게 만들고 어깨에 힘이 들어가게 하는 모양이었다. 벽돌에 몰두해 있을 때 123번은 출구와 그 안에 있다는 누군가를 두려워하지 않았다.

"숫자가 적으면 불행해져. 그날의 목표량을 채워야 밥도 맛있고 잠도 잘 오지."

123번이 두 사람을 번갈아가며 쳐다봤다. 99번은 별말이 없었다. 잘 발달된 그의 팔근육이 벽돌을 돌릴 때는 실력을 발휘하지 못하는 듯했다. 박력이 넘치던 그의 몸이 처음보다 왜소해 보였다.

점심시간이 되자 배식구로 식판이 들어왔다. 세 사람은 철창 앞에 모여 앉았다. 식판을 들여다본 99번이 못마땅한 표정을 지으며 얼굴을 구겼다. 그는 벌떡 일어나더니 철창 앞으로 갔다.

"이봐, 반찬이 이게 뭐야? 풀만 먹고 어떻게 힘을 쓰나! 고기를 달란 말이야."

99번은 흘러내린 소매를 걷어붙이고 두 손으로 허리를 짚었다. 이두박근과 삼두박근이 두드러졌다. 그러나 간수는 표정의 변화가 없었다. 팔짱을 낀 채 사무적인 목소리로 대꾸했다.

"한번만 더 소란을 피우면 교도 조치하겠습니다."

새삼스러운 일이 아니라는 듯 123번은 묵묵히 포크를 움직였다. 상황을 지켜보던 211번도 플라스틱 포크를 손에 쥐었다. 선 채로 간수를 노려보던 99번이 자리에 앉아서 숟가락질을 했다.

"잔말 말고 그냥 먹어. 저번처럼 배식 끊기지 말고……"

123번은 입안에 든 밥알을 열심히 씹어 삼켰다.

"이런 건 개도 안 먹겠다."

99번은 계속 투덜거렸지만 그의 불평은 아무것도 바꿔놓지 못했다.

식사를 마친 세 사람은 다시 벽돌의 손잡이를 돌렸다. 식곤증 때문에 세 사람 모두 표정이 나른했다. 211번은 밀려오는 졸음 때문에 몇번이나 헛손질을 했고 123번과 99번의 손도 오전보다 느렸다. 공간 전체가 물속에 잠긴 것처럼 고요하고 묵직했다. 그 안에서 제속도를 유지하고 있는 것은 시계의 초침뿐이었다. 123번이 못 참겠다는 듯 유리병에서 사탕을 한움큼 꺼냈다. 사탕을 입에 넣고 우물거리는 123번의 눈에 힘이 들어갔다. 그러나 속도는 회복되지 않았다. 눈동자의 초점이 또렷해졌다가 다시 풀어졌다.

간수가 철창 밖에서 호루라기를 길게 분 뒤 벽돌을 회수해갔다. 빈손이 된 99번은 일어나서 기지개를 켰다. 123번은 연거푸 트림을 하며 인상을 썼다. 그때마다 그의 입에서 악취가 났다.

"어흐, 속 쓰려 죽겠네."

123번은 사탕을 하나 더 꺼내 입에 넣었다.

"위에 빵꾸가 났나. 이 시간만 되면 죽겠네."

123번은 배를 감싸며 몸을 둥그렇게 말았다. 구겨진 이마와 인중에 식은땀이 촘촘히 배어 있었다.

"약을 달라고 하면 되잖아."

"이봐, 신참, 여긴 병원이 아니야. 간수 놈들은 아프다고 해도 눈하나 깜짝하지 않는다고. 왜 그런 줄 알아? 그놈들은 우리가 아파야 편하거든. 어쩌면 음식에 약 같은 걸 탔을지도 몰라. 건강하면 문제를 일으키니까. 조심해, 너도. 고장나는 거 금방이야."

99번은 졸음을 쫓으려는 듯 한쪽 구석에서 스트레칭을 했다. 123번의 속 쓰림과 죽겠다는 하소연에 이력이 난 듯 신경도 쓰지 않았다.

휴식시간이 끝나고 간수가 다시 벽돌을 나눠주었다. 123번은 속 쓰림 때문에 속도를 내지 못했다. 그사이에 99번은 5000 차이까지 따라붙었고 211번은 막 490을 넘어 500을 눈앞에 두고 있었다. 손잡이를 돌리는 동안에는 시간이 빨리 지나갔다.

"반납!"

간수가 호루라기를 불었다.

"작업 중지!"

211번은 못 들은 척 손잡이를 돌렸다. 세바퀴만 더 돌리면 500이었다. 간수가 99번과 123번의 벽돌을 회수했다. 211번은 벽돌을 등 뒤로 감췄다.

"211번, 반납!"

"세바퀴만 더 돌리면 500이라고."

211번은 조금만 기다려달라고 사정했다. 그러나 벽돌을 내려놓지 않자 99번이 211번을 힘으로 제압했다. 211번은 99번의 팔에서 벗어나기 위해 몸부림쳤다. 그사이에 123번이 등 뒤에 감춘 벽돌을 빼앗아서 간수에게 반납했다. 곤봉을 든 간수가 211번을 내려다봤다. 한쪽 입꼬리만 올라간 웃음이 야비했다. 모멸감 때문에 211번은 눈을 질끈 감아버렸다. 간수는 세개의 벽돌을 회수해서 철창 밖으로 나갔다. 문이 닫히는 소리가 난 뒤에도 211번은 눈을 뜨지 않았다.

"너무 기분 나쁘게 생각하지 말라고."

사탕을 입에 넣으며 123번이 사과했다. 그가 입을 열 때마다 지독한 냄새가 났다. 유리병 안에 남은 사탕은 두알뿐이었다.

"우리는 어차피 간수가 시키는 대로 해야 돼."

"간수의 명령에 불복종하는 자는 간수의 재량에 따라 조치를 취한다. 그게 이곳의 규칙이니까."

그 와중에도 99번은 손목과 어깨를 풀었다.

"간수의 명령엔 복종해야 돼."

둘이 동시에 덧붙였다.

211번은 벽에 기대앉은 채 철창 쪽을 바라보았다. 123번이 준 사탕을 입에 넣자 속이 화끈거리다가 점차 가라앉고 기분이 몽롱해졌다. 그런데도 497이라는 숫자가 머릿속에 남아 지워지질 않았다. 500으로 마무리했으면 좋았을 텐데. 좀더 버티기만 했어도 채울 수 있었는데. 211번은 채워지지 않은 수만큼 불행했다. 하지만 간수는 곤봉과 권총을 갖고 있다. 211번이 끝까지 반납하지 않았더라면 그것들을 사용했을 것이다. 무기로 제압당하는 건 99번과 123번의 완력, 간수의 야비한 얼굴을 마주하는 것보다 더 모욕적일 것이다. 뽑은 칼보다 칼집에 들어 있는 칼이, 가해진 폭력보다 가해질 수 있는 폭력이 더 공포스럽다. 곤봉이 어깨와 머리를 가격했을 때의 아픔을 아는 사람은 칼과 총의 위력에 대해서도 미루어 짐작하게 된다. 그것을 상상하는 것만으로도 공포에 사로잡혀 저항할 수 없는 상태가 된다. 211번은 몸을 움찔하곤 다시 눈을 감았다.

식판이 들어오기 전에 음식 냄새가 먼저 복도를 떠돌았다. 저녁 반찬으로 나온 고깃덩어리 때문에 99번은 어깨를 으쓱하며 미소 지었고 123번도 만족해하는 눈치였다. 텅 빈 유리병도 사탕이 가득 찬 새것으로 바뀌었다. 99번과 123번의 손과 입이 게걸스럽게 움직였다. 211번도 기름진 밥과 반찬을 입에 넣고 씹었다. 나쁠 것 없는 저녁이었다. 하지만 211번은 이런 평화가 거짓처럼 느껴졌다. 99번과 123번은 하루 종일 출구가 없는 것처럼, 등 뒤가 벽으로 막힌 것처럼 행동했다. 그들의 생활은 철저히 철창과 배식구를 중심으로 진행되었고 숫자와 밥그릇에 매여 있었다. 211번은 고개를 돌려 출구를 힐끗 보았다. 그것은 검고 음험한 수수께끼처럼 여전히 거기 있었지만 지워진 거나 마찬가지였다. 출구는 외면하고 살 수 있지만 끼니때마다 제공되는 음식과 사탕, 쌓아놓은 숫자, 새하얀 시트가 깔린 침대를 외면하고 살 수는 없다. 무서운 것은 등 뒤의 출구가 아니라 눈앞에 버티고 있는 생활이다.

"첫날이라 정신없을 거야. 입맛도 없고. 금방 익숙해지니까 걱정 마. ……이거 남기는 거면 내가 먹어도 되지?"

99번이 식판에 있는 고기를 덜어갔다.

"사탕 줄까? 이게 만병통치약이야. 위궤양 빼고는 다 고친다니까. 여기가 복잡할 때도 이게 최고야."

123번이 손가락으로 자기 머리를 쿡쿡 찔렀다.

"……근데 여기 좀 이상하지 않아? 지금 여기에서 뭐 하고 있는 거지?"

"그냥 사는 거야. 복잡하게 생각할 거 뭐 있어. 사탕이나 먹어."

123번이 사탕이 든 유리병을 흔들었다.

211번은 사탕을 입안에 구겨넣었다. 이곳이 이상한가, 이들이 이상한가, 이곳과 이들을 이상하게 생각하는 자신이 이상한가. 211번은 벽에 머리를 기댄 채 내부를 둘러봤다. 사탕이 녹자 생각도 녹아 흐물거렸다. 모든 게 귀찮아졌고 피로가 해일처럼 몰려왔다.

소등. 호루라기 소리가 들린 뒤 불이 꺼졌다. 깜깜하게 변한 복도에서 간수들의 발소리가 들렸다. 중얼거리는 소리, 곤봉으로 철창을 긁는 소리가 한차례 지나간 뒤 사방이 고요해졌다. 99번과 123번은 침대에 눕고 211번은 출구 앞 의자에 앉았다.

"한시에 나를 깨워. 졸면 안돼."

"정신 똑바로 차려. 출구 쪽에서 발소리가 들리면 깨우고."

복도 천장에 달린 새끼손톱만한 취침등이 일제히 불을 밝혔다. 그 붉은 빛 때문에 복도엔 핏물이 번진 것 같았다. 천장에 달린 전구의 불빛은 멀리 가지 못하고 의자 밖에서 경계가 희미한 원을 그렸다. 211번은 출구 쪽을 보며 발소리가 들리는지 귀 기울였다. 얼마 지나지 않아 99번과 123번이 코를 골기 시작했다. 세상은 잠들고 시간은 멈추고 이 밤이 계속 이어져 영원히 여기에 앉아 있어야 할 것 같은 불길한 예감이 몰려왔다.

뚜벅뚜벅, 발소리는 졸음처럼 이물감 없이 천천히 다가왔다. 발소리가 가까워지자 211번은 눈을 부릅뜨고 주위를 살폈다. 발소리가 나는 건 복도 쪽이었다. 고개를 돌리자 남자 간수가 철창 앞에 서서 실내를 들여다보고 있었다. 그가 든 손전등의 강렬한 빛이

211번의 눈을 깊숙이 찔렀다.

"그쪽이 아닙니다."

남자의 목소리는 상당한 저음이라 낮은 음계의 피아노 건반을 하나씩 천천히 누르는 것 같았다.

"감시해야 할 곳은 반대쪽입니다."

211번은 출구의 반대쪽인 실내를 둘러봤다. 내부는 비 온 뒤의 저녁 묘지처럼 쓸쓸하고 음산했다. 99번과 123번은 침대 위에서 몸을 만 채 잠들어 있었다. 움직임이 없는 그들은 두구의 시체처럼 보였다. 무엇을 감시하라는 건가. 실내엔 죽은 시간과 물체뿐인데. 211번은 의자의 방향을 바꾸지 않고 출구 쪽을 응시했다. 어둠과 정적이 그의 오감과 판단력을 서서히 무너뜨렸다. 211번은 시계를 확인한 후 99번을 깨웠다.

점등과 동시에 호루라기 소리가 요란하게 울렸다. 211번은 인상을 쓰며 이불을 찾았지만 99번이 이미 걷어간 후였다. 이곳에서 백열등은 태양이고 점등은 기상을 의미한다. 설령 아침과 밤이 바뀌었다 해도 알아낼 도리가 없다. 백열등이 켜지지 않으면 아침은 오지 않을지도 모른다.

침대 위를 정리한 세 사람은 철창 앞에 모여서 아침을 먹었다. 잠을 못 잤는지 123번의 얼굴이 푸석했다.

"어젯밤에 출구 쪽에서 발소리가 났어."

불면의 이유를 털어놓으며 123번이 출구 쪽을 쳐다봤다.

"난 아무 소리도 못 들었는데."

211번은 잠꼬대하듯 웅얼거렸다.

"한동안 잠잠하더니 또 시작된 거야. 새로 사람도 들어왔잖아."

"쓸데없는 소리 하지 마. 아침부터 밥맛 떨어지게. 사탕을 너무 많이 먹으니까 그런 거 아니야."

99번은 식판을 비우고 일어섰다. 물을 마신 후에는 철창 앞에서 스트레칭을 하며 몸을 풀었다. 123번은 속이 쓰린지 얼굴을 찡그리며 밥을 먹었다. 211번은 자신이 출구 앞을 지키던 때를 되짚어봤다. 발소리가 들렸던가. 그가 들은 건 간수의 목소리뿐이었다.

간수가 벽돌을 들고 오는 걸 보고 99번은 손가락 마디를 꺾으며 투둑투둑 소리를 냈다. 생기와 의욕이 넘쳤다.

"내가 똑똑히 들었어. 바로 앞까지 왔다가 돌아갔다니까. 분명히 다시 올 거야."

123번은 허겁지겁 사탕 통의 뚜껑을 열었고 99번은 자리를 잡고 앉아서 손잡이를 돌렸다.

낮은 숫자의 시간이었다. 211번도 바로 500을 넘어 600을 눈앞에 두고 있었다. 600이 가까워지자 간밤에 품었던 목표는 사라지고 새로운 목표, 새로운 숫자에 대한 갈망이 등장했다. 211번은 그 힘으로 다시 손잡이를 돌리기 시작했다. 사탕에 취한 123번도 뒤늦게 분발했다. 눈가가 붉게 변한 그는 사탕을 연료 삼아 움직이는 기계 같았다. 숫자는 클수록 좋다. 거기에는 어떤 이견도 따르지 않는다. 숫자는 99번과 123번, 211번의 욕망을 획일화했다. 하지만 목표는 계속 도망쳤다. 원하는 숫자는 항상 손의 움직임보다 빠르게 물러나고 먼 곳으로 달아났다. 아무리 손잡이를 열심히 돌려도 그 숫자를 따라잡을 수는 없다. 이만하면 됐다 싶을 때는 오지 않았다. 손 아귀가 욱신거리고 팔목이 시큰하고 어깨가 결려서 잠시 멈추긴 해도 그건 불가항력일 뿐, 마음 같아서는 손잡이를 돌리는 기계가 되고 싶었다. 이 숫자가 아무것도 바꿀 수 없다는 걸 알고 있는데 도 그랬다. 돌리면 돌릴수록 결핍과 갈증이 쌓여가고 만족은 금세 녹아 사라져버렸다.

99번과 123번은 서로의 숫자판을 의식하며 손잡이를 돌렸다. 웅 크린 등은 왜소하고 무력해 보이지만 두 사람의 한쪽 어깨는 위아 래로 격렬하게 움직였다. 편한 자세로 쭈그리고 앉아 있는 것 같지 만 그게 바로 힘을 집중적으로 쏟아내기에 가장 좋은 자세였다. 99 번이 123번의 숫자를 빠르게 쫓아가서 두 숫자의 차는 겨우 100 정 도에 불과했다. 상대의 숫자를 넘어서기 위해, 따라잡히지 않기 위 해 두 사람 다 분초를 다투며 땀을 흘렸다.

"반납!"

간수가 호루라기를 불었다.

123번이 99번의 눈치를 살피며 벽돌을 내려놓았지만 99번은 돌 아앉아서 계속 손잡이를 돌렸다. 빠르게 증가한 숫자는 그새 30 차 이로 좁혀진 상태였다.

"99번, 반납!"

남자 간수가 같은 명령을 반복했지만 99번은 손잡이를 등 뒤로 감춘 채 계속 돌렸다. 팔을 잡은 123번은 99번의 기에 눌려 힘을 제 대로 쓰지 못했다. 남자 간수가 허리에서 곤봉을 뽑아 99번의 어깨 를 내리쳤다. 99번은 소리를 지르고 바닥에 쓰러지면서도 벽돌에 매달렸다.

"99번, 반납!"

여자 간수가 들어와서 곤봉으로 99번의 머리를 여러번 가격했다. 머리에서 피가 흘러내리자 99번은 저항을 멈추고 벽돌에서 손을 뗐다.

남자 간수가 이마와 얼굴이 붉게 물든 99번의 얼굴과 숫자판을 번갈아 쳐다봤다. 숫자판에는 여섯자리의 숫자, 몇십만번의 회전운동이 기록돼 있었다. 그것은 단순한 숫자가 아니라 그만큼의 노동과 시간의 축적을 의미했다.

"간수의 명령에 불복종했으니 조치를 취하겠습니다."

"안돼! 제발……"

99번이 두 손을 모았지만 남자 간수는 한 발 뒤로 물러설 뿐 대꾸가 없었다. 그는 한쪽 입술을 비틀어 올리더니 벽돌의 손잡이를 반대 방향으로 꺾어버렸다.

"하지 마!"

99번이 머리를 부여잡고 절규했다. 간수가 손잡이를 반대로 돌릴 때마다 숫자가 뒤에서부터 하나씩 0으로 변했다.

"으악!"

99번은 비명을 지르며 몸부림치다가 어린아이처럼 울기 시작했다. 남자 간수가 돌려준 손잡이에는 아무것도 남아 있지 않았다. 0. 한 사람의 과거, 한 세계가 말소돼버린 순간이었다. 남은 건 99번의 절망뿐이었다.

간수들이 철창문을 열고 나갔다. 두 사람의 발소리는 복도 저편으로 멀어져갔지만 그들의 얼굴에 번지던 가학적인 웃음은 사라지지 않고 남아 있었다.

벽돌을 돌려받았지만 99번은 더이상 손잡이를 돌리지 않았다. 벽에 기대앉은 채 멍하게 철창만 응시할 뿐이었다. 그 절망과 우울함이 두려워서 123번과 211번은 99번을 외면했다.

중간에 깨어 불침번을 서는 일은 고통스럽다. 그러나 규칙과 의무 앞에서 211번은 눈을 비볐다. 몸을 움직일 때마다 나무 의자가 미세하게 삐걱거렸다. 마른세수를 연거푸 했지만 졸음은 쉽게 사라지지 않았다.

211번은 출구를 뚫어져라 쳐다봤다. 123번은 발소리를 들었다고 했지만 아무 소리도 들리지 않았다. 가끔 미세한 소리가 먼지처럼 떠돌았는데, 누군가 중얼거리는 소리 같기도 하고 바람이 지나가면서 내는 소리 같기도 했다. 그때마다 211번은 긴장해서 출구 쪽을 주시했다. 시간이 지나면 이곳의 생활에 익숙해지고 불만 같은 건 잊게 된다고 했지만 211번의 관심은 자꾸 출구에 쏠렸다. 경계와 감시가 아닌 출구 그 자체, 정확히 말하자면 출구 너머로 향했다. 저 끝에는 무엇이 있나. 끝이 있긴 한가. 출구 저쪽에 정말 누가 있는 건가. 그래서 사람을 끌고 가는가. 아니면 스스로 출구 저쪽으로 걸어가는 걸까. 보초를 설 때마다 211번의 생각은 꼬리에 꼬리를 물고 이어졌다. 출구에 대한 풍문은 다양했으나 두 갈래로 나뉘었다. 공포와 희망. 그 끝이 죽음이고 지옥이라는 쪽과 자유와 해방의 새로운 세계로 이어진다는 쪽. 하지만 그조차 추측에 불과하고 정확히 아는 사람은 없었다. 그곳으로 간 자들이 다시 돌아오지 않았기 때문이다.

어둠 속의 시간은 더디게 흘렀고 정적은 지속됐다. 211번은 졸음을 쫓기 위해 목을 돌리고 허리를 좌우로 틀었다. 팔을 움직이고 다리를 바꾸어 꼬기도 했다. 그래도 졸음이 가시지 않자 철창까지 갔다가 돌아오기를 반복했다. 출구와 불침번이 일상이 되자 긴장은 사라지고 공포조차 권태로워졌다. 차라리 무슨 일이 일어났으면 좋겠다고 생각했지만 99번과 교대할 때까지 아무 일도 일어나지 않았다.

배식구 앞의 식판은 두개뿐이었다. 눈을 떠보니 99번의 침대가 비어 있었다.

"99번 어디 갔어? 네가 99번하고 교대했잖아?"

123번은 침대 사이를 정신없이 오갔다. 눈동자가 불안하게 흔들렸다.

"교대할 때는 분명히 있었는데."

막 잠에서 깬 211번의 목소리는 형편없이 갈라졌다. 99번은 지난 밤 불침번의 마지막 순서였으니 한두시간 전에 증발해버렸다는 얘기였다.

"99번 사망. 정리하겠습니다."

간수가 들어와서 99번의 침대 위를 치웠다.

"99번은 끌려간 거야. 누가 와서 끌고 간 거라고. 내가 그랬잖아, 다시 올 거라고!"

123번은 출구를 등지고 앉아서 몸을 웅크렸다. 그는 식판을 옆으로 밀어두고 유리병에서 사탕을 꺼냈다. 그가 말하고 움직일 때마다 고약한 냄새가 풍겼다. 211번은 음식을 천천히 씹어 삼켰다. 99번과 함께 행방의 진실도 사라져버렸다. 211번은 침대 옆의 벽에 사선을 그어 날짜를 표시했다.

99번이 사라진 뒤로 123번은 악몽을 자주 꿨다. 출구에서 나온 '그자'는 123번을 깊은 어둠 속으로 끌고 갔다. 123번은 암흑의 한가운데에서 가위에 눌렸고 존재가 흩어지는 것 같은 공포 속에서 깨어났다. 123번은 잠드는 걸 두려워했고 불면과 악몽은 그의 위궤양을 악화시켰다. 그는 툭하면 쓰린 배를 부여잡고 죽겠다고 중얼거렸고 사탕을 과용했다.

99번이 사라진 뒤에도 크게 달라진 것은 없었다. 밥을 먹고 나서는 손잡이를 돌렸고, 간수들은 벽돌을 가지고 왔다가 회수해갔다. 반복되는 일상은 99번의 존재를 서서히 지워갔다. 이곳에 있는 어떤 것도 99번의 부재를 증명할 수 없었다. 물론 99번은 123번과 211번의 기억 속에 남아 있고, 그가 사라져서 이곳엔 빈 침대와 몇가지 의혹, 약간의 의기소침이 남아 있지만, 그것도 모든 것을 삼켜버리는 망각 앞에서는 맥을 추지 못했다. 이곳의 어떤 것도 변하지 않았다. 변하는 게 있다면 그건 머물다 가는 사람의 번호, 벽돌에 새겨지는 숫자일 뿐이다. 두 사람은 점차 99번을 잊었다.

"99번은 정말 끌려갔을까?"

밥을 먹다가 211번이 중얼거렸다.

"99번이 사라진 게 언제지? ……근데 99번이 누구였지?"

123번이 하품을 길게 했다.

305번은 99번이 쓰던, 그전에는 다른 사람이 썼던 침대를 배정받았다. 123번과 211번이 아침을 먹는 동안 305번은 주위를 두리번거리고 의아한 눈으로 출구를 주시했다.

"침대가 꽉 찼군. 이래야 정상이지."

123번은 어깨를 쭉 펴고 팔뚝이 드러나도록 흰 소매를 걷어붙였다. 그의 큰 덩치가 단단하고 다부져 보였다.

123번은 305번에게 이곳의 생활에 대해 차근차근, 그러나 절도 있게 설명했다. 그는 여유가 넘쳤고 출구의 위엄과 공포는 단박에 과장되어 전해졌다. 305번은 실체가 없는 경계심 때문에 긴장했다. 305번이 불안한 눈빛으로 출구를 힐끔거리자 123번이 유리병에서 꺼낸 사탕을 선심 쓰듯 건넸다.

"먹어둬. 지내는 데 도움이 될 거야."

그 상황을 지켜보며 211번은 말할 수 없는 피곤함을 느꼈다. 이곳의 일상이, 반복되는 패턴이, 흘러가고 지속되는 시간이 못 견디게 지루하고 지겨웠다. 이런 날은 언제까지 지속될 것인가. 숫자와 사탕, 출구와 불침번 따위가 다 뭐란 말인가. 무얼 지키고 무엇을 두려워하라는 건가.

305번은 얼굴이 벌게질 정도로 기침을 한 뒤에 사탕의 맛에 적응했고 벽돌을 이리저리 살펴보다 손잡이를 돌리기 시작했다. 숫자가 가장 큰 123번은 여유를 부렸고, 211번은 숙련된 솜씨로 손잡이를 돌렸다. 이제 딴생각을 해도 속도에 영향을 받지 않을 정도로

익숙해졌다. 아니 딴생각을 하는 편이 숫자를 올리는 데 더 도움이
되었다.

숫자가 늘어난다는 건 시간이 흘러간다는 뜻이었다. 그건 늙어
가고 죽음에 가까워진다는 뜻이기도 했다. 결국 이 안에 가만히 앉
아서 밥을 먹고 손잡이를 돌리는 것이 출구 밖으로 나가는 길이었
다. 211번은 사탕을 입에 넣고 천천히 녹여 먹었다. 그런 생각이 삶
을 분열시키고 피로를 가중시킨다는 걸 그도 알고 있었다.

불침번을 서기 위해 출구 앞에 앉은 211번은 목 언저리와 가슴
께를 긁적거렸다. 어딘가가 몹시 가려운데 정확한 부위를 알 수 없
어서 여기저기를 마구 긁어댔다. 손톱이 닿자 간지러움은 불이 번
지듯 사방으로 퍼져나갔고 211번은 손이 닿지 않는 등 한가운데를
긁으려고 낑낑대다 벌떡 일어섰다. 도대체 여기에서 뭘 하는 거지?
그는 123번과 305번의 침대 주위를 서성거리고 철창까지 빠른 걸
음으로 왕복했다. 그래도 가려움은 사라지지 않았다.

123번과 305번의 코 고는 소리가 돌림노래처럼 이어졌다. 211번
은 곤하게 자고 있는 그들과 비현실적으로 버티고 있는 출구를 쳐
다보았다. 일시정지돼 있던 211번의 몸이 한순간에 출구 쪽으로 쏠
렸다. 암흑에 대한 공포가 서서히 엄습해왔지만 그 서늘한 긴장감
은 가려움과 반비례했다. 그는 빨려들어가듯 걸음을 옮겼다. 어차
피 선택이란 이곳 아니면 저쪽뿐이었다.

211번은 희미한 빛에 의지해서 걸었고 그것마저 사라지고 완벽
한 어둠이 시작되자 팔을 앞으로 뻗은 채 더듬더듬 발걸음을 떼었

다. 걸으면서 그는 출구의 끝에 대해 상상했다. 그곳에 도착하는 순간 죽음에 빠지게 될지, 혹은 누군가 지키고 있다가 자신을 죽일지, 아니면 전혀 다른 세계에 도달하게 될지, 그곳이 천국일지 지옥일지, 자유의 땅일지 조심스럽게 점쳐보았다. 하지만 저 끝이 그가 생각한 가능성 중 하나에 해당할지 아닐지는 자신할 수 없었다.

눈을 뜨나 감으나 동일한 암흑 속에서 211번은 벽을 더듬고 벽에 부딪혀가며 걸었다. 앞으로 가는 건지 옆으로 가는 건지 모르는 채 쉬지 않고 움직였다. 시간이 얼마나 흘렀는지 얼마나 멀리 왔는지도 알 수 없었다. 극도의 긴장감과 목마름과 막막함과 졸음이 그의 발목을 붙잡고 늘어졌다. 나아갈 수도 돌아갈 수도 없는 어둠 속에서 211번은 깨달음을 얻듯 죽음을 예감했다. 출구로 나간 자에게 내려지는 형벌이란 누군가 나타나서 죽이고 죽음이 덮치는 게 아니라 죽을 때까지 걸어야 하는 것, 기약 없는 어둠의 미로 속에서 스스로 죽음에 이르는 길뿐일 것이다. 211번은 바닥에 주저앉았다. 버틸 힘이 남아 있지 않았다. 공포와 절망이 그를 잠식했다. 그의 몸은 돌덩이처럼 무겁고 찼다. 입김이 쏟아지고 콧물이 제멋대로 흘러내렸다. 그는 양손을 겨드랑이에 끼고 몸을 최대한 둥글게 말았다. 그리고 이를 딱딱 부딪치며 죽음과도 같은 끈끈한 잠에 자신을 의탁했다. 후회와 체념이 뒤섞인 눈물이 뺨을 적셨다.

211번이 깨어난 건 머리가 쪼개질 것 같은 극심한 두통과 오한 때문이었다. 추위의 외피를 입은 공포가 목을 조여왔다. 그는 깨어난 것을 원망하면서도 죽지 않으려고 굳은 몸을 조금씩 움직였다. 저 끝에서 희미한 빛이 새어나오는 게 느껴졌다. 그건 어둠에 익은 사람만이 감지할 수 있는 희미함이었다. 211번은 눈물이 말라붙은 눈을 비비고 네 발로 기어 그 빛을 쫓아갔다. 그곳이 죽음이든 지옥이든 어딘가에 도달하고 싶었다.

손을 앞으로 더듬으며 나가자 갈림길이 나타났다. 희미한 빛은 왼쪽과 오른쪽 모두에서 새어나왔다. 211번은 양쪽을 번갈아 보며 심호흡을 했다. 어느 길이 그를 죽음에서 건져내고 해방에 이르게 할지, 그런 걸 가려낼 수 있을 거라고 생각하진 않았다. 다만 이 사소한 선택이 자신의 운명을 바꿀 거라는 사실 때문에 망설여졌다. 211번은 머뭇거리다 오른쪽 길로 접어들었다. 빛의 양은 미미했고 몸이 언 그의 걸음은 부자연스러웠다. 하지만 앞으로 나아갈수록 심장박동은 빨라졌다.

모퉁이를 도는 순간 빛이 쏟아져나왔고 211번은 눈을 질끈 감았다. 출구의 끝에 도달했다는 걸 직감할 수 있었다. 조바심과 달리 눈부심 때문에 눈앞에 펼쳐진 광경을 바로 확인할 수 없었다.

눈을 뜨고 빛에 적응했을 때 그가 목도한 것은 철창이었다. 새하얀 벽과 새하얀 타일이 깔린 철창의 내부. 127번과 183번을 단 남자 둘이 철창 앞에 앉아 손잡이를 돌리고 있었다. 그걸 본 211번의 입이 천천히 벌어졌다. 그는 움직이지 않고 그 자리에 꼼짝 않고 서있었다. 그리고 이 안에 있을 수많은 방에 대해 생각했다. 그의 발아래와 머리 위, 양옆으로 첩첩이 쌓여 있을 방들. 사람들. 숫자들.

프랙탈과 데깔꼬마니 사이에서

신샛별

1. 경제학적 인간학

모든 소설은 하나의 인간학이다. 우리는 소설을 읽으며 어떤 인간을 만나고, 그때마다 인간을 새로 배운다. 어쩌면 진정으로 우리가 소설에 매혹되는 순간은 인간에 대한 작가의 통찰력을 인정하고 거기에 동조하게 될 때가 아닐까. 그렇다면 많은 소설이 우리를 그저 스쳐지나간다는 것은 치열하게 인간을 공부하며 소설을 쓰는 작가가 그만큼 귀하다는 의미일지도 모른다. 그런 점에서 서유미는 분명 귀한 작가다. 이 소설집에 실린 여덟편의 소설은 그녀가 그동안 얼마나 성실하게 인간을 공부해왔는지 입증하고 있다. 모든 작품에서 서유미는 그녀 특유의 시선으로 관찰하고 해부한 인간을 내세운다. 그녀의 소신있는 인간학에 대해 말하기 위해 소설 속 등장인물에 작가의 이름을 인장처럼 새겨넣어보려 한다. 이를테면 '서유미표 인간'이라고.

서유미표 인간들의 면면을 간략하게 살펴보면 이렇다. 그는 폭설을 뚫고 출근을 감행하는 '김대리'이고(「스노우맨」), 동쪽에서 서쪽으로 근무지를 옮긴 '김'(「삶의 이력」)이다. 그녀는 출근길 지하철에서 토막잠을 청하는 'K'(「그곳의 단잠」)이고, 실업급여를 받으며 구직에 힘쓰는 중인 'O'(「당분간 인간」)이다. 그리고 그녀는 출근 카드에 찍힌 지각 표시를 보면서 다음 달에 월차를 쓰지 못하게 된 것을 안타까워하는 '워킹맘'(「저건 사람도 아니다」)이거나, 그런 엄마가 되고 싶은 '김차장' 혹은 '김차장'을 부러워하는 '이과장'(「세개의 시선」)이다. 그들은 이유도 모르는 채로 회사의 명령에 따라 서로를 감시하는가 하면(「타인의 삶」), 자신의 존재를 증명하기 위해 무리해서라도 작업량을 늘린다(「검은 문」).

언뜻 보기에 서유미표 인간들은 서로 다른 모양새로 살고 있는 것 같다. 그러나 그들은 고용된 자들이거나, 고용되기 위해 애쓰는 자들, 따라서 하나같이 "직장에 매인 사람들"(「스노우맨」 8면)이다. 그래서 그들은 성(姓)이나 이니셜로만 겨우 표기된다. 그들의 정체성을 말해주는 것은 고작해야 대리, 차장, 과장과 같은 직급일 뿐이다. 소설집 곳곳에서 직장생활의 고단함을 세심하게 묘파하는 작가의 솜씨에 고개를 주억거리게 될 때, 우리는 그녀가 노동에 붙박여 살아가는 지금-여기의 인간을 궁구하는 일에 얼마나 심혈을 기울여왔는지 짐작하게 된다.

한나 아렌트의 표현을 빌리면, 지금-여기의 우리는 모두 '노동하는 동물'(animal laborans)이다. 오로지 풍요만을 추구하는 자본주의 소비사회에서 인간은 생필품의 확보와 그것을 가능하게 만드는 노동에 얽매이게 되고, 그때 인간의 모든 활동은 평준화되어 동물의 그것과 하등 다를 바가 없어진다(한나 아렌트 『인간의 조건』, 한길사 1996). 동물의 활동과는 구별되는 '인간' 고유의 영역을 사유하며 다른 삶의 가능성을 모색했던 아렌트처럼, 서유미는 소설을 통해 모두가 '노동하는 동물'로 전락해버린 이 세계에서 '인간'으로 살아가는 일에 대해 탐문한다. 특히 「저건 사람도 아니다」와 「당분간 인간」의 경우 그 제목부터가 심상치 않다.

　　"워커홀릭, 사람 같지도 않은 것"(「저건 사람도 아니다」 68면)이 되어야만 구조조정에서 간신히 밀려나지 않을 수 있는 엄마에게 아이는 자꾸만 숙제를 봐달라고 떼를 쓴다. 당장이라도 일을 그만두고 아이와 많은 시간을 함께 보내고 싶다. 하지만 일을 하지 않는다면 아이가 누릴 수 있는 것들이 현저히 줄어들 것이다. 딜레마에 봉착한 그녀는 고심 끝에 자신을 빼닮은 로봇을 주문한다. 그러나 그 선택은 예기치 않은 화를 불러와서, 일과 육아 모두에서 자신보다 뛰어난 로봇과 진짜 '나'를 두고 경쟁을 벌여야 하는 불편한 상황이 초래된다. 결국에는 주인공이 로봇 뒤로 숨어버리고 마는 「저건 사람도 아니다」의 결말은 '노동하는 동물'로 살아가고 있는 여성이라면 누구나 한번쯤 경험할 법한 '사람' 구실의 지난함을 이야기한다,

"……저번에 있던 사람은 물러터져서 사람을 미치게 만들더니…… 이번엔 왜 이렇게 융통성이 없고 뻣뻣한 거야?"(「당분간 인간」 138면)

자신의 험담을 듣고도 모르는 척 지나치자니 심란하다. 그러나 별다른 선택지가 없는 가난한 처지라서 마음은 부산스레 갈등한다. 용기를 내어 일을 그만둔다고 한들 더 나은 삶이 보장될 리 만무하다. 우리가 모두 '당분간' 인간일 수밖에 없는 이유다. 끊임없이 노동에 시달리면서도 노동의 즐거움이나 보람은커녕 실직의 위험을 상시적으로 느껴야 하는 인간. 언제라도 닥칠 생계의 위협을 걱정하느라 온몸이 물렁해져 퍼져버리거나, 굳어서 부스러질 지경인 인간. 따라서 한시적으로만 '인간'인 우리의 초상을 설명하기 위해 서유미의 인간학은 '당분간'이라는 수식어를 새로 발굴해냈다. 「당분간 인간」을 통해 '당분간'은 '인간'으로 태어났으나 '인간답게' 살아가기는 어려운, 아이러니한 삶의 조건을 적확하게 꼬집는 어휘가 되었다.

이쯤 되면 서유미의 인간학을 두고 '경제학적'이라고 할 수 있지 않을까. 고용, 실업, 직장, 월급, 출근, 승진, 이직 등의 어휘가 빈번히 등장하는 그녀의 소설에서 인간의 삶 배면에는 어김없이 경제가 있다. 말하자면 서유미표 인간의 일상은 숫자 위에 구축된 것이다. 알레고리적 해석의 여지가 많은 소설인 「검은 문」을 보자. 이 소설의 등장인물은 '211번' '99번' '123번'처럼 숫자로 호명된다. 그들에게 이름대로 산다는 말은 결코 우스갯소리가 아니어서, 그들은 자신의 존재를 증명하기 위해 오로지 숫자에만 매달린다.

> 손잡이를 돌리는 건 숫자 때문이야. 우리가 여기에서 가질 수 있는 건 숫자뿐이니까. 숫자는 어제의 내가 지금의 나와 연결되어 있다는 표시지. 존재의 증명 같은 거야. 물론 숫자가 높을수록 행복해지지.(209면)

그러나 숫자가 커질수록 행복한 삶에 다가갈 수 있으리라는 믿음은 철저히 배신당한다. "원하는 숫자는 항상 손의 움직임보다 빠르게 물러나고 먼 곳으로 달아"(218면)나버리는 욕망의 원리를 따를 때, '행복'으로 표기되는 만족감을 느끼기란 영원히 불가능하기 때문이다. 그런 줄도 모르고 숫자의 증감에 따라 웃고 우는 모습을 보면서 문득 등골이 서늘해진다면, 그것은 더 많은 연봉, 더 높은 수익을 좇아 사는 우리와 그들이 너무나도 닮아 있기 때문일 것이다. 우리가 때로 아무런 의미가 없어 보이는 업무에 시달리며 피곤한 일상을 견디는 것처럼, 그들은 철창 안에 갇혀 계속해서 손잡이를 돌리는 일로 삶을 연명해간다. 검은 문 저편에 출구가 있을지도 모른다고 생각하면서도, 그곳으로 섣불리 다가가지 못한다. 도리어 검은 문으로부터의 유혹을 견디기 위해 그들은 돌아가며 불침번을 선다. 도대체 그들은 왜 그토록 안간힘을 쓰면서 감옥 안에 머무르려고 하는 것일까. 이 물음은 고스란히 우리에게 다음과 같이 메아리쳐 되돌아온다. 우리는 왜 이토록 지루하고 버거운 일상을 묵묵히 살아내고 있는 것일까.

2. 마음의 건축술과 세계의 심상지리

출구는 외면하고 살 수 있지만 끼니때마다 제공되는 음식과 사탕, 쌓아놓은 숫자, 새하얀 시트가 깔린 침대를 외면하고 살 수는 없다. 무서운 것은 등 뒤의 출구가 아니라 눈앞에 버티고 있는 생활이다.(「검은 문」 215면)

가까스로 지켜내고 있는 일상의 질서가 한순간에 무너져버릴지도 모른다는 공포가 서유미표 인간들의 마음을 옥죄고 있다. 그래서 그들은 애초에 출구에 대해 희망을 품기보다 감옥 안에 안주하려고 애쓴다. 우리가 월급통장에 찍히는 숫자와 갚아나가야 할 빚을 저울질하면서 풀 죽은 얼굴로 매일 아침 출근길에 오르는 것과 마찬가지로, 그들은 생활의 완력으로부터 조금도 자유로울 수가 없다. 그들의 삶은 촘촘히 짜놓은 시간표의 준수를 향해 나아가고, 규칙적인 일상의 반복은 하나의 패턴을 이루는 지경이다. "약간의 자유분방함이나 엉뚱함은 완전히 자취를 감춰버"(「타인의 삶」 147면)릴 정도로, "긴장감이라는 건 멸종 위기'에 처한 동물의 이름"(「삶의 이력」 89면)처럼 여겨질 정도로, 동일한 궤적을 그리며 지속되는 하루하루를 꾸려가는 것만이 마음에서 공포를 떨쳐낼 수 있는 유일한 방법이다. 이처럼 생활의 무게에 단단히 짓눌린 서유미표 인간들의 마음을 헤아린다면, 출근을 언제그 닥칠 재난에 대비하는 일로 여긴다고 해도 결코 과장은 아닐 것이다.

「스노우맨」은 생활의 무게를 고스란히 느끼며 재난에 맞서는 기분으로 출근을 하는 주인공의 내면을 공간적으로 외화(外化)해 보인다. 「검은 문」이 노동의 세계에 감금된 인물들의 심상을 '감옥'이라는 특정 공간을 형상화해 보여주듯, 이 소설에서 작가는 인물의 심리를 설계도 삼아 활자로 집을 짓는다. 그리고 그렇게 지어진 집을 보며 우리는 모종의 기시감을 느낀다. 그것은 정체가 모호한 우리의 마음에 형태를 부여한 것이기에 그렇다. 이를테면 아내의 눈치를 보며 출근을 미루고 있는 "남자는 어쩐지 집이 자꾸 좁아지는 것 같았다. 소파에 앉아 있으면 천장이 내려오고 벽이 다가와서 나중에는 옴짝달싹도 할 수 없게 되었다. 컴퓨터가 있는 방으로 옮겨가도 마찬가지였다. 사방이 밀폐용기처럼 꽉 막혀 있었다."(15면) 그럴 것이다. 부양할 가족의 얼굴을 가까이에서 마주하면서도 폭설로 인해 며칠째 출근을 하지 못하고 있는 가장은 작은 밀폐용기에 안에 갇힌 것처럼 숨이 막힐 것이다. 생계를 홀로 짊어진 탓에 남자의 출근길은 "문이 아니라 벽을 상대하는 것"(11면)처럼 힘겨웠을 것이고, 헤쳐가야 할 눈이 "콘크리트 덩어리처럼"(13면) 단단하게 보이는 것도 무리는 아니었을 것이다. 남자는 온몸으로 육박해들어오는 생활의 압력을 눈의 무게로 고스란히 느끼면서 미력한 삽질로 폭설과 사투를 벌이며 출근길을 개척해간다. "눈이 재앙이 되고 눈 때문에 일상이 무너진 곳에 서"(30면)지 않으려면 다만 열심히 삽질이라도 해야 한다는 듯이.

「삽의 이력」에는 기를 쓰고 삽질을 하는 두 사람이 더 등장한다. '김'과 '윤'은 '미래도시의 건설'이라는 슬로건을 앞세운 "구체적이고 실질적인 기초작업"(92면)으로 삽질을 하는 중이다. 그러나 작가는 그들이 삽질에 몰두하다가 그것의 무용함을 뒤늦게 깨닫게 함으로써, 미래를 향해 있는 인간의 모든 활동이 사실상 그 목적과 방향을 잃어버린 채로 가망 없이 부유하고 있는 것은 아닌지 의문을 제기한다.

어깨가 쑤시고 허리가 뻐근한 건 괜찮았다. 다만 무용한 일을 반복해야 하는 걸 참을 수가 없었다. 대체 이 의미없는 일을 계획한 것은 누구며 지시하는 것은 누구고 내버려두고 감시하는 건 누구인가. 그러면서도 한편으로는 이 일이 사라져버릴까봐 두려웠다. 노모가 고요히 눈을 감을 때까지 김에겐 이 일이 필요했다.(110면)

구덩이를 파는 김과 그 자리를 다시 메우는 윤의 경쟁적인 삽질이 반복되는 동안 '미래도시의 건설'이라는 슬로건은 어느새 무색해진다. 그리고 무언가 드높이 세워져야 할 건설현장에는 끔찍한 살인의 기억과 시체가 묻힌다. 작가는 '미래도시'라는 허울 좋은 말이 거느린 폭력성과 잔인함을 폭로하면서, 피와 땀과 눈물로 물든 대지 위에 세워진 도시의 역사를 '삽의 이력'으로 간명하게 정리한다. 동시에 그런 역사를 이끈 명분이 '노모의 부양'으로 상징되는 '생활'임을 지적하는 것도 잊지 않는다.

「검은 문」과 「스노우맨」이 '생활'에 복무하느라 노동을 멈출 수 없는 인물의 갑갑한 마음을 공간적 이미지로 보여준다면, 「삽의 이력」은 그들의 반복적인 일상이 이 세계 어디에나 편재해 있다고, 지리적으로 이야기한다. 동쪽 지역에서 서쪽 지역으로 근무지를 옮긴 김은 이내 서쪽 지역의 "풍경이 동쪽 지역과 매우 흡사하다는 사실에 놀랐다. 그는 상가와 가로수와 보도블록을 찬찬히 둘러보았다. 어제까지 그가 출근하던 길과 크게 다르지 않았다. (⋯) 공장지대로 들어갈수록 동쪽의 어느 구역을 걷는 것 같은 착각에 빠졌다. 심지어 공장 건물은 김이 일하던 동쪽 지역의 건물과 흡사했다."(90면) 따라서 어디를 가도 김의 똑같은 생활은 달라지지 않는다. 동쪽이든 서쪽이든, 남쪽이든 북쪽이든, 어느 쪽이든 상관없다. 그는 어디에서나 똑같은 길로 출퇴근을 하고 똑같은 업무를 처리할 것이다. 동일성의 감옥에서 탈출할 방도가 전혀 없다는 이 소설의 전언은 미지의 구역이었던 검은 문 저편에도 이곳과 똑같은 수많은 방들만 있을 뿐이라는 「검은 문」의 결말과 공명한다.

이렇게 「검은 문」과 「삽의 이력」을 연달아 읽으면서 우리는 세계를 재현하는 원리 하나를 얻을 수 있다. 얼핏 보면 무질서하고 예측 불가능한 것처럼 보이는 세계의 지리적 조건들은 어디를 가도 '노동하는 동물'로 살아가야 한다는 점에서는 별반 다르지 않다. 따라서 이 세계란 동일한 모양의 감옥을 반복적으로 무한히 확장한 것으로 묘사할 수 있다. 말하자면 이 세계는 자기유사성과 순환성을 속성으로 하는 '프랙탈(fractal)' 구조로 설계되어 있는 것이다. 그러므로 우리에게 궁극적인 출구란 없다. "실내엔 죽은 시간과 물체뿐"(「검은 문」 217면)이며 "공간 전체가 물속에 잠긴 것처럼 고요하고 묵직"(212면)하다. 삶을 전복할 만한 그 어떤 우연도 일어나지 않을 세계에서 시간이 흘러간다는 건 그저 늙어가고 죽음에 가까워진다는 뜻에 불과하다. 우리는 그저 견뎌야 한다. "일상이, 반복되는 패턴이, 흘러가고 지속되는 시간이 못 견디게 지루하고 지겨"(224면)운 이 세계를. 지금-여기의 '심상지리'(imagined geographies)를 '프랙탈'로 해명한 서유미는 이제 다음과 같이 질문한다. 그렇다면 이 세계를 보다 잘 견딜 수 있는 방법은 없겠느냐고.

3. 우연한 얼룩, 그것은 가능성의 무늬

세계가 프랙탈 구조로 설계되어 있다면, 삶을 바꾸는 계기가 될 우연은 원천적으로 봉쇄되어 있는 것일까. 재차 강조하는바, 서유미표 인간들에게 '생활'은 불가피하다. 생활의 세계에 안착한 그들의 삶에서 우연은 불안한 요소이며, 그러하기에 무섭다. 그 공포 때문에 그들은 동일성의 감옥과 반복성의 지옥에서 숨죽이며 살아가는 중이다. 그러나, 그렇다고 해서, 서유미표 인간들의 심중에 우연에 대한 갈망이 전혀 없는 것은 아니다. 오히려 그들에게 안정된 생활이 무너질지도 모른다는 공포보다도 "더 무서운 건 이런 생활을 계속하다간 식사 도중에 포크로 자신의 목을 찌를지도 모른다는 예감이 든다는 거였다."(「삶의 이력」 94면) 하지만 견고하게 재단된 일상을 포기하고 "몸 안의 피가, 호흡이 확실히 이전과는 다른 리듬으로 흘"(「세개의 시선」 175면)러가도록 만들기 위해서는 위험을 무릅쓰는 일종의 모험이 필요하다. 모험 없이는 우연을 바랄 수 없으며, 변화란 언제나 우연으로부터 시작되기 마련이지 않은가. 물론 서유미표 인간들의 모험이 영웅의 그것처럼 세계를 바꿀 만큼의 파장을 도모하거나 영향력을 행사하는 것은 아니다. 그러나 그것은 이 세계를 보다 잘 견디는 방법의 단초를 제공해준다.

서유미의 소설에서 모험의 양상은 대개 분신과의 조우라는 사태로 서사화된다. 그녀의 소설에서 다양하게 변주되어 나타나는 분신은 자아의 안온함에 위협을 가하는 정도에 따라 크게 두 층위로 구분된다. 우선 「당분간 인간」 「저건 사람도 아니다」 「스노우맨」 「검은 문」에 등장하는 분신은 '나'와 닮았으나 끝내 '나 아닌 것'으로 남는다. 그것은 분신과 '나'의 다른 부분이 분명히 인지되며, 서사의 진행에서 분신이 너무 늦게 등장하거나 너무 쉽게 사라져버리기 때문이다. 가령 「당분간 인간」의 'O'와 그녀의 전임자는 스트레스와 과로로 신체 변형을 겪는다는 점에서 닮았지만 엄연히 서로 다른 증상으로 괴로워한다. 「저건 사람도 아니다」에 등장하는 로봇의 경우, 외형은 '나'와 일치하지만 '나'보다 월등한 업무수행 능력을 보인다. 그리고 「스노우맨」에서 자신과 똑같이 삽질로 눈길을 뚫고 출근하다 사망한 '유대리'의 시체를 발견하는 장면이라든가, 「검은 문」의 주인공이 검은 문 저편에서 자신처럼 가슴에 번호를 달고 철창 안에 갇힌 채 손잡이를 돌리는 사람들을 목격하는 장면은 작품의 결미에서야 등장한다. 그래서 이들 소설 속에서 분신은 '나'와 닮은 사람과 길거리에서 스칠 때 느낄 법한 찰나의 서늘함 정도를 자아낸다.

상대적으로 「타인의 삶」과 「그곳의 단잠」에는 분신과의 마주침이 보다 전면화되어 있으며, 분신이 '나'의 삶을 뒤흔들 만큼 '섬뜩'(uncanny)한 존재로 등장한다. 그래서 두편의 소설은 판에 박힌 인물들의 삶이 분신과의 조우라는 모험에 의해 어떻게 변해가는지를 순차적으로 보여주는 데에 공을 들인다. 「타인의 삶」부터 살펴보자. 이 소설에서 '곽'과 '원'은 서로를 '관찰'하는데, "관찰자는 망원경이나 현미경 같은 존재. 보고 판단하는 주체가 아니라 보이지 않는 부분을 있는 그대로 확대해서 보여주는 도구."(150면) 그래서 우리는 원의 시점에서 곽을 알아가고, 곽의 눈으로 원을 본다. 먼저 원의 관찰에 따르면 곽의 삶은 오랜 연습과 훈련을 통해 만들어진 성실함, 정확성, 깔끔함 그 자체다. 그는 도통 틈이 없는 사람처럼 보였고, 그래서 원은 틈을 발견하고만 싶다. 거기에 진짜 곽이 있을 것 같았기 때문이다. 그러나 곽을 관찰하면 할수록 정작 틈이 발견되는 곳은 원의 삶이다.

곽의 일상은 고스란히 원의 삶에 포개어졌다. 삼년은 너무 길었다. 곽이라는 인간의 삶은 원을 송충이처럼 갉아먹었다. 조금씩, 조금씩, 구멍이 숭숭 뚫려서 원의 본래 모습이 어땠는지를 알아볼 수 없을 정도로.(151면)

곽의 경우는 어떤가. 원을 지켜보는 동안 "곽은 자신의 삶이 희미해지는 걸 느꼈다. 자신의 삶이라는 건 그저 원의 대척점이 아닌가 하는 의심이 들었다. 그러자 헛웃음이 새어나왔다. 그저 지켜보았을 뿐인데, 만난 적도 없고 대화를 나눈 적도 없고 교류를 가진 일도 없는데, 한 인간의 삶이 이렇게 자신을 지우고 바꿔버리다니. 거짓말 같았다. (…) 이제 곽은 자신의 삶이 어디로 가버렸는지 알 수가 없었다.”(163~64면) 이렇게 곽과 원은 서로의 삶에 감염된다. 그들에게 ‘관찰’이란 서로에게 거리를 둔 채로 삶을 밀착시키는 방법이었던 것이다. 마치 회화에서 초현실주의자들이 주로 사용한 기법 중 하나인 데깔꼬마니가 중심축을 기준으로 양쪽으로 떨어져 있는 두개의 화면을 맞붙여 우연한 얼룩을 생성해내듯이, 곽과 원의 삶은 ‘시선’이라는 거리를 사이에 두고 포개져, 이전과는 전혀 다른 모습으로 변한다. 그리고 그들은 서로의 삶에 우연한 얼룩을 그리게 된다.

「타인의 삶」이 시선을 매개로 곽과 원이 서로에게 점차 감염되어가는 과정을 추적한다면, 「그곳의 단잠」에서는 피부의 접촉을 계기로 ‘K’와 ‘L’이 서로에게 단잠을 선사한다. K는 지금껏 상승의 욕망을 지닌 가족의 요구에 따라 “뚱뚱하고 미련하고 팔 힘만 센 여자”(36면)가 되어 에스테틱에서 마사지를 하며 성실히 돈을 모아왔고, 덕분에 24층 아파트에 입주할 수 있었다. 가족들은 지하방의 삶으로부터 탈출한 것을 자랑으로 여겼으나 이상하게도 K는 지하방의 온기와 가족들의 숨소리, 낡은 담요의 감촉과 냄새가 없는 고층아파트에서 한시도 편히 잠을 잘 수가 없었다. 그런가 하면 L은 팍팍한 살림에 갑작스러운 실직까지 당해 곤궁한 형편이다. 그녀는 습하고 벌레 많고 곰팡내 심한 지하방을 전전하면서 서서히 잠을 잃었다. 그렇게 그녀들은 ‘24층 아파트’와 ‘지하방’의 높낮이만큼 차이가 나는 삶을 살고 있었으나, 심각한 불면에 시달린다는 점에서 꼭 닮아 있었다. 우연한 계기로 만나게 된 그녀들의 삶은 아파트와 지하방을 오가며 한데 뒤섞인다. 그 결과 그녀들은 영원히 잃어버릴 뻔했던 숙면을 되찾는다.

이러한 일련의 과정을 '사랑'이라고 부를 수 있을까. 라깡에 따르면 사랑은 자기성애적이고 근본적으로 나르시시즘적 구조를 가진다. 사랑은 상징계적 주체가 상실한 것, 즉 결여를 상상적으로 메우려는 것이기에 그렇다. 그래서 인간이 최초로 사랑에 빠지는 순간은 거울로 자신의 모습을 비춰봤을 때이다. 이를 염두에 둘 때, 서유미의 소설에서 사랑에 빠지는 인물들이 서로에게 시선을 줄 수 있는 거리를 사이에 두고 조우하며, 그 둘은 서로가 서로의 분신인 것처럼 닮은꼴이고, 자기도 모르는 사이에 잃어버렸던 무언가를 보충해주고 받는 관계가 된다는 점은 각별히 기억해둘 필요가 있다. 「타인의 삶」의 곽과 원, 그리고 「그곳의 단잠」의 K와 L은 '상실된 것, 결여를 포함한 거울상'이라는 의미에서 서로의 완벽하고 완전한 분신이다. 그들은 서로에게, 스스로는 알지 못하고 깨닫지도 못한, '나'였던 것이다. 그래서 그들은 서로가 사랑의 대상임을 알아보았고, 거의 맹목적으로 서로의 삶에 접근해들어간다. 우리는 이제 "원이 세상에 존재하지 않는다는 사실은 곽에게 이상한 상실감으로 다가왔다"(「타인의 삶」 167면)는 문장의 내막을 이해할 수 있다. 곽은 이미 상실한 자신의 일부를 또다시 잃은 것이다. 잃었던 것을 되찾았다는 안도감을 느낄 새도 없이 말이다.

두말할 나위 없이 숙면은 '인간다운' 삶에 필수적이다. 그러나

'노동하는 동물'인 우리에게는 그것조차도 쉽사리 허락되지 않는다. 이 세계는 '항상 깨어 있으라'는 가혹한 명령을 내리고, '이곳'에서 단잠은 사치로 여겨진다. 「그곳의 단잠」이 보여주듯 생활에 매인 우리에게 절실한 단잠을 선물하기 위해서는, 데깔꼬마니처럼 '나'와 저만치 동떨어져 있는 타인, 그러나 나와 꼭 닮은 누군가의 삶과 만나 우연한 얼룩을 그리며 포개져야만 할지도 모른다. 그렇게 '사랑'으로 그린 우연한 얼룩은 이 세계를 혼란에 빠뜨릴 가능성의 무늬임이 틀림없다. 그 무늬가 번져간다면 지겹게 반복되는 프랙탈 구조도 형체를 잃어버릴 테니 말이다. 그러나 다시금 상기해두자. 그것은 '상상적'인 보충이라는 것을. '그곳'에 사랑이 있으되, 그것은 '가능성'의 무늬일 따름이다. 이 세계의 구조는 여전히 완강하다. 그러므로 세계가 허물어지는 조짐을 보이는 바로 '그곳'을 가리키고 있는 서유미의 인간학은 앞으로도 계속될 것이다. '그곳'의 얼룩이 '이곳'을 점령해 완전히 '저곳'으로 탈바꿈할 때까지, 더불어 언제나 스스로에 대해 충분히 알지 못하는 우리는 그녀의 소설에서 늘 새로 배울 것이다. 지금-여기, '이곳'에서도 사랑으로 그린 얼룩의 무늬 위에 누워 단잠에 빠져들 수 있을 때까지. 그리하여 그녀의 인간학은, 그리고 소설은, 아직 진행 중이다.

신샛별 | 문학평론가

작가의 말

첫 소설집이다.

오래 기다렸다는 점에서 이 '첫'은 대릇하고 각별하다.

책을 낼 때마다 그 소설을 쓰던 순간을 돌아보는 버릇이 있다.

등단 후 지금까지 다양한 무늬의 시간들을 지나왔다. 미숙한 실력으로 쓰고 싶은 마음을 따라다니느라 허둥댔지만, 어떤 순간에도 소설 쓰는 재미는 잃지 않았다. 그게 얼마나 큰 행운이었는지 이제야 알 것 같다.

여기에 싣지 못한 두편의 소설이 있다. 그 글들이 지닌 부족함을 잊지 않겠다.

그리고 앞으로도 쓰는 일의 즐거움을 잃지 않겠다.

휘청거릴 때마다 중심을 잃지 않도록 붙잡아주신 하나님께,

내가 나답게 살 수 있도록 도와주고 지지해준 옆 사람에게,

책이 묶일 때까지 기다려주고 격려해준 창비 분들에게,

이름을 기억하고 책을 읽어주는 모든 분들에게,

진심으로 감사드린다.

2012년 가을

서유미

수록작품 발표지면

스노우맨 ……『사랑해, 눈』, 열림원 2011

그곳의 단잠 ……『좋은 소설』 2010년 가을호

저건 사람도 아니다 ……『창작과비평』 2009년 봄호

삽의 이력 ……『세계의문학』 2011년 여름호

당분간 인간 ……『무늬』, 마음산책 2012(2011 도서관 문학작가 파견사업 작품집)

타인의 삶 ……『실천문학』 2011년 봄호('관찰자'로 발표)

세개의 시선 ……『현대문학』 2012년 6월호

검은 문 …… 문장 웹진 2012년 3월호